ALVO NOTURNO

RICARDO PIGLIA

Alvo noturno

Tradução
Heloisa Jahn

COMPANHIA DAS LETRAS

Copyright © 2010 by Ricardo Piglia, Barcelona
c/o Guillermo Schavelzon & Asoc., Agencia Literaria [www.schavelzon.com]

Obra editada no âmbito do Programa "Sur" de Apoio a Traduções do Ministério
das Relações Exteriores, Comércio Internacional e Culto da República Argentina.

*Grafia atualizada segundo o Acordo Ortográfico da Língua Portuguesa de 1990,
que entrou em vigor no Brasil em 2009.*

Título original
Blanco nocturno

Capa
Flávia Castanheira

Foto de capa
George Bailey/ Shutterstock/ GlowImages

Preparação
Ieda Lebensztayn

Revisão
Márcia Moura
Carmen S. da Costa

Dados Internacionais de Catalogação na Publicação (CIP)
(Câmara Brasileira do Livro, SP, Brasil)

Piglia, Ricardo
    Alvo noturno / Ricardo Piglia ; tradução Heloisa Jahn. — São
Paulo : Companhia das Letras, 2011.

    Título original: Blanco nocturno.
    ISBN 978-85-359-1917-2

    1. Ficção argentina I. Título.

11-06073   CDD-ar863

Índice para catálogo sistemático:
1. Ficção : Literatura argentina   ar863

[2011]
Todos os direitos desta edição reservados à
EDITORA SCHWARCZ LTDA.
Rua Bandeira Paulista, 702, cj. 32
04532-002 — São Paulo — SP
Telefone (11) 3707-3500
Fax (11) 3707-3501
www.companhiadasletras.com.br
www.blogdacompanhia.com.br

Para Beba Eguía

A experiência é uma lanterna que só ilumina quem a leva.
Louis-Ferdinand Céline

PRIMEIRA PARTE

1.

Tony Durán era um aventureiro e um jogador profissional e viu a oportunidade de estourar a banca quando topou com as irmãs Belladona. Foi um *ménage à trois* que escandalizou o povoado e ocupou a atenção geral durante meses. Ele sempre aparecia com uma delas no restaurante do Hotel Plaza mas ninguém conseguia saber qual era a que estava com ele porque as gêmeas eram tão iguais que até a letra delas era igual. Tony quase nunca se deixava ver com as duas ao mesmo tempo, isso ele reservava para a intimidade, e o que mais impressionava todo mundo era pensar que as gêmeas dormiam juntas. Não tanto que partilhassem o homem, mas que partilhassem a si mesmas.

Não demorou e os comentários se transformaram em versões e conjecturas e ninguém mais falou de outra coisa; nas casas ou no Club Social ou no armazém dos irmãos Madariaga as notícias circulavam a todo momento como se fossem as informações do tempo.

Naquele povoado, como em todos os povoados da província de Buenos Aires, havia mais novidades em um dia do que em qualquer cidade grande em uma semana, e a distância entre as notícias da região e as informações nacionais era tão abissal que os habitantes podiam ter a ilusão de viver uma vida interessante. Durán chegara para enriquecer essa mitologia, e sua pessoa atingiu uma altura legendária muito antes do momento de sua morte.

Seria possível fazer um diagrama com as idas e vindas de Tony pelo povoado, seu deambular sonolento pelas calçadas altas, suas caminhadas até as cercanias da fábrica abandonada e dos campos desertos. Em pouco tempo ele teve uma percepção da ordem e das hierarquias do lugar. As casas maiores e as mais simples se elevam divididas claramente em camadas sociais, o território parece organizado por um cartógrafo esnobe. Os povoadores principais moram no alto das ladeiras; depois, numa faixa de oito quadras, está o chamado centro histórico,* com a praça, a prefeitura, a igreja e também a rua principal, com as lojas e os sobrados; por fim, do outro lado dos trilhos, estão os bairros baixos, onde morre e vive a metade mais obscura da população.

Com sua popularidade e a inveja que suscitou entre os homens, Tony poderia ter feito o que bem entendesse, mas o acaso, que na verdade fora o que o trouxera até aqui, foi sua perdição. Era extraordinário ver um mulato tão elegante naquele povoado de bascos e de gaúchos piemonteses, um homem que falava com o sotaque do Caribe mas parecia correntino ou paraguaio, um forasteiro misterioso perdido num lugar perdido do pampa.

---

* O povoado se localiza ao sul da província de Buenos Aires, a trezentos e quarenta quilômetros da Capital. Fortaleza militar e local de assentamento de tropas na época da guerra contra o índio, foi fundado efetivamente em 1905, quando se construiu a estação ferroviária, delimitaram-se os lotes do centro urbano e distribuíram-se as terras do município. Na década de 40, a erupção de um vulcão cobriu a planície e as casas com um manto de cinza. Os homens e as mulheres se defendiam do pó cinzento com o rosto coberto com escafandros de apicultor e máscaras de fumigar os campos.

— Ele estava sempre contente — disse Madariaga, e olhou pelo espelho um homem que circulava, nervoso, com um rebenque na mão, pela adega do armazém. — E o senhor, comissário, aceita uma genebrinha?

— Pode ser uma grapa, mas não bebo em serviço — respondeu o comissário Croce.

Alto, de idade indefinida e rosto vermelho, bigode cinza e cabelo cinza, Croce mastigava pensativo um charuto Avanti enquanto caminhava de um lado para o outro dando pancadas nas pernas das cadeiras com o rebenque, como se quisesse espantar seus próprios pensamentos que engatinhavam pelo chão.

— Como é possível que ninguém tenha visto Durán naquele dia? — disse, e os presentes olharam para ele, calados e culposos. Depois disse que sabia que todos sabiam mas que ninguém falava nada e que andavam inventando coisa só pelo prazer de procurar cinco patas no gato.

— De onde será que saiu essa expressão? — disse, e se interrompeu intrigado, pensando, e perdeu o rumo no zigue-zague de suas ideias, que se acendiam e se apagavam como vaga-lumes na noite. Sorriu e começou de novo a andar pelo aposento. — Como o Tony — disse, e se lembrou do que estava falando antes. — Um gringo que não parecia gringo mas era gringo.

Tony Durán havia nascido em San Juan de Puerto Rico e seus pais se mudaram para Trenton quando ele estava com cinco anos, de modo que se criara como um norte-americano de Nova Jersey. Da ilha ele só lembrava que o avô era galista e que aos domingos o levava para assistir às rinhas, e também se lembrava dos homens que cobriam as calças com folhas de jornal para evitar que o sangue que escorria dos galos lhes manchasse a roupa.

Quando chegou aqui e conheceu um rinhadeiro clandestino em Pila e viu os peões de alpargatas e os galinhos pigmeus botando banca na arena, começou a rir e a dizer que não era assim que se fazia em seu país. Mas no fim se entusiasmou com a valentia suicida de um batará que usava os esporões como um boxeador canhoto peso leve usa as mãos para se soltar esmurrando do corpo a corpo, veloz, mortífero, impiedoso, buscando apenas a morte do rival, sua destruição, seu fim, e ao vê-lo Durán começou a apostar e a se entusiasmar com a briga, como se já fosse um dos nossos (*one of us*, para dizê-lo como teria dito o próprio Tony).

— Mas ele não era um dos nossos, era diferente, só que não foi por isso que o mataram, e sim porque era parecido com o que imaginávamos que devia ser — disse, enigmático como sempre e como sempre um pouco irritado, o comissário. — Ele era simpático — acrescentou, e olhou para o campo. — Eu gostava dele — disse o comissário, e ficou estaqueado no chão, perto da janela, costas apoiadas na grade, perdido em seus pensamentos.

À tarde, no bar do Hotel Plaza, Durán costumava contar fragmentos de sua infância em Trenton, o posto de gasolina de sua família à beira da Route One, o pai que precisava se levantar de madrugada para abastecer um tanque porque um carro que se desviara da estrada estava buzinando e se ouviam risos e música de jazz no rádio e Tony ia até a janela meio adormecido e via os carros velozes caríssimos, com as louras alegres no assento traseiro, agasalhadas por seus casacos de arminho, uma aparição luminosa no meio da noite que se confundia — na memória — com fragmentos de um filme em preto e branco. As imagens eram secretas e pessoais e não pertenciam a ninguém. Ele nem sequer tinha certeza de que aquelas lembranças eram dele mesmo, e às vezes Croce sentia a mesma coisa em relação a sua própria vida.

— Eu sou daqui — disse de repente o comissário como se tivesse despertado — e conheço gato de tudo quanto é pelo e nunca vi gato de cinco patas, mas posso imaginar perfeitamente a vida daquele rapaz. Ele parecia vir de outro lugar — disse Croce calmo —, só que não há outro lugar. — Olhou para seu ajudante, o jovem inspetor Saldías, que o seguia para toda parte e aprovava suas conclusões. — Não há outro lugar, estamos todos no mesmo saco.

Como era elegante e ambicioso e dançava muito bem a *plena* nos salões dominicanos do Harlem hispânico de Manhattan, Durán fora trabalhar como animador no Pelusa Dancing, um café dançante da rua 122 East, em meados dos anos 60, quando acabava de completar vinte anos. Subiu depressa porque era rápido, porque era divertido, porque estava sempre bem-disposto e era leal. Em pouco tempo começou a trabalhar nos cassinos de Long Island e Atlantic City.

Todos no povoado se lembravam do assombro que sentiam ao ouvi-lo contar sua vida no bar do Hotel Plaza, tomando *gin--tonic* e comendo amendoim, em voz baixa, como se aquilo fosse uma confidência particular. Ninguém sabia com certeza se as histórias eram verdadeiras, mas ninguém se importava com esse detalhe e todos o escutavam, agradecidos com o fato de ele se abrir com os provincianos que moravam no mesmo lugar onde haviam nascido e onde seus pais e avós haviam nascido e que só conheciam o estilo de vida de sujeitos como Durán pelo que viam no seriado policial de Telly Savalas, que passava na televisão todo sábado à noite. Durán não entendia por que eles queriam escutar a história de sua vida, que era igual à história da vida de qualquer pessoa, dissera. "Não são tantas as diferenças, na parte do dinheiro", dizia Durán. "Só o que muda são os inimigos."

Depois de algum tempo no cassino, Durán ampliara seu horizonte conquistando mulheres. Desenvolvera um sexto sentido para adivinhar a riqueza das damas e diferenciá-las das aventureiras que estavam ali para caçar algum passarinho endinheirado. Pequenos detalhes atraíam sua atenção: certa cautela ao apostar, o olhar deliberadamente distraído, certo descuido na maneira de vestir e um uso da linguagem que ele imediatamente associava a abastança. Quanto mais dinheiro, mais lacônicas, era sua conclusão. Tinha classe e habilidade para seduzi-las. Sempre as contradizia e enfrentava, mas ao mesmo tempo tratava-as com um cavalheirismo colonial que aprendera com os avós da Espanha. Até que em certa noite do início de dezembro de 1971 em Atlantic City conheceu as gêmeas argentinas.

As irmãs Belladona eram filhas e netas dos fundadores do povoado, imigrantes que haviam construído sua fortuna quando acabou a guerra contra o índio e que possuíam campos na região de Carhué. Seu avô, o coronel Bruno Belladona, chegara com a estrada de ferro e comprara terras que agora eram administradas por uma empresa norte-americana, e seu pai, o engenheiro Cayetano Belladona, vivia recluso no casarão da família, afligido por uma estranha enfermidade que o impedia de sair mas não de controlar a política do povoado e do distrito. Era um homem desditoso que só sentia devoção pelas duas filhas mulheres (Ada e Sofía) e que tivera um conflito grave com os dois filhos homens (Lucio e Luca), os quais apagara de sua vida como se nunca tivessem existido. A diferença entre os sexus era a chave de todas as tragédias, pensava o velho Belladona quando estava bêbado. As mulheres e os homens são espécies diferentes, como os gatos e os gaviões: como é possível que alguém pretenda que convivam? Os homens querem matar você e matar-se uns aos outros, e as mulheres querem se enfiar na sua cama ou, não podendo, enfiar-se juntas em qualquer cama na hora da sesta, delirava um pouco o velho Belladona.

Casara-se duas vezes e tivera as gêmeas com a segunda mulher, Matilde Ibarguren, uma dondoca de Venado Tuerto mais louca que um sino, e os rapazes com uma irlandesa de cabelo vermelho e olhos verdes que não aguentara a vida no campo e fugira primeiro para Rosario e depois para Dublin. O esquisito é que os rapazes haviam herdado a personalidade destrambelhada da madrasta e as garotas eram iguais à irlandesa, ruivas e alegres, e iluminavam o ar quando apareciam. Destinos cruzados, declarava Croce, os filhos herdam as tragédias cruzadas dos pais. E o escrevente Saldías anotava com cuidado as observações do comissário, tratando de apreender os usos e costumes de seu novo paradeiro. Recém-transferido para o povoado a pedido da fiscalidade, que tratava de controlar o comissário excessivamente rebelde, Saldías admirava Croce como se ele fosse o maior *pesquisa** da história argentina, e recebia com seriedade tudo o que lhe dizia o comissário, que às vezes, de brincadeira, o chamava logo de Watson.

De toda maneira, as histórias de Ada e Sofía de um lado e Lucio e Luca de outro mantiveram-se apartadas durante anos, como se eles fizessem parte de tribos diferentes, e só convergiram quando Tony Durán apareceu morto. Houvera uma história de dinheiro e parece que o velho Belladona tinha uma conexão qualquer com uma transferência de fundos. O velho ia uma vez por mês a Quequén para acompanhar os embarques dos grãos que exportava e pelos quais recebia uma compensação em dólares que o Estado lhe pagava sob pretexto de manter os preços internos estáveis. Ensinou o próprio código moral às filhas e deixou-as fazer o que quisessem e criou-as como se fossem seus únicos filhos homens.

Desde pequenas as irmãs Belladona foram rebeldes, foram audazes, competiam o tempo todo uma com a outra, com determinação e alegria, não para diferenciar-se, mas para acentuar a simetria e saber até que ponto eram realmente iguais. Saíam a ca-

---

* *Pesquisa* era o nome com que na época se designava o policial que não usava uniforme.

valo, à noite, no inverno, pelo campo orvalhado para conferir a situação; embarafustavam pelos caranguejais das margens; banhavam-se nuas na laguna bravia que dava nome ao povoado e caçavam patos com a escopeta de dois canos que o pai comprara para elas quando completaram treze anos. Eram, como se costuma dizer, muito desenvolvidas para a idade, de modo que ninguém estranhou quando — quase de um dia para o outro — pararam de caçar e de andar a cavalo e de jogar futebol com os peões e se transformaram em duas senhoritas de sociedade que mandavam fazer roupas idênticas numa butique inglesa da capital. Em seu devido tempo foram estudar agronomia em La Plata, por vontade do pai, que queria vê-las tomando conta dos campos o mais depressa possível. Dizia-se que estavam sempre juntas, que eram aprovadas facilmente nos exames porque conheciam o campo melhor que os professores, que trocavam de namorado uma com a outra e que escreviam cartas à mãe para recomendar livros e pedir dinheiro.

Nesse momento o pai sofreu o acidente que o deixou semiparalítico e elas abandonaram os estudos e voltaram para o povoado. As versões sobre o que acontecera com o velho eram variadas: que o cavalo o derrubara ao assustar-se com uma nuvem de gafanhotos vinda do norte e que ele passara a noite inteira atirado no meio do campo, com o rosto e as mãos cobertos pelas patas serrilhadas dos bichos; que tivera uma síncope quando estava trepando com uma paraguaia no prostíbulo da Vesga e que a garota lhe salvara a vida porque, quase sem dar-se conta, continuara fazendo respiração boca a boca nele; ou ainda — ao que diziam — porque uma tarde ele descobrira que alguém muito próximo — não quis imaginar que fosse um dos filhos homens — o estava envenenando com pequenas doses de um líquido para matar carrapatos misturado ao uísque que tomavam ao cair da tarde na varanda florida da casa. Parece que quando se deram conta o veneno já fizera parte do trabalho e que pouco depois ele já não conseguia mais caminhar. A verdade é que logo em seguida eles deixaram de ser vistos no povoado (as irmãs e o pai). Ele, porque se enfiou em casa e quase não saía, e elas porque, depois de passar dois meses cuidando do pai, cansaram-se de ficar trancadas e resolveram viajar para o exterior. Diferentemente de todas as amigas, não foram para a Europa mas para a América do Norte. Passaram algum tempo na Califórnia e depois atravessaram o continente de trem, numa viagem de várias semanas, com longas paradas em cidades intermediárias, até que no início do inverno do Norte chegaram à costa Leste. Durante a viagem dedicaram-se principalmente a jogar nos cassinos dos grandes hotéis e a viver à larga, oferecendo o showzinho costumeiro das herdeiras sul-americanas em busca de aventuras na terra dos arrivistas e dos novos-ricos do mundo.

Essas eram as notícias das irmãs Belladona que chegavam ao povoado. As novidades vinham com o trem postal noturno, que deixava a correspondência em grandes sacos de lona atirados na plataforma da estação — e era Sosa, o encarregado da agência do correio, que reconstruía o itinerário das meninas pelo carimbo estampado nos envelopes dirigidos ao pai delas —, e eram enriquecidas pelo relato detalhado dos viajantes e representantes comerciais que se integravam às tertúlias do bar do hotel e relatavam os boatos que circulavam sobre as gêmeas entre suas condiscípulas de La Plata, para quem — ao que parece — elas alardeavam — de longe, por telefone — as conquistas e descobertas norte-americanas.

Até que, em fins de 1971, as irmãs chegaram à região de Nova York e pouco depois, num cassino de Atlantic City, conheceram o agradável jovem escuro de origem incerta que falava um espanhol que parecia saído da dublagem de um seriado de televisão. No início, Tony Durán frequentara as duas pensando que fossem uma só. Esse era um sistema de diversão que as irmãs praticavam desde sempre. Era como ter um duplo que fizesse as tarefas desagradáveis (e as agradáveis), e assim elas se revezaram em todas as coisas da vida, e na verdade — diziam no povoado — haviam feito metade da escola, metade do catecismo e até metade da iniciação sexual. Estavam sempre sorteando qual das duas ia fazer o que precisavam fazer. "É você ou sua irmã?" era a pergunta mais frequente no povoado toda vez que uma delas aparecia num baile ou no refeitório do Club Social. Muitas vezes a mãe, *dueña* Matilde, tinha de atestar que uma das duas era Sofía e a outra Ada. Ou o oposto. Porque a mãe era a única pessoa capaz de identificá-las. Pelo jeito de respirar, dizia.

A paixão das gêmeas pelo jogo foi a primeira coisa que atraiu Durán. As irmãs estavam habituadas a apostar uma contra a outra, e ele entrou naquela partida. A partir dali dedicou-se a seduzi-las — ou elas se dedicaram a seduzi-lo —, e andavam sempre juntos — iam dançar, cear, ouvir música — até uma delas insistir em ficar algum tempo mais tomando alguma coisa no bar do cassino enquanto a outra se desculpava e ia dormir. Ficava com Sofía, com a que dissera que era Sofía, e as coisas funcionaram bem durante vários dias.

Mas uma noite, quando estava na cama com Sofía, entrou Ada e começou a tirar a roupa. E assim começou a semana tempestuosa que os três passaram nos motéis próximos da costa de Long Island, no inverno gélido, dormindo e viajando os três juntos e divertindo-se nos bares e pequenos cassinos que funcionavam quase sem clientes porque estavam fora de temporada. O jogo a três era duro e brutal, e o cinismo é o que há de mais difícil de suportar com indulgência. A perdição e o mal alegram a vida, mas pouco a pouco chegam os conflitos. As duas irmãs, de comum acordo, faziam-no falar demais e ele por sua vez armava intrigas com as mulheres, uma contra a outra. A mais frágil ou mais sensível era Sofía, e ela foi a primeira a abdicar. Uma noite abandonou o hotel e voltou para Buenos Aires. Durán seguiu viagem com Ada e os dois passaram pelos mesmos hotéis e os mesmos cassinos que já haviam frequentado, até que uma noite resolveram voltar para a Argentina. Durán despachou-a na frente e pouco depois foi atrás.

— Mas ele veio por causa delas? Não creio. Também não veio pelo dinheiro da família — disse o comissário, e parou para acender o charuto apoiando-se no balcão enquanto Madariaga limpava os copos. — Veio porque nunca ficava sossegado, porque não conseguia parar quieto, porque estava procurando um lugar onde não o tratassem como um cidadão de segunda. Veio para isso, e agora está morto. No meu tempo as coisas eram diferentes. — Olhou para todos e ninguém falou nada. — Não precisava aparecer um falso gringo meio latino, meio mulato, para complicar a vida de um pobre comissário do interior feito eu.

Croce nascera e se criara na área, tornara-se policial na época do primeiro peronismo e desde então estava no cargo — sem contar o interregno depois da revolução do general Valle, em 1956. — Nos dias que precederam o levante, Croce se dedicara a sublevar os comissariados da região, mas ao saber que a rebelião fracassara saiu andando pelos campos feito morto, falando sozinho e sem dormir, e quando o encontraram já havia virado outro. O comissário ficara grisalho da noite para o dia em 1956, ao tomar conhecimento de que os militares tinham fuzilado os operários que haviam se sublevado para pedir o regresso de Perón. Cabelo branco, cabeça atrapalhada, ele se trancara em casa e passara meses sem sair. Perdeu o cargo na ocasião, mas foi reintegrado durante a presidência de Frondizi, em 1958, e desde então ficou firme, apesar de todas as reviravoltas políticas. Tinha o apoio do velho Belladona, que, ao que dizem, sempre o defendeu, embora os dois andassem afastados.

— Querem me pegar em falta — disse Croce, e sorriu —, por isso ficam de olho em mim. Mas não vai funcionar, porque não vou dar tempo a eles.

Era um homem legendário, muito querido por todos, uma espécie de consultor geral. No povoado as pessoas achavam que o comissário Croce estava um pouco tocado, ele andava aos sacolejos de um lado para o outro, perambulando na charrete por campos e chácaras, detendo os ladrões de gado, os vadios, os garotos de boa família das estâncias voltando bêbados da zona, e provocando às vezes, com seu estilo, escândalos e murmúrios, mas com resultados tão notáveis que todos acabaram achando que era daquela maneira que devia comportar-se um comissário de povoado. Tinha uma intuição tão extraordinária que até parecia um espetáculo de adivinhação.

"Um pouco pirado", diziam todos. Pirado talvez, mas não como o louco Calesita, que circulava incessantemente pelo povoado, sempre vestido de branco e falando sozinho num jargão incompreensível; não, pirado num sentido específico, como quem ouve uma música e não consegue tirá-la no piano; um homem imprevisível que delirava um pouco e não tinha regras, mas sempre acertava e era equânime.

Acertou muitas vezes porque parecia ver coisas que o resto dos mortais não conseguia ver. Por exemplo, acusou um homem de ter violado uma jovem porque o viu sair duas vezes do cinema onde se exibia *Deus lhe pague*. E o homem realmente violara a jovem, embora o detalhe que levara Croce a incriminá-lo não parecesse fazer sentido. De outra feita descobrira um ladrão de gado por tê-lo visto embarcar de madrugada no trem para Bolívar. E se ele vai a Bolívar é porque quer vender os bens roubados, dissera. Dito e feito.

Às vezes o chamavam dos povoados próximos para resolver algum caso impossível, como se ele fosse um curandeiro do crime.

Ia de charrete, ouvia as versões e os testemunhos e voltava com o caso solucionado. "Foi o padre", disse uma vez, num caso de incêndio deliberado de algumas chácaras em Del Valle. Um franciscano piromaníaco. Foram até a paróquia e encontraram num baú, no átrio, os pavios e um galão de querosene.

Sempre vivera dedicado a seu trabalho, e depois de um estranho caso de amor com uma mulher casada ficara sozinho, embora todos pensassem que mantinha uma relação intermitente com Rosa, a viúva de Estévez, que tomava conta do arquivo do povoado. Vivia sozinho num grande rancho no limite do povoado, do outro lado da estação, onde funcionava a delegacia.

Os casos de Croce eram famosos em toda a província e seu ajudante, o escrevente Saldías, um estudioso de criminologia, também sucumbira a seu encanto.

— Definitivamente, ninguém entende muito bem o que Tony veio fazer neste povoado — disse Croce, e olhou para Saldías.

O ajudante puxou uma cadernetinha preta e deu uma olhada em suas anotações.

— Durán chegou aqui em janeiro, no dia 5 de janeiro — disse Saldías. — Há exatamente três meses e quatro dias.

2.

Naquele dia, na claridade quieta do verão, viram um forasteiro desembarcar do trem expresso que seguia viagem rumo ao norte. Muito alto, pele escura, vestido como um dândi, com duas malas grandes que largou na plataforma de desembarque — e uma sacola marrom, de couro fino, que não quis largar de jeito nenhum quando os carregadores se aproximaram —, sorriu, ofuscado pelo sol, e cumprimentou com uma reverência cerimoniosa, como se aquele fosse o cumprimento habitual por aqui, e os chacareiros e peões que conversavam à sombra das casuarinas responderam com um murmúrio surpreso e Tony — com sua voz doce e sua linguagem musical — olhou para o chefe da estação e perguntou onde encontraria um bom hotel.

— Pode o senhor cavalheiro indicar bom hotel por aqui?

— Logo ali, o Plaza — respondeu o chefe, apontando o prédio branco do outro lado da rua.

Registrou-se no hotel como Anthony Durán, mostrou o passaporte norte-americano, os cheques de viagem, e pagou um mês adiantado. Disse que viera a negócios, que pretendia fazer alguns investimentos, que estava interessado nos cavalos argentinos. Todos no povoado trataram de deduzir a que tipo de negócio com cavalos ele estava se referindo e pensaram que talvez quisesse investir nos haras da região. Mencionou alguma coisa um pouco evasiva sobre o jogador de polo de Miami que queria comprar petiços de polo dos Heguy, e também falou de um criador de cavalos de corrida em Mississippi que andava atrás de reprodutores argentinos. Um tal Moore, que praticava salto, passara por aqui, segundo ele, e se convencera da qualidade dos cavalos criados nos pampas. Essa foi a explicação que ele deu ao chegar, e alguns dias depois começou a visitar alguns currais e a ver éguas e potros nos potreiros e nos campos.

Deu a impressão de que viera simplesmente comprar cavalos, e todos no lugar — leiloeiros de gado, consignatários, criadores e estancieiros — se interessaram, pensando que podiam tirar vantagem, e os boatos circulavam daqui para ali como um bando de gafanhotos.

— Demoramos — disse Madariaga — a confirmar o caso com as irmãs Belladona.

Durán se instalara no hotel, num quarto do terceiro andar, um que dava para a praça, e pedira que lhe arrumassem um rádio (não um televisor, um rádio), depois perguntou se por ali era possível conseguir rum e feijão, mas logo se acostumou com a comida crioula que serviam no restaurante e com a genebra Llave, que lhe serviam no quarto às cinco da tarde.

Falava um espanhol arcaico, cheio de modismos inesperados (*chévere, cuál es la vaina, estoy en la brega*) e de frases ou palavras deslumbrantes em inglês ou espanhol antigo (*obstinacy, winner, embeleco*). Às vezes não se entendiam as palavras ou a construção das frases, mas sua linguagem era cálida e serena. E além disso pagava aperitivos a quem quisesse escutá-lo. Aquele foi seu momento de maior prestígio. E assim começou a circular, a fazer-se conhecer, a frequentar os ambientes mais variados e a tornar-se amigo dos rapazes do povoado, fosse qual fosse sua condição.

Estava cheio de histórias e casos sobre aquele estranho mundo exterior que os da região só haviam visto no cinema ou na tevê. Vinha de Nova York, uma cidade onde todas as ridículas hierarquias de um povoado da província de Buenos Aires não existiam ou não eram tão visíveis. Parecia sempre contente e todos os que falavam com ele ou cruzavam com ele na rua sentiam-se importantes com seu jeito de escutá-los e dar-lhes razão. De modo que com uma semana de permanência no povoado ele já estabelecera uma corrente de calor e simpatia e se tornara popular e conhecido mesmo entre os homens que nunca o haviam visto.*

Como ele se dedicou a convencer os homens, as mulheres sempre ficaram do lado dele e falavam dele nos banheiros de senhoras da confeitaria e nos salões do Club Social e nas intermi-

---

* O irmão mais velho de Tony tombara no Vietnã. Ao atravessar um arroio nos bosques próximos ao delta do Mekong, um raio de sol se refletira em seus óculos e o tornara visível para um franco-atirador vietcongue, que o matara com um tiro — tão distante que nem sequer se ouviu. *Morreu em combate mas sua morte foi tão inesperada e pacífica que achamos que havia morrido de ataque cardíaco*, dizia a carta de condolências assinada pelo coronel Roger White, o delirante chefe de mensagens de pêsames do Military Assistance Command Vietnam, a quem a tropa chamava *the Fucking Poet*. Depois do disparo o pelotão recuara para os arrozais, temendo uma emboscada. O irmão de Tony fora levado pela correnteza e encontrado uma semana depois, devorado pelos cães e pelas aves carniceiras. O coronel White não mencionara essa circunstância em sua carta de pêsames. Como compensação pela morte do irmão, Tony não fora convocado pelo exército. Não queriam dois filhos mortos numa mesma família, mesmo tratando-se de uma família porto-riquenha. Os restos mortais do irmão haviam chegado num caixão de chumbo impossível de abrir. A mãe nunca ficara segura de que aquele cadáver — enterrado no cemitério militar de Jersey City — era mesmo o do filho.

náveis conversas telefônicas dos entardeceres de verão, e foram elas, claro, que começaram a falar que na realidade ele viera atrás das irmãs Belladona.

Até que no fim, certa tarde, viram-no entrar, satisfeito e falante, com uma das duas irmãs, com Ada, dizem, no bar do Plaza. Sentaram-se a uma mesa num canto afastado e passaram a tarde rindo e conversando em voz baixa. Foi uma explosão, um alarde de alegria e malícia. Naquela mesma noite tiveram início os comentários em voz baixa e as versões de conteúdo forte.

Disseram também que os dois haviam sido vistos entrando no fim da noite na pousada da rodovia que levava a Rauch, e mesmo que era recebido numa casinha que as jovens possuíam longe do povoado, nas imediações da fábrica inoperante que se erguia como um monumento abandonado a uns dez quilômetros do povoado.

Mas era tudo falação, conversa-fiada provinciana, versões que só conseguiram aumentar o prestígio de Durán (e também o das meninas).

Claro, como sempre as irmãs Belladona haviam sido as avançadinhas, as precursoras de todas as coisas interessantes que aconteciam no povoado: haviam sido as primeiras a usar minissaia, as primeiras a abolir o sutiã, as primeiras a fumar maconha e a tomar pílula anticoncepcional. Como se as irmãs tivessem achado que Durán era o homem indicado para completar sua educação. Uma história de iniciação, portanto, como nos romances em que jovens arrivistas conquistam as duquesas frígidas. Elas não eram frígidas nem duquesas, mas ele sim era um jovem arrivista, um Julien Sorel caribenho, como disse, erudito, Nelson Bravo, redator da coluna social do jornal local.

De todo modo foi naquela época que os homens deixaram de observá-lo com simpatia distante para tratá-lo com cega admiração e inveja bem-intencionada.

— Ele vinha com uma das irmãs, muito tranquilo, tomar um traguinho aqui, porque no início não permitiam (dizem) que ele entrasse no Club Social. Os metidos a grande coisa são os piores, querem fazer tudo escondido. As pessoas simples, em compensação, são mais liberais — disse Madariaga, usando a palavra em seu sentido antigo. — Quando fazem alguma coisa, fazem à luz do dia. Ou será que don Cosme não viveu em concubinato com sua irmã Margarita durante mais de um ano? Ou será que os dois irmãos Jáuregui não viveram com uma mulher que haviam tirado de um prostíbulo de Lobos? Ou que o velho Andrade não se enrolou com uma menina de quinze anos que era aluna interna num convento de carmelitas?

— Claro — disse um sujeito.

— É evidente que se Durán tivesse sido um gringo louro, a história teria sido outra — disse Madariaga.

— Claro — disse o sujeito.

— Claro morreu de velho — disse Bravo, sentado ao fundo, perto da janela, enquanto dissolvia uma colherada de bicarbonato num copo de soda porque sofria de acidez e estava sempre azedo.

Durán gostava da vida de hotel e se habituou a viver à noite. Passeava pelos corredores vazios enquanto todos dormiam; às vezes conversava com o responsável pelo turno da noite, que ficava o tempo todo tateando portas e que cochilava nas poltronas de couro da sala grande. Conversar é maneira de dizer, porque o homem era um japonês que sorria e dizia sim para tudo, como se não entendesse castelhano. Era pequenino e pálido, engomado, vestia terno e gravatinha-borboleta, muito solícito. Era do campo, onde seus parentes tinham um viveiro, e se chamava Yoshio

Dazai,* mas todos no hotel o chamavam de Japa. Parece que Yoshio foi a principal fonte de informações de Durán. Foi ele que lhe contou a história do povoado e a verdadeira história da fábrica abandonada dos Belladona. Muitos se perguntavam qual teria sido o fim do japonês que vivia à noite como um gato, iluminando o painel das chaves com uma lanterninha enquanto a família cultivava flores numa granja dos arredores. Era amável e delicado, muito formal e muito amaneirado. Silencioso, de mansos olhos rasgados, todos achavam que o japonês empoava a cútis e tinha a fraqueza de passar um pouco de ruge, só um pouquinho, nas bochechas, e que sentia o maior orgulho do cabelo liso e retinto que ele próprio chamava de *Asa de corvo*. Yoshio se afeiçoou ou ficou tão deslumbrado por Durán que ia atrás dele por toda parte e parecia seu criado pessoal.

Às vezes, de madrugada, os dois desciam para a rua, passavam por entre as árvores e atravessavam o povoado andando pelo meio da rua até a estação; sentavam-se num banco, na plataforma deserta, e viam passar o trem rápido da madrugada. O trem não parava nunca, passava como uma luz pelo povoado e seguia para o sul na direção da Patagônia. Yoshio e Durán viam o rosto dos passageiros, recostados contra o vidro iluminado das janelinhas como mortos na vidraça do necrotério.

E foi Yoshio que, num meio-dia do início de fevereiro, lhe entregou a mensagem das irmãs Belladona convidando-o a visitar a casa da família. Elas haviam desenhado um mapa numa folha de caderno e assinalado com um círculo vermelho a localização da mansão na colina. Parece que o convidavam a conhecer o pai.

---

* Filho de um oficial do exército imperial morto em combate horas antes da assinatura do armistício, Dazai nascera em Buenos Aires em 1946 e fora criado pela mãe e pelas tias, e quando criança só entendia o japonês das mulheres (*onnarashii*).

O casarão da família ficava no alto da encosta, na parte velha do povoado, sobre as colinas de onde se veem os morros, a laguna e a planície cinza e interminável. Durán envergou um terno branco de linho e sapatos combinando e no meio da tarde atravessou o povoado e subiu pelo caminho do alto até a casa.

E mandaram-no entrar pela porta de serviço.

Foi um equívoco da empregada: ao ver que ele era mulato, concluiu que era um peão fantasiado...

Passou pela cozinha e depois de cruzar o quarto de passar roupa e os aposentos dos empregados chegou ao salão que dava para o parque onde o esperava o velho Belladona, magro e escuro como um macaco embalsamado, pernas cambaias, olhos achinesados. Muito bem-educado, Durán fez as reverências de praxe e se aproximou para cumprimentar o Velho com as demonstrações de respeito usadas habitualmente no Caribe espanhol. Mas isso não funciona na província de Buenos Aires porque aqui quem trata os patrões daquele jeito são os empregados, eles (dizia Croce) são os únicos que observam as atitudes aristocráticas da colônia espanhola que já desapareceram em tudo quanto é lugar. E eram os patrões que ensinavam os empregados a adotar o comportamento que haviam abandonado, como se tivessem depositado naqueles homens escuros as boas maneiras de que já não necessitavam.

De modo que Durán agiu, sem se dar conta, como um capataz de granja, como um arrendatário ou um posteiro que se aproxima, solene e lento, para cumprimentar o patrão.

Tony não entendia as relações e hierarquias do povoado. Não entendia que havia áreas — as passagens lajeadas no meio da praça, a calçada da sombra no bulevar, os bancos da frente da igreja — frequentadas unicamente pelos membros das antigas famílias, que havia lugares — o Club Social, os balcões do teatro, o restaurante do Jockey Club — a que não se tinha acesso nem com dinheiro.

Mas o velho Belladona não tinha razão de desconfiar?, todo mundo se perguntava retoricamente. De desconfiar e de mostrar de saída àquele forasteiro arrogante quais eram as regras de sua classe e de sua casa. Sem dúvida o Velho se perguntara — e era uma pergunta que todos se faziam — como era possível que um mulato que dizia vir de Nova York aparecesse num lugar de onde os últimos negros haviam sumido cinquenta anos antes, ou se dispersado até se dissolver e passar a fazer parte da paisagem, e nunca chegasse a explicar com clareza por que estava ali e insinuasse que viera com uma espécie de missão secreta. Alguma coisa o Velho e Tony se disseram naquela tarde, depois se soube; parece que Tony trazia um recado ou uma encomenda, mas tudo por baixo do pano.

O Velho vivia num amplo salão que parecia uma quadra de raquete. Haviam demolido as paredes para abrir espaço, de modo que o Engenheiro podia movimentar-se de um lado para outro, entre suas mesas e escrivaninhas, falando sozinho e espiando pela janela o movimento morto da rua do outro lado do parque.

— Vão chamar você de Zambo por aqui — disse o Velho, e sorriu, cáustico. — Havia muitos negros no Rio da Prata na época da colônia, organizaram um batalhão de pardos e morenos, muito decididos, mas foram todos mortos nas guerras da independência. Houve mesmo alguns gaúchos negros servindo na fronteira, mas no fim todos foram viver com os índios. Alguns anos atrás ainda restavam negros nas montanhas, mas foram morrendo e agora não tem mais nenhum. Me disseram que há muitas maneiras de diferenciar a cor da pele no Caribe, mas aqui a gente chama os mulatos de zambos.* Está me entendendo, jovem?

---

* Os zambos, mestiços de índios e negros, eram o ponto mais baixo da escala social no Rio da Prata.

O velho Belladona tinha setenta anos, mas parecia tão remoto que podia se dirigir a todos os homens do povoado chamando-os de jovem: sobrevivera às catástrofes, reinava sobre os mortos, dissolvia o que tocava, afastou os homens da família de seu lado e ficou com as filhas enquanto os filhos se exilavam dez quilômetros para o sul, na fábrica que haviam construído ao lado da estrada para Rauch. Imediatamente o Velho lhe falou da herança, dividira seus bens e abrira mão da propriedade antes de morrer, e isso fora um erro, e desde então era só conflito por todo lado.

— Fiquei sem nada — disse — e eles começaram a brigar e por pouco não se matam.

As filhas, disse, estavam fora do conflito, mas seus filhos haviam discutido com ele como se disputassem um reino. (*Não volto mais — jurara Luca —, não ponho mais os pés nesta casa.*)

— Alguma coisa mudou naquele momento, depois da visita e da conversa — disse Madariaga sem se dirigir a ninguém em particular nem esclarecer qual fora a mudança.

Foi naqueles dias que começaram a dizer que ele era um *valijero** que trouxera dinheiro — que não lhe pertencia — para comprar a colheita por baixo do pano e não pagar os impostos. Diziam que o negócio que ele viera tratar com o velho Belladona era esse, e que as irmãs não haviam passado de pretexto.

Muito possível; era habitual, embora os que traziam e levavam o dinheiro clandestino costumassem ser invisíveis. Sujeitos com cara de bancários que viajavam com uma fortuna alheia em

---

* "A evasão de impostos decorre, principalmente, das atividades desenvolvidas pelos tipos conhecidos como *valijeros*. Eles recebem essa denominação porque transportam dinheiro em espécie numa pasta. Oferecem preços mais atraentes a intermediários, invernadores e produtores rurais em geral, negociando clandestinamente, com faturas pertencentes a empresas inexistentes" (*La Prensa*, 10 de fevereiro de 1972).

32

dólares para evitar a DGI. Contavam-se muitas histórias sobre as evasões e o tráfico de divisas. Onde as escondiam, como as levavam, a quem precisavam subornar, mas a questão não é essa, não importa onde eles põem o dinheiro porque não é possível descobri-los se alguém não os denunciar. E quem iria denunciá-los, se todo mundo está envolvido no negócio: os sitiantes, os estancieiros, os arrematantes, os que negociam o grosso da colheita, os que seguram o preço nos silos?

Madariaga tornou a olhar o comissário pelo espelho; nervoso, de rebenque na mão, ele andou de um lado para o outro no aposento até sentar-se junto de uma das mesas, e Saldías, seu assistente, pediu uma jarra de vinho e alguma coisa para comer enquanto Croce continuava monologando como tinha o hábito de fazer sempre que se esforçava para resolver um crime.

— Ele chegou com dinheiro — disse Croce — e por isso foi morto. Ficou empolgado com as corridas e com o cavalo de Luján.

— Não precisou ninguém fazer força, ele já chegou empolgado — ria Madariaga.

Alguns dizem que prepararam uma corrida especialmente para ele e que ele ficou obcecado. Melhor seria dizer que aquela corrida, que estava sendo preparada havia meses, fora antecipada para que Tony pudesse estar presente e houve quem visse nesse fato a mão do destino.

Num instante Tony verificou que havia vários tipos de cavalos muito bons na província, basicamente dentro de três categorias: os petiços de polo, muito extraordinários, criados sobretudo na região de Venado Tuerto; os puros-sangues crioulos dos haras do litoral, e os parelheiros das corridas campestres, que são muito velozes, com grande pique, de fôlego curto, muito nervosos, habituados a correr em dupla. Não há cavalo igual nem corridas como aquelas em nenhum outro lugar do mundo.

Durán começou, então, a conhecer a história das corridas da região.* Imediatamente se deu conta de que ali se apostava mais dinheiro que no Derby de Kentucky. Os estancieiros apostam pesado, os peões arriscam o salário. As corridas são preparadas com tempo, as pessoas juntam dinheiro para a ocasião. Alguns cavalos têm muito prestígio, sabe-se que venceram tantas carreiras em tais lugares e então se lança o desafio.

O cavalo do povoado era um tordilho do Payo Ledesma, muito bom cavalo que estava aposentado, como um boxeador que abandona as luvas sem ter sido vencido. Fazia tempo que ele vinha sendo desafiado por um estancieiro de Luján, dono de um alazão invicto. Parece que no início Ledesma não queria entrar, mas no fim se entusiasmou, topou a parada, por assim dizer, e aceitou o desafio. E foi aí que alguém mexeu os pauzinhos para fisgar Tony. O outro cavalo, o de Luján, chamava-se Tácito e tinha uma história bem esquisita. Na realidade ele era um puro-sangue que havia se lesionado e não podia correr mais de trezentos metros. Estreara no hipódromo de La Plata e logo depois vencera a Pule de Potros e num sábado chuvoso, na quinta carreira do hipódromo de San Isidro, tivera um acidente. Rodou e fraturou a pata esquerda e ficou sentindo. Era filho de um filho de Embrujo e foi posto à venda como reprodutor, mas o jóquei do cavalo — e o tratador — se encarregaram e tomaram conta dele até que pouco a pouco ele voltou a correr, lesionado e tudo. Parece que convenceram o estancieiro de Luján a comprá-lo e que nas canchas ele sempre vencia. Essa era a história que contavam e na verdade era um cavalo imponente, um colorado de patas brancas, arisco e enfezado, que só se entendia com o jóquei, que falava com ele como se ele fosse uma pessoa.

* O parelheiro mais conhecido na história argentina foi o Pangaré Azul, propriedade do coronel Benito Machado. O cavalo venceu todas as corridas disputadas e morreu enforcado em sua baia por descuido do tratador.

O cavalo fora trazido num caminhão aberto e quando o soltaram no potreiro os circunstantes ficaram olhando de uma distância respeitosa. Um cavalo de grande estatura, com a manta sobre o lombo e uma única pata envolta em ataduras, brioso, arisco, que mexia os olhos arregalados de espanto ou de raiva como um verdadeiro puro-sangue.

— É — disse Madariaga. — O tordilho de Ledesma contra o invicto de Luján. Ali aconteceu alguma coisa.

3.

A tarde de domingo estava fresca e via-se o pessoal que ia chegando das granjas e das estâncias de todo o distrito e se instalava nas bordas, ao longo do alambrado que separava a pista das casas. Haviam montado umas tábuas sobre uns cavaletes e vendiam empanadas e vendiam genebra e vinho de uva isabel, que sobe à cabeça só de olhar. Já haviam acendido o fogo para o churrasco e via-se o renque de costelas cravadas na cruz e os miúdos estendidos sobre uma lona no gramado. O clima era de festa e havia um rumor nervoso, elétrico, clássico nos preparativos de uma carreira muito esperada. Não se viam mulheres em lugar nenhum, só homens de todas as idades, meninos e velhos e homens maduros e jovens, vestidos em roupas domingueiras; de camisa bordada e colete enfeitado os peões; de jaqueta de camurça e lenço no pescoço os estancieiros; de jeans e pulôver amarrado na cintura os jovens do povoado. Era uma pequena multidão que se movia em ondas e ia de um lado para o outro e logo depois começaram a recolher as apostas, cédulas na mão, dobradas entre os dedos ou guardadas na cinta do chapéu.

Muitos forasteiros haviam chegado para assistir à corrida e se aglomeraram no fundo da pista, na linha de chegada, perto do barranco. Dava para ver que eles não eram dali pela maneira como se moviam, sigilosos, com o ar inquieto daquele que corre em pista alheia. Pelos alto-falantes da empresa de anúncios do povoado — *Avisos, leilões e feiras*. *A voz de todos* — transmitiam--se música e notícias e pediu-se um aplauso para o comissário Croce, que seria juiz de linha da carreira.

O comissário apareceu vestido de terno e gravata, chapéu de aba fina, acompanhado pelo escrevente Saldías, que o seguia como uma sombra. Soaram alguns aplausos dispersos.

— Viva o cavalo do comissário! — gritou um bêbado.

— Não se faça de engraçadinho, Cholo, que eu te meto uma bala no coco pela falta de respeito — respondeu o comissário, e o bêbado jogou o chapéu para cima e gritou de novo:

— Viva a polícia!

E todos começaram a rir e o clima se distendeu. Muito compenetrados, Croce e o escrevente mediram a distância da cancha a grandes passadas e depois dispuseram os cancheiros a um lado com um pano vermelho na mão para que fizessem sinais quando tudo estivesse preparado.

Então, num intervalo da música, ouviu-se um automóvel que se aproximava a todo vapor por trás do morro e apareceu Durán, dirigindo o cupê de capota baixa do velho Belladona, com as irmãs sentadas ao lado dele no assento estreito da frente, ruivas e belas e com cara de ter dormido pouco. Enquanto Durán estacionava o carro e ajudava as moças a desembarcar, o comissário interrompeu o que estava fazendo e se virou para vê-los, depois comentou alguma coisa em voz baixa para Saldías, que balançou a cabeça com resignação. Era raro ver as irmãs juntas, exceto em situações extraordinárias, e era extraordinário vê-las porque eram as únicas mulheres presentes (sem contar as donas que vendiam as empanadas).

Durán e as gêmeas se instalaram perto da largada, as meninas sentadas cada uma numa cadeirinha dobrável de lona com ele atrás, de pé, cumprimentando os conhecidos e fazendo brincadeiras sobre os forasteiros que haviam se amontoado na outra ponta da pista. Tony estava com uma camisa esporte cinza quadriculada, calça branca vincada impecável, sapatos de camurça em dois tons. O cabelo preto e farto, penteado para trás, brilhava com algum creme ou óleo especial que lhe dava forma. As irmãs estavam muito sorridentes, as duas vestidas igual, de vestido floreado e tira branca no cabelo. Claro que se elas não fossem as descendentes do dono do povoado, não teriam podido movimentar-se com tanta calma entre os homens que circulavam e olhavam para elas de canto de olho, com uma mistura de respeito e cobiça. Durán cumprimentava-os sorrindo e os homens davam a volta e se afastavam com ar distraído. Para rematar, logo depois as irmãs começaram a apostar, tirando o dinheiro de uma bolsinha de couro, minúscula, que ambas traziam pendurada no peito. Sofía apostou muito dinheiro nas patas do cavalo do povoado e Ada fez uma pilha com notas de quinhentos e de mil e apostou tudo no cavalo de Luján. Era sempre assim, uma contra a outra, como dois gatos enfiados num saco lutando para soltar-se e fugir.

— Bom, está bem — disse Sofía, e subiu o lance. — A que ganhar paga um jantar no Náutico e a que perder paga.

Durán começou a rir e fez uma brincadeira com elas e todos viram quando ele se inclinou entre as duas e ajeitou o cabelo de uma delas num gesto carinhoso, uma mecha rebelde atrás da orelha.

Aí todos se imobilizaram durante um instante interminável, o comissário imóvel no meio da cancha, os forasteiros parecendo adormecidos, os peões olhando a pista de areia com atenção exagerada, os estancieiros com expressão de desagrado ou surpresa, quietos, cercados pelos capatazes e pelos posteiros, os alto-falantes calados, o assador empunhando um facão e olhando o fogo que ardia sobre as chapas, o louco Calesita fazendo círculos cada vez mais devagar até ficar parado também ele, movendo-se apenas numa oscilação circular que pretendia representar a agitação dos toldos do carrossel sacudidos pela aragem. (E *carrossel* era uma palavra que Tony ensinara a ele quando ficava conversando com o louco do povoado toda vez que o encontrava dando voltas na praça.) Foi um momento muito extraordinário, as duas irmãs e Tony Durán eram os únicos que pareciam continuar vivos, falando em voz baixa e rindo, e ele continuou acariciando o cabelo de uma delas enquanto a outra o puxava pela manga do casaco para que se inclinasse e ouvisse o que ela queria cochichar em seu ouvido. Mas se tudo se imobilizara era porque haviam aparecido, do outro lado do arvoredo, o estancieiro de Luján, o inglês Cooke, alto e pesado como um carvalho, e, a seu lado, gingando ao andar, com petulância estudada, rebenque debaixo da axila, o jóquei, pequenino, meio amarelo--esverdeado de tanto tomar mate, olhando para todos os presentes com desprezo porque já correra no hipódromo de La Plata e em San Isidro e era um profissional do turfe. Chegara a notícia de que ele havia perdido a licença por ter atropelado um rival ao sair de uma curva em plena corrida e o cavalo do outro rodara, matando feio o ginete, que ficara esmagado embaixo do corpo do animal. Parece que andara preso, mas foi solto porque explicou que o cavalo se assustara ao ouvir o apito de um trem que naquele momento entrava na estação de La Plata, localizada atrás do hipódromo. Dizem que ele era cruel e encrenqueiro, que era um sujeito cheio de tretas e manhas, que devia duas mortes, que era altivo, baixinho e ruim feito um pimentão. Chamavam-no

Chino porque nascera no departamento de Maldonado e era oriental, mas não parecia uruguaio, de tão metido e arrogante. O tordilho do caolho Ledesma era montado pelo Monito Aguirre, um aprendiz que não teria mais de quinze anos e que parecia ter nascido no lombo de um cavalo. Boina preta, lenço no pescoço, alpargatas, bombacha, rebenque de cabo grosso, o Monito, e à frente, diminuto, o jóquei, vestindo jaqueta curta colorida e calça de montaria, a mão esquerda enluvada, os olhos depreciativos, duas frestas malvadas numa máscara amarela de gesso. Olharam um para o outro sem trocar cumprimentos, o Chino com o rebenque debaixo da axila e a mão com a luva preta parecendo uma garra, e o Monito chutando pedras, como se quisesse limpar o chão, maníaco, obstinado, porque esse era seu jeito de se concentrar antes de uma carreira.

Depois que tudo ficou pronto prepararam-se para montar e o Monito tirou as alpargatas e enfiou o pé descalço nos estribos, com o dedão enfiado na corda do grampo, como um índio, enquanto o Chino usava estribo curto, bem alto, à inglesa, meio em pé no cavalo, as duas rédeas na mão enluvada e a direita acariciando a cabeça do animal enquanto falava com ele ao ouvido numa língua remota e gutural. Depois foram postos, um de cada vez, sobre uma balança de pesar milho que ficava ao rés do chão, e foi preciso adicionar peso ao Monito porque, magro como era, estava com cerca de dois quilos menos que o oriental.

Ficou decidido que o certame seria com partida em marcha, distância de três quadras, trezentos metros curtos, da sombra projetada pelas casuarinas até o terraço no alto do barranco, perto da laguna. Na raia, um dos cancheiros estendera um fio de sisal pintado de amarelo que brilhava ao sol como se fosse de ouro. O comissário se instalou na largada e fez para eles um gesto com o chapéu, para que se posicionassem. A música parou de tocar, fez-se outra vez silêncio, só se ouvia o murmúrio dos que ainda recolhiam as apostas em voz baixa.

Os parelheiros largaram juntos a trote atrás do arvoredo e houve uma partida falsa e dois aprontos para alinhar os cavalos novamente, que no fim largaram do fundo num galope leve, sem prevalecimento, adquirindo cada vez mais velocidade, fantasticamente montados, focinho com focinho, e quando estavam correndo na mesma linha o comissário bateu as mãos uma na outra com força e gritou para eles que a partida estava valendo e o tordilho pareceu saltar para diante e logo depois abriu uma cabeça de vantagem sobre o Chino, que cavalgava jogado sobre as orelhas do animal, sem tocá-lo, com o rebenque sempre na axila, enquanto o Monito vinha a rebencaços limpos, vai que vai, os dois feito uma luz de velozes.

Os gritos de estímulo e os insultos formavam um coro que envolvia a pista e o Monito continuou sempre na frente até os duzentos metros, onde o Chino começou a castigar o alazão e a encurtar distância e os dois se lançaram cabeça com cabeça, e quando a faixa foi rompida havia um focinho de vantagem para o tordilho do Payo.

O Chino saltou do cavalo enfurecido, dizendo que havia sido prejudicado na largada.

— A partida valeu — disse o comissário com voz calma. — O vencedor foi o Mono, na raia.

Armou-se um tumulto e no meio da confusão o Chino começou a discutir com o Payo Ledesma. Primeiro insultou-o, depois quis bater nele, mas Ledesma, que era magro e alto, pôs a mão na cabeça dele e manteve a distância enquanto o Chino, furioso, dava pontapés e murros sem conseguir atingi-lo. No fim o comissário interveio e deu um grito e o Chino se acalmou. Depois sacudiu a roupa e olhou para Croce.

— Não é verdade que o cavalo é seu? — falou. — Ninguém aqui vence o cavalo do comissário.

— Que cavalo do comissário o quê, cara, que besteira — disse Croce. — Vocês quando perdem dizem que era armação e quando ganham se esquecem de tudo.

Todo mundo estava exaltado e discutindo e as apostas ainda não haviam sido pagas. As irmãs, em pé nas cadeirinhas de lona, procuravam ver o que estava acontecendo apoiadas no ombro de Durán, que sorria entre as duas. O estancieiro de Luján parecia muito tranquilo e segurava o cavalo pela rédea.

— Calma, Chino — disse ao jóquei, e depois se virou para Ledesma. — A largada não foi clara. Meu cavalo estava com o passo trocado e o senhor — olhou para Croce, que acendera o toscano e fumava furioso — viu muito bem, mas autorizou mesmo assim.

— E por que não avisou antes, por que não falou que não estava valendo? — perguntou Ledesma.

— Porque eu sou um cavalheiro. Se vocês decidirem que eu perdi, vou pagar as apostas, mas meu cavalo continua invicto.

— Não estou de acordo — disse o jóquei. — Um cavalo tem a sua honra e nunca aceita uma derrota injusta.

— Mas aquele bonequinho está louco — disse Ada com assombro e admiração. — Não desiste.

Como se tivesse ouvido o que elas estavam dizendo apesar de estar no fundo do campo, o Chino olhou as gêmeas com descaramento, primeiro uma e depois a outra, de cima a baixo, e se movimentou para ficar de frente para elas, insolente e presunçoso. Ada ergueu o polegar e o indicador e, formando a letra *c*, mostrou-lhe uma pequena diferença e sorriu para ele.

— Esse galinho só falta cantar — disse.

— Nunca saí com um jóquei — disse Sofía.

O jóquei olhou para as duas e inclinou a cabeça, depois se afastou, com um leve meneio, como se tivesse uma perna mais curta que a outra, rebenque na axila, o corpinho harmonioso e bem esticado, e se aproximou da bomba que estava ao lado da casa e molhou a cabeça. Enquanto bombeava água olhou para o Monito, instalado debaixo de uma árvore.

— Você saiu na frente — disse.

— Você fala demais — disse o Monito, e os dois se encararam mas sem ir mais longe porque o Chino começou a caminhar de costas e se aproximou do alazão e começou a falar com ele e a acariciá-lo como se quisesse acalmá-lo, quando na realidade quem estava nervoso era ele.

— Vou validar a corrida, então — disse o estancieiro de Luján —, mas não perdi. Paguem-se as apostas e estamos conversados. — Olhou para Ledesma. — Corremos de novo quando o senhor quiser, procure uma cancha neutra. No mês que vem tem carreiras em Cañuelas, se estiver de acordo.

— Agradeço a informação — disse Ledesma.

Mas não aceitou o desafio e nunca tornaram a competir; dizem que as irmãs quiseram convencer o velho Belladona a comprar o cavalo de Luján, jóquei incluso, queriam refazer a carreira, e que o velho se negou, mas tudo isso não passa de versão e conjectura.

E então chegou março e as irmãs não foram mais nadar na piscina do Náutico e agora Durán esperava por elas no bar do hotel ou deixava-as na saída do povoado e depois bordejava a laguna e fazia uma parada no armazém de Madariaga para tomar uma genebra. A essa altura já tinha esquecido o assunto dos cavalos, como se tivesse sofrido uma decepção ou já não precisasse do pretexto. Era visto quase todas as noites no bar do hotel, mantinha aquele clima de confiança imediata, de simpatia natural, mas, pouco a pouco, foi se isolando. Nesse ponto as versões sobre os motivos de sua vinda para o povoado começaram a mudar, disseram que ele vira ou que alguém o vira, que ele dissera ou que alguém dissera e baixavam a voz. Ele parecia errático, distraído, e dava a impressão de sentir-se mais à vontade quando estava na companhia de Yoshio, que era seu ajudante pessoal, seu cicerone e seu guia, tudo ao mesmo tempo. O japonês o levava numa direção inesperada que não agradava muito a ninguém. Banhavam-se nus na laguna na hora da sesta. E várias vezes viram Yoshio esperando por ele na margem com uma toalha para esfregar seu corpo com energia antes de servir-lhe o lanche sobre uma toalha estendida debaixo dos salgueiros.

Às vezes saíam de madrugada e iam pescar na laguna. Alugavam um bote e viam o sol nascer enquanto jogavam a linha. Tony nascera numa ilha do Caribe e achava graça nas lagunas que se encadeavam no sul da província, com seus leitos tranquilos e suas ilhotas onde pastavam vacas. Mas gostava da paisagem vazia da planície que se avistava do bote, para além da corrente mansa da água que se deslocava entre os juncos. Campos cultivados, pastos queimados pelo sol e às vezes algum olho d'água em meio aos bosques e caminhos.

A essa altura fazia tempo que a lenda se modificara, ele já não era um dom-juan, já não era um caçador de fortunas que viera atrás de duas herdeiras sul-americanas, era um viajante de novo tipo, um aventureiro que traficava dinheiro sujo, um contrabandista neutro que passava dólares pelas aduanas com o auxílio de seu passaporte norte-americano e de sua elegância. Tinha dupla personalidade, duas caras, fundo falso. E não parecia possível estabilizar as versões porque sua possível vida secreta mudava sempre e era sempre surpreendente. Um forasteiro sedutor, extrovertido, que dizia tudo, e também um homem misterioso, com seu lado escuro, que fora capturado pelos Belladona e se perdera naquele torvelinho.

Todo o povoado colaborava para ajustar e melhorar as versões. Os motivos e o ponto de vista haviam mudado, mas não o personagem; os acontecimentos também não haviam mudado, só a maneira de olhar para eles. Não existiam fatos novos, somente interpretações diferentes.

— Mas não foi por isso que o mataram — disse Madariaga, e tornou a observar o comissário pelo espelho. O comissário continuava andando, nervoso, com o rebenque na mão, de um lado para o outro do aposento.

A última luz de março entrava filtrada pelas grades da janela e fora a lavoura se dissolvia, como se fosse de água, ao entardecer.

Ficaram conversando desde o final da tarde até meia-noite, sentados nas poltronas de vime da varanda que dava para o jardim do fundo, e de vez em quando Sofía Belladona se levantava e entrava na casa para pegar mais gelo ou trazer outra garrafa de vinho branco, sem parar de falar estando na cozinha ou ao cruzar a porta de vidro ou quando se apoiava na treliça da varanda antes de tornar a sentar-se mostrando as coxas bronzeadas pelo sol, os pés calçados com sandálias brancas que deixavam ver as unhas pintadas de vermelho — as pernas compridas, os tornozelos finos, os joelhos perfeitos — que Emilio Renzi olhava embevecido enquanto acompanhava a voz grave e irônica da jovem que ia e vinha na tarde — como uma música — até interrompê-la com seus comentários ou pedir-lhe que fizesse uma pausa para que ele pudesse anotar algumas palavras ou alguma frase em sua caderneta preta, como alguém que acorda no meio da noite e acende a luz para anotar num papel um detalhe qualquer do sonho que acaba de ter, na esperança de recordá-lo inteiro no dia seguinte.

Muitas vezes Sofía verificara que a história de sua família era um patrimônio de todos os moradores da região — uma história de mistério que o povoado inteiro conhecia e narrava uma e outra vez mas que nunca conseguia decifrar completamente — e não se preocupava com as versões e as alterações porque essas versões faziam parte do mito que ela e a irmã, as Antígonas — ou as Ifigênias? — daquela lenda, não precisavam esclarecer — "rebaixar-se a esclarecer", como ela dizia —, mas agora, em meio à confusão, logo depois do crime, era preciso, quem sabe, tentar reconstruir — "ou entender" — o que acontecera. As histórias familiares se parecem, dissera ela, os personagens se reproduzem e superpõem — sempre há um tio que é um estroina, uma apaixonada que fica solteira, há sempre um louco, um ex-alcoólatra, um primo que gosta de se vestir de mulher nas festas, um fracassado, um vencedor, um suicida —, mas neste caso o que complicava as coisas era que a história da família se superpunha à história do povoado.

— Fundado por meu avô — disse com desprezo. — Não havia nada aqui quando ele chegou, só a terra sem nada, os ingleses construíram a estação da estrada de ferro e encarregaram meu avô de tomar conta dela.

O avô nascera na Itália e estudara engenharia e era técnico em estradas de ferro, e ao chegar à Argentina fora levado para o deserto e posto à frente de uma ramificação, de uma parada — na verdade uma encruzilhada de rotas — no meio do campo.

— E agora às vezes penso — disse depois — que, se meu avô tivesse ficado em Turim, Tony não teria morrido. Inclusive se nosso caminho não tivesse cruzado com o dele ele em Atlantic City ou se ele tivesse continuado vivendo com os avós em Río Piedras, não o teriam assassinado. Como se chama isso?

— O nome é vida — declarou Renzi.

— *Plash!** — *disse ela.* — *Não seja cafona... o que está acontecendo com você? Ele foi escolhido, foi morto, no dia exato, na hora exata, não tinham muitas oportunidades, você percebe? Não há tantas ocasiões de matar um homem como aquele.*

* Sofía passara a infância lendo historinhas e gostava de repetir suas onomatopeias.

4.

Encontraram Durán morto no chão de seu quarto de hotel, com uma facada no peito. Quem o encontrou foi a garota da limpeza, porque dava para ouvir o telefone tocando do outro lado da porta fechada sem ninguém atender, e ela achou que o quarto estava vazio. Eram duas horas da tarde.

Croce estava tomando um vermute com Saldías no bar do hotel, de modo que foi só se mover e começar a investigar.

— Ninguém sai daqui — disse Croce. — Vamos ouvir o depoimento deles e depois eles podem ir embora.

Os hóspedes ocasionais, os de passagem e os pensionistas conversavam em voz baixa, sentados nas poltronas de couro do salão ou em pé em grupos de três ou quatro junto da parede. Saldía se instalara diante de uma mesa no escritório do gerente e ia chamando a todos, um por um. Fez uma lista, anotou os dados pessoais, os endereços, perguntou-lhes em que ponto exato do hotel estavam às duas da tarde; depois os informou que permaneceriam à disposição da polícia e poderiam ser convocados como testemunhas. No fim separou os que haviam estado perto do local onde o fato se consumara ou tinham informação direta e pediu-lhes que aguardassem na sala de jantar. O resto podia retomar suas atividades até haver necessidade deles.

— Quatro estavam perto do quarto de Durán no momento do crime e dizem ter visto um suspeito. Será preciso interrogá-los.

— Vamos começar por eles...

Saldías deu-se conta de que Croce não queria subir para ver o cadáver. Ele não gostava do aspecto dos mortos, aquela estranha expressão de surpresa e horror. Vira muitos, demais, em todas as posições e com os jeitos mais estranhos de morrer, mas sempre com cara de espanto. Sua esperança era resolver o crime sem ter de fazer o exame de corpo de delito. Cadáveres não faltam, tem morto por todo lado, dizia.

— Temos de subir — disse Saldías, e repetiu um argumento que Croce sempre utilizava nesses casos: — Melhor ver tudo antes de ouvir as testemunhas.

— Certo — disse Croce.

O quarto era o melhor do hotel porque dava para a esquina e ficava isolado no fundo do corredor. O corpo de Durán, vestindo calça preta e camiseta branca, estava estirado no chão no meio de uma poça de sangue. Parecia prestes a sorrir e estava de olhos abertos com um olhar ao mesmo tempo gelado e aterrador.

Croce e Saldías se posicionaram em frente ao cadáver com aquela estranha cumplicidade que se estabelece entre dois homens que olham juntos para um morto.

— Não podemos tocá-lo — disse Croce. — Pobre infeliz...

Deu as costas ao cadáver e começou a observar atentamente o assoalho e os móveis. À *primeira vista* tudo estava em ordem ali. O comissário se aproximou da janela que dava para a praça para ver o que se via estando na praça e também o que se via estando ali e olhando para fora. O assassino sem dúvida se detivera ao menos um instante para olhar pela janela e ver se alguém poderia estar observando o que se passava no quarto. Ou quem sabe houvesse um cúmplice embaixo, alguém que lhe fez um sinal.

— Foi morto quando abriu a porta.

— Deram um empurrão nele — disse Croce — e liquidaram ali mesmo. Primeiro ele reconheceu a pessoa e em seguida ficou surpreso. — Aproximou-se do cadáver. — A punhalada foi muito profunda, muito exata, como quem mata um bezerro. Facada crioula. De baixo para cima, com o fio para dentro, entre as duas costelas. Caiu duro — disse como se estivesse contando um filme assistido naquela tarde. — Barulho nenhum. Só um gemido. Tenho certeza de que o assassino o segurou para que ele não caísse de golpe. Pouco sangue. Você segura o outro como um saco de ossos e quando larga o sujeito no chão ele já está morto. Parrudo, o assassino — concluiu Croce. Pelo ferimento, via-se que era um facão comum, desses utilizados pelo pessoal para comer churrasco. Uma faca arbolito como milhares de outras na província.

— Com certeza atiraram a faca na laguna. — O comissário falava, meio distraído. — Há muitas facas no fundo do rio. Quando eu era criança, mergulhava e sempre encontrava alguma...

— Facas?

— Facas e mortos. Um cemitério. Suicidas, bêbados, índios, mulheres. Cadáveres e mais cadáveres no fundo da laguna. Vi um velho, um dia, cabelo comprido e branco, o cabelo tinha continuado crescendo e parecia um tule na água transparente. — Interrompeu-se. — Na água, o corpo não apodrece. A roupa sim, por isso os mortos boiam nus entre as plantas aquáticas. Vi mortos pálidos, de pé, de olhos abertos, como grandes peixes brancos num aquário.

Vira ou sonhara? Croce tinha aquelas visões repentinas e Saldías se dava conta de que o comissário já estava em outro lugar, durante um curto instante, falando com alguém que não estava ali, ouvindo vozes, mastigando com fúria o charutinho apagado.

— Não muito longe, lá, no pesadelo do futuro, eles saem da água — disse, enigmático, e sorriu, como quem acorda.

Olharam-se. Saldías o estimava e entendia que de chofre ele se perdesse em seus pensamentos. Era só um instante, mas o comissário sempre voltava, como se tivesse narcolepsia psíquica. O cadáver de Durán, cada vez mais branco e rígido, parecia uma estátua de gesso.

— Cubra o falecido — disse Croce.

Saldías cobriu-o com um lençol.

— Podiam ter jogado o corpo no campo para ser comido pelos gaviões, mas queriam que eu o visse. Deixaram aqui de propósito. E por quê? — Mais uma vez, percorreu o quarto com o olhar, como vendo-o pela primeira vez.

Não havia nenhum outro sinal de violência exceto uma gaveta mal fechada, com uma gravata aparecendo. Talvez a tivessem fechado com um tranco e o assassino ao virar-se não vira a gravata. O comissário fez o gesto de fechar a gaveta aberta com o corpo. Depois se sentou na cama e deixou-se ir com o olhar perdido na claraboia que dava para o céu.

Saldías fez o inventário do que encontraram. Cinco mil dólares numa carteira, vários milhares de pesos argentinos amontoados sobre a cômoda, ao lado de um relógio e de um chaveiro, um maço de cigarros Kent, um isqueiro Ronson, um pacote de Velo Rosado, um passaporte norte-americano em nome de Anthony Durán, nascido a 5 de fevereiro de 1940 em San Juan. Havia um recorte de um jornal de Nova York com os resultados das grandes ligas, uma carta em espanhol escrita por uma mulher,*

---

* "Tony, você sabe que eu não desejo mais nenhum tipo de amor. Já tenho vinte e cinco abris, ai meu Deus do céu, e não vou mais viver com amor, nem com carinho. Eu bem que fui atrás, do amor, é, e quando encontrei, me dei mal.

uma foto com a imagem do líder nacionalista Albizu Campos falando numa manifestação, com a bandeira de Porto Rico ondulando atrás; a foto de um soldado de óculos redondos vestido com o uniforme dos Marines; havia um livro de poesia de Pales Matos, um long-play de salsa de Ismael Rivera dedicado a *Mi amigo Tony D.*, havia muitas camisas, muitos pares de sapatos, vários ternos, nenhuma agenda, ia dizendo Saldías ao comissário.

— As coisas que um morto deixa não significam nada — disse Croce.

Esse é o mistério dos crimes, a surpresa do que morre sem estar preparado. O que ele deixou por fazer? Quem viu pela última vez? Sempre era necessário começar a investigação pela vítima, era o primeiro rastro, a luz escura.

No banheiro não havia nada de especial, um vidrinho de Actemin, um vidrinho de Valium, uma caixa de Tylenol. No cesto de vime da roupa suja encontraram um romance de Ben Benson, *The Ninth Hour*, um mapa do Automóvel Club com as estradas da província de Buenos Aires, um sutiã, uma bolsinha de náilon com moedas norte-americanas.

Voltaram para o quarto; antes que o cadáver fosse fotografado e levado ao necrotério para a autopsia teriam de preparar um relatório escrito. Tarefa bastante ingrata que o comissário delegava a seu assistente.

Croce andava de cá para lá, observando entrecortadamente, sem deter-se em lugar nenhum, murmurando, como se pen-

---

Você sabe que no começo a gente acredita em tudo o que os outros dizem, os homens [*ilegível*] como a gente é ignorante, compreensiva. Um homem vem com te adoro, me promete mansões e castelos, me come duas ou três vezes e depois tchau e bênção. Quando eu larguei o Lalo era a mais animada, ia de festa em festa e arrebentava, era pior que as outras. Quando aparecia um americano eu ficava doida, *Honey, Honey*, ele me dispensava e no dia seguinte não me conhecia mais [*falta a página seguinte*]."

sasse em voz alta, numa espécie de murmúrio contínuo. O ar está esquisito, disse. *Avermelhado, uma espécie de arco-íris contra a luz do sol, um ar azul. O que era?*

— Você está vendo isto? — disse, olhos parados na claridade do aposento.

Mostrou os rastros de um pozinho quase invisível que parecia flutuar no ar. Saldías tinha a impressão de que Croce via as coisas a uma velocidade incomum, como se estivesse meio segundo (meio milésimo de segundo) adiantado em relação aos outros. Acompanhou a pista do pozinho azul-claro — uma bruma tênue movida pelo sol, que Croce observava como se fosse um rastro na terra — até chegar ao fundo do quarto. Na parede havia um quadrado de tecido preto com arabescos amarelos, uma espécie de *batik* ou de tapeçaria pampa, tudo muito pobre, não era um enfeite, claro que tapava alguma coisa. O vento da janela balançava as bordas do pano.

Croce desgrudou o tecido com um canivete pendurado no chaveiro e viu que ocultava uma janela de guilhotina. Abriu-a sem dificuldade. Dava para uma espécie de poço. Havia uma corda. Uma roldana.

— O monta-cargas de serviço.

Saldías olhou para ele sem entender.

— Antes as refeições eram servidas no quarto, se o hóspede quisesse. Era só ligar. Subiam por aqui.

Aproximaram-se do buraco; por entre as cordas, chegava o rumor das vozes e o barulho do vento.

— Aonde vai dar?

— Na cozinha e no porão.

Moveram a corda pela roldana e ergueram a caixa do pequeno monta-cargas até a beirada.

— Muito pequeno — disse Saldías. — Ninguém ia caber.

53

— Não estou tão seguro — disse Croce. — Deixe ver. — E debruçou-se outra vez. Embaixo se via uma luz tênue entre as teias de aranha e um piso de lajes axadrezadas ao fundo.

— Vamos — disse Croce. — Venha.

Desceram pelo elevador até o subsolo e depois por uma escada até um corredor azul que levava aos porões. Lá ficavam as antigas cozinhas já fora de uso e a caldeira. A um lado se abria uma porta que dava para uma espécie de desvão com paredes de azulejos e uma velha geladeira vazia. Na ponta do corredor, num canto, atrás de uma grade, ficava a centralzinha telefônica. Do outro lado, uma porta de ferro meio aberta dava para o depósito de objetos perdidos e móveis velhos. Era um aposento amplo e alto, com um piso de lajes pretas e brancas; na parede de trás, uma janela, fechada com uma persiana de duas folhas, dava para o monta-cargas, que subia entre cabos para os andares de cima.

No depósito, amontoados em desordem, estavam os restos do passado da vida no hotel. Baús, cestos de vime, malas, recados, lenços enrolados, molduras vazias, relógios de parede, um almanaque de 1962 da fábrica dos Belladona, uma lousa, uma gaiola de passarinho, máscaras de esgrima, uma bicicleta sem a roda da frente, lâmpadas, lanternas, urnas eleitorais, uma estátua da Virgem Maria sem cabeça, um Cristo que acompanhava com o olhar, colchões enrolados, uma máquina de cardar lã.

Não havia nada que chamasse a atenção. Exceto uma cédula de cinquenta dólares jogada no chão a um lado.

Estranho. Uma cédula nova. Croce guardou-a num envelope transparente com as outras evidências. Verificou a data de emissão. Cédula. Série 1970.

— E de quem é?

— De qualquer um — disse Croce. Olhou a cédula por todos os lados como se quisesse identificar a pessoa que a deixara cair. Sem querer? Alguma coisa foi paga e o dinheiro caiu. Quem sabe... Viu na cédula o rosto do general Grant: *the butcher*, o bêbado, um herói, um criminoso, inventou a tática da terra arrasada, ia com o exército do Norte e queimava as cidades, as plantações, só travava combate quando tivesse uma superioridade de cinco para um, depois fuzilava todos os prisioneiros. — Ulysses Grant, o carniceiro: olha onde ele foi acabar, numa cédula jogada no chão de uma porcaria de um hotelzinho. — Ficou pensando com o envelope transparente na mão. Mostrou-o a Saldías como se fosse um mapa. — Está vendo? Agora eu entendo, filho... Ou melhor, tenho a impressão de que já sei do que se trata. Vieram roubar Durán, desceram pelo monta-cargas, repartiram o dinheiro. Ou será que guardaram o dinheiro? Na pressa, a cédula caiu.

— Desceram? — disse Saldías.

— Ou subiram — disse Croce.

Croce tornou a verificar o poço do monta-cargas.

— Vai ver que mandaram só o dinheiro e havia alguém esperando embaixo.

Saíram pelo corredor azul; ao lado, atrás de um painel de vidro e de uma grade, no entrepiso, numa espécie de cela, ficava a centralzinha telefônica.

Entrevistaram a telefonista do hotel, a senhorita Coca. Magrinha, sardenta, Coca Castro sabia tudo sobre todo mundo, era a pessoa mais informada da região, todo mundo a convidava em casa para que ela contasse o que sabia. Fazia-se de rogada. Mas no fim sempre ia, com suas notícias e suas novidades. Por isso ficara solteira! Sabia tanto que nenhum homem se animava. Uma mulher que sabe assusta os homens, ao que dizia Croce. Saía com os representantes comerciais e com os viajantes e era muito amiga das moças jovens do povoado.

Perguntaram-lhe se havia visto alguma coisa, se havia visto alguém entrar ou sair. Mas ela não vira ninguém naquele dia. Depois quiseram que ela falasse de Durán.

— O 33 é um dos três quartos do hotel que têm telefone — esclareceu a telefonista. — O senhor Durán solicitou especialmente um quarto com telefone.

— Com quem ele falava?

— Poucos telefonemas. Vários em inglês. Sempre de Trenton, em Nova Jersey, Estados Unidos. Mas eu não escuto as conversas dos hóspedes.

— Mas hoje, quando ninguém respondia, quem estava telefonando? Lá pela uma da tarde. Quem era?

— Uma chamada local. Da fábrica.

— Luca Belladona?

— Não sei, não falou. Mas era um homem. Pediu para falar com Durán, mas não sabia o número do quarto. Quando ninguém respondeu, me pediu para insistir. Ficou esperando, mas ninguém atendeu.

— Ele já havia telefonado antes?

— Durán telefonou para ele uma ou duas vezes.

— Uma ou duas?

— Tenho o registro. Pode verificar.

A telefonista estava nervosa. Todo mundo, num caso de assassinato, imagina que vão complicar sua vida. Durán era um encanto, convidara-a duas vezes para sair. Croce na hora pensou que Durán queria saber alguma coisa, por isso a convidara; a moça podia fornecer-lhe informações. Ela não aceitara por respeito à família Belladona.

— Ele lhe perguntou alguma coisa específica?

A moça pareceu enroscar-se, enrolar-se, como um espírito na lâmpada de Aladim do qual só se via uma boca vermelha.

— Queria saber com quem Luca costumava falar. Foi isso que ele me perguntou. Mas eu não sabia nada.

— Telefonou para a casa das irmãs Belladona?

— Várias vezes — disse Coca. — Falava principalmente com Ada.

— Vamos ligar para elas, quero que venham fazer o reconhecimento do cadáver.

A telefonista compôs o número da casa dos Belladona. Estava com a expressão satisfeita de alguém que é protagonista de uma situação excepcional.

— Alô, aqui é do Hotel Plaza — disse. — Ligação para as senhoritas Belladona.

As irmãs chegaram no fim da tarde, furtivas, como se naquela circunstância tivessem decidido infringir o tabu ou a superstição que as impedira por anos a fio de aparecer juntas no povoado. As irmãs pareciam uma réplica, tão iguais que a simetria ficava sinistra. E Croce tinha uma familiaridade com elas que não decorria unicamente do contato no povoado.

— Como vocês ficaram sabendo?

— O fiscal Cueto me telefonou — disse Ada.

Subiram para fazer o reconhecimento do cadáver. Coberto com o lençol branco, no chão, ele parecia um móvel. Saldías ergueu o lençol, seu rosto agora tinha um ricto irônico e já estava muito pálido e rígido. Nenhuma das duas disse nada. Não era necessário dizer nada: tinham de fazer o reconhecimento. Era ele. Todo mundo sabia que era ele. Sofía fechou os olhos do morto e se afastou para a janela. Ada parecia ter chorado, ou talvez fosse o pó do povoado nos olhos ardidos; olhou distraída os objetos do aposento, as gavetas abertas. Mexia a perna, nervosa, num gesto que não significava nada, como uma mola que se movesse no ar. O comissário olhou aquele gesto e sem querer pensou em Regina Belladona, a mãe de Luca, o mesmo movimento da perna, como se no corpo — num ponto do corpo — se acumulasse todo o desespero. *A fissura num cálice de cristal.* Chegavam-lhe de golpe essas frases estranhas, como se alguém as ditasse para ele. Inclusive a sensação de que as estavam ditando era — para ele — uma evidência absoluta. Distraiu-se e quando voltou à realidade ouviu Ada dizendo alguma coisa, parecia estar respondendo a uma pergunta do escrevente. Alguma coisa relativa ao telefonema para a fábrica. Ignorava que Durán tivesse falado com seu irmão. Nenhuma das duas tinha notícias a dar. Croce não acreditou, mas não insistiu porque preferia deixar que suas intuições se revelassem quando não fosse necessário comprová-las. Só quis saber alguns detalhes sobre a visita de Tony à casa familiar.

— Foi falar com seu pai.

— Ele foi até nossa casa porque meu pai quis conhecê-lo.

— Algo foi dito sobre a herança.

— Merda de povoado — disse Ada com um sorriso delicado. — Se todo mundo sabe que podemos repartir a herança na hora que quisermos porque minha mãe está impedida...

— Legalmente — disse Sofía.

— Ultimamente ele andava muito com o Yoshio, vocês sabem o que estão dizendo.

— Não nos interessa o que as pessoas fazem quando não estão conosco.

— E não estamos interessadas em boatos — disse Ada.

— Nem nas gracinhas.

Como num lampejo, Croce recordou uma tarde de verão: as duas irmãs brincando com gatinhos recém-nascidos. Teriam cinco ou seis anos, as meninas. Haviam enfileirado os filhotes, que se arrastavam pelas lajes aquecidas pelo sol do início da tarde, as meninas primeiro os acariciavam, depois os passavam uma para a outra, pendurados pela cauda. Um jogo rápido, que ia acelerando apesar dos miados agoniados dos gatos. Claro que desde o começo ele descartara as irmãs. Elas o teriam matado pessoalmente, não teriam delegado uma coisa tão pessoal a um terceiro. Os crimes cometidos por mulheres, pensou Croce, são sempre pessoais, elas não confiam a tarefa a ninguém. Saldías continuava perguntando e anotando. Um telefonema da fábrica. Para confirmar que ele estava no hotel. No mesmo horário. Muita coincidência.

— Sabe como é meu irmão, comissário, é impossível que a pessoa que telefonou tivesse sido ele — disse Sofía.

Ada afirmou que não sabia do irmão, que fazia um bom tempo que não via Luca. Que estavam afastados. Todo mundo deixara de vê-lo, acrescentara depois, ele vivia trancado na fábrica com suas invenções e seus sonhos.

— O que vai acontecer agora? — perguntou Sofía.

— Nada — disse Croce. — Vamos mandá-lo para o necrotério.

Era estranho estar falando naquele quarto, com o morto no chão, com Saldías tomando notas e o comissário, ar cansado, olhando para elas com benevolência.

— Podemos ir? — perguntou Sofía.

— Ou somos suspeitas? — disse Ada.

— Todos somos suspeitos — disse Croce. — É melhor vocês saírem por trás, e façam o favor de não comentar o que viram aqui nem o que dissemos.

— É claro — disse Ada.

Quando o comissário se ofereceu para acompanhá-las, recusaram, iam sozinhas, podia ligar para elas em qualquer horário, se precisasse falar com elas.

Croce estava sentado na cama, parecia aflito ou distraído. Quis ver as anotações feitas por Saldías e estudou-as com calma.

— Bom — falou depois. — Vamos ver o que dizem esses espertinhos.

Um estancieiro de Sauce Viejo declarou ter ouvido um barulho de correntes que vinha do outro lado da parede que dava para o quarto de Durán. Depois escutou claramente uma voz que dizia, num sussurro nervoso:

— Eu compro e você me retribui como puder.

As palavras haviam ficado em sua mente porque tivera a sensação de que eram uma ameaça ou uma zombaria. Não era capaz de identificar a pessoa que havia falado, mas tinha uma voz esganiçada, como se fosse fingida ou de mulher.

— Fingida ou de mulher?

— Como se fosse de mulher.

Um dos viajantes, um tal Méndez, disse que vira Yoshio rondando pelo corredor do hotel e depois se agachar para espiar pela fechadura da porta do quarto de Durán.

— Estranho — disse Croce. — Agachado?

— Junto da porta.

— Olhando ou escutando?

— Dava a impressão de estar espiando.

Um representante de vendas disse que vira Yoshio entrar no banheiro do corredor para lavar as mãos. Estava vestido de preto com um lenço amarelo no pescoço e tinha a manga do braço direito arregaçada até quase o cotovelo.

— E o senhor, o que estava fazendo?

— Minhas necessidades — disse o representante. — Estava de costas mas vi pelo espelho.

Outro hóspede, um leiloeiro de Pergamino que costumava se hospedar no hotel, disse que lá pelas duas da tarde vira Yoshio sair do banheiro do terceiro andar e descer agitado pela escada sem esperar o elevador. Uma das empregadas da limpeza falou que naquele mesmo horário vira-o sair do quarto e atravessar o corredor. Prono, o encarregado da segurança do hotel, um sujeito alto e gordo que fora boxeador profissional e agora se refugiara no povoado em busca de paz, acusou imediatamente Dazai.

— Foi o Japa — disse com a voz nasal de um ator de filme argentino de bangue-bangue. — Briga de veado.

Os outros aparentemente concordavam com ele e todos estavam ansiosos para prestar depoimento; o comissário estranhou tanta unanimidade. Algumas testemunhas haviam chegado a criar problemas para si mesmas com seus depoimentos. Podiam ser investigadas, suas palavras teriam de ser corroboradas. O estancieiro de Sauce Viejo, por exemplo, um homem de rosto congestionado, tinha uma amante no povoado, a viúva do velho Corona, e sua mulher — a mulher do estancieiro — estava doente no hospital de Tapalqué. A empregada da limpeza que dissera ter visto Yoshio sair apressado do quarto de Durán não soube explicar o que estava fazendo no corredor àquela hora, quando já devia estar liberada.

Yoshio se trancara à chave em seu quarto, aterrorizado, ao que diziam, e desesperado com a morte do amigo, e não atendia o telefone.

— Deixem-no em paz enquanto ele precisar — disse Croce. — Fugir ele não vai.

Sofía parecia furiosa e olhou para Renzi com um sorriso estranho. Disse que Tony estava louco por Ada, talvez não exatamente apaixonado, só cheio de tesão, mas que viera até o povoado também por outros motivos. As histórias que haviam circulado sobre o trio, sobre os jogos que haviam feito ou imaginado, não tinham nada a ver com o crime, eram fantasmas, fantasias sobre as quais poderia falar com Emilio em outro lugar, se fosse o caso, porque não tinha nada a esconder, não ia deixar que um bando de velhas ressentidas viesse dizer-lhe como deveria viver ou com quem — "ou com quens", dissera depois — deveriam deitar-se, ela e a irmã. E nem iam deixar-se insultar pela beataria de um povoado de província que sai da igreja direto para o prostíbulo da Vesga — ou vice-versa.

O pessoal do campo vivia em duas realidades, com duas morais, em dois mundos, por um lado se vestiam com roupa inglesa e andavam pelo campo na picape saudando a peonada como se fossem senhores feudais, e por outro se metiam em tudo quanto era mutreta suja e faziam negociatas com os leiloeiros de gado e com os exportadores da capital. Por isso quando Tony chegou entenderam que havia outra partida sendo disputada além de uma história sentimental. Para que um norte-americano viria até aqui se não fosse para trazer dinheiro e fazer negócios?

— E tinham razão — disse Sofía, acendendo um cigarro e fumando em silêncio por algum tempo, a brasa do cigarro brilhando na penumbra do entardecer. — Tony vinha com uma missão, e por isso nos procurou, e depois percorremos com ele os cassinos do litoral, hospedando-nos em hotéis de luxo ou em motéis pulguentos ao longo da estrada, divertindo-nos e vivendo a vida enquanto ele acabava de resolver a tal missão de que estava encarregado.

— Uma missão? — disse Renzi. — Que missão? Ele já sabia, quando foi atrás de vocês?

— Sabia, sabia — disse ela. — Em dezembro.

— Em dezembro? Não pode ser... Como, em dezembro? Se o seu irmão...

— Então deve ter sido em janeiro, isso não tem importância, não tem importância, que importância tem? Ele era um cavalheiro, não falava demais e nunca mentiu para nós... simplesmente se recusava a comentar certos detalhes... — disse Sofía, e retomou sua litania, como se estivesse cantando, em criança, no coro da igreja... E Renzi teve um lampejo com aquela imagem, a menininha ruiva, na igreja, cantando no coro, vestida de branco... — Para completar, Tony era mulato, e esse fato, que excitava minha irmã e a mim, assustava os agricultores da região. Pois não é que começaram a chamá-lo de Zambo, como meu pai havia previsto? A morte de Tony não pode ser entendida sem a banda escura da história familiar, principalmente a história de Luca, filho de outra mãe, seu meio-irmão, dizia ela, e Renzi a interrompia, "espere, espere...", e Sofía se irritava e ia em frente ou voltava atrás para recomeçar a história por outro ângulo.

— Quando a fábrica veio abaixo, meu irmão não quis negociar. Não seria nem o caso de dizer "não quis", seria melhor dizer não pôde, nem chegou a imaginar a possibilidade de abandonar ou se render. Você percebe? Imagine um matemático que descobre que dois mais dois são cinco e que, para que não imaginem que ficou louco, tem de adaptar todo o sistema matemático a sua fórmula, no qual, evidentemente, dois mais dois não são cinco nem três, e consegue. — Serviu-se de outro copo de vinho e adicionou gelo e ficou um momento imóvel, depois olhou para Renzi, que parecia um gato, na poltrona. — Você está parecendo um gato — disse ela —, jogado nessa poltrona, e digo mais — prosseguiu —, não foi assim, não é tão abstrato, imagine um campeão de natação que se afoga. Ou melhor, pense num grande maratonista que está na frente e que a quinhentos metros da linha de chegada tem um ataque, uma cãibra que o paralisa, mas que mesmo assim avança porque não tem a menor intenção de abandonar a corrida, até que no fim, quando pisa na raia, já anoiteceu e não há mais ninguém no estádio.

— Mas que estádio? — exclama Renzi. — Que gato? Pare de fazer comparações, conte diretamente.

— Não se apresse, espere, temos tempo, não temos? — disse, e ficou um momento imóvel, olhando a luz da janela do fundo, do outro lado do pátio, entre as árvores. — Deu-se conta — disse depois, como se tornasse a ouvir uma melodia no ar — de que todos no povoado estavam combinados para afastá-lo do cenário. Dois mais dois são cinco, pensava, mas ninguém sabe disso. E tinha razão.

— Tinha razão em quê?

— É — disse ela. — A herança da mãe dele, está percebendo? — disse, e olhou para ele. — Tudo o que nós temos foi herdado. Essa é a maldição.

Ela está delirando, pensou Renzi, quem está bêbada é ela, do que ela está falando?

— Passamos a vida inteira brigando por causa da herança, primeiro meu avô, depois meu pai e agora nós. Sempre me lembro dos velórios, os parentes discutindo na funerária do povoado, as vozes embargadas, furiosas, que vêm lá do fundo, ao mesmo tempo que se chora o morto. Aconteceu com meu avô e com meu irmão Lucio e vai acontecer com meu pai e também com nós duas. O único que não se envolveu e não aceitou nenhum legado e se fez sozinho foi meu irmão Luca... Porque não há nada a herdar, só a morte e a terra. Porque a terra não deve mudar de mãos, a terra é a única coisa que vale, é o que meu pai sempre diz, e quando meu irmão se recusou a aceitar o que era dele, começaram os conflitos que culminaram com a morte de Tony.

5.

Yoshio estava no cubículo onde vivia, uma espécie de desvão que dava para o pátio interno do hotel, perto do poço dos elevadores. Pálido, olhos chorosos, com um lencinho bordado, de mulher, entre os dedos, miúdo e esguio, parecendo um boneco de porcelana. Quando Croce e Saldías entraram, permaneceu calmo, como se o sofrimento pela morte de Durán fosse maior que sua desgraça pessoal. Numa das paredes de seu quarto havia uma foto de Tony seminu no balneário da laguna. Mandara emoldurar e escrevera uma frase em japonês. Dizia, traduziu para Croce, *Somos como nossos amigos nos veem*. Em outra parede havia uma foto do imperador Hiroíto a cavalo passando as tropas imperiais em revista.

A ideia de ser desagradável a alguém, de ser criticado ou malvisto, era-lhe intolerável. Nisso residia a qualidade de seu trabalho. Os criados, para sobreviver, contam somente com a aceitação dos demais. Yoshio estava arrasado: teria de sair do povoado, não conseguia nem imaginar as consequências do que se passara. O que significa ser acusado de um crime? Como supor-

65

tar que todos afirmem que você é um criminoso? As testemunhas condenavam Yoshio. Muitos deles eram seus amigos e agiam de boa-fé: haviam visto Yoshio, diziam, na hora do crime, no lugar do fato. Não havia maneira de justificar-se, e justificar-se era reconhecer-se culpado. Sua dignidade consistira na discrição. Conhecia o segredo de todos os hóspedes do hotel. Era o vigia noturno. Mas essa discrição não tinha serventia, porque não há nada que salve um empregado da suspeita quando ele cai em desgraça. Ele deve ser invisível e a visibilidade é a maior condenação.

Yoshio falava castelhano com lentidão e muitas expressões populares porque seu mundo era o rádio. Exibia com orgulho um rádio portátil Spika, do tamanho de um punho, com uma capa de couro perfurado e um fone que se podia colocar na orelha para escutar sem incomodar ninguém. Era um *nikkei*: um argentino de origem japonesa. Sentia-se muito orgulhoso, porque não queria que se pensasse que seus compatriotas eram todos floristas ou tintureiros ou donos de bilhar. A produção industrial japonesa estava ganhando terreno e seus aparelhos pequenos e perfeitos (a câmera Yashica, o gravador Hitachi, as minimotos Yamaha estavam na revista da embaixada que ele recebia no hotel e que mostrava com orgulho). Sempre ouvia a X8 Rádio Sarandí, uma emissora uruguaia que transmitia o tempo todo tangos de Gardel. Gostava de tango como todos os japoneses e às vezes ouviam-no cantar *Amores de estudiante* enquanto atravessava os corredores vazios do hotel imitando Gardel, só que com o *l* duplicado ao cantar *flores de un día son*.

No fundo do armário encontraram duas bolinhas de ópio.

— Não sou inocente — disse — porque ninguém é inocente. Tenho meus abusos, mas não os que me são atribuídos.

— Ninguém está acusando você... por enquanto — disse Croce, e Yoshio se deu conta de que, como todos, desconfiava dele. — Não se defenda antes do tempo. Me diga o que fez hoje.

Saíra da cama às duas da tarde, como sempre, tomara o desjejum no quarto, como sempre, fizera ginástica, como sempre, rezara.

— Como sempre — disse Croce. — Alguém viu você? Alguém pode confirmar o que está dizendo?

Ninguém o vira, todos sabiam que àquela hora ele estava descansando de seu trabalho noturno, mas ninguém podia confirmar nada; então Croce lhe perguntou quando vira Durán pela última vez.

— Hoje não vi — respondeu Yoshio. — Passei todo o santo dia sem vê-lo — retificou. — Sou o vigia noturno, sou vigia e vivo à noite e conheço os segredos da vida do hotel e as pessoas que sabem que eu sei têm medo de mim. Todos aqui sabem que na hora em que Tony foi morto eu sempre estou dormindo.

— E esses que têm medo, têm medo do quê? — perguntou Croce.

— Os filhos pagam pelos pecados dos pais e meu pecado é ter olhos rasgados e pele amarela — respondeu. — O senhor vai me condenar por isso, por ser o mais estrangeiro de todos os estrangeiros deste povoado de estrangeiros.

Croce aplicou-lhe uma bofetada, imprevista e muito violenta, com a mão direita, no rosto. Yoshio fechou os olhos e começou a sangrar pelo nariz, mortificado mas sem se queixar.

— Não seja atrevido. Não queira me fazer de bobo — disse Croce. — Anote que o suspeito bateu o rosto no batente da janela.

Saldías, impressionado e nervoso, escreveu algumas linhas em sua caderneta. Yoshio, quase chorando, secou o sangue com o lencinho bordado.

— Não fui eu, comissário. Não fui nem nunca seria... — Yoshio estava rígido, lívido. — Eu... eu o amava.

— Não será a primeira vez que se mata por isso — disse Croce.

— Não, comissário. Muito amigo. Me honrou com sua confiança. Ele era um cavalheiro...

— E por que o mataram, então?...

Croce andava inquieto pelo quarto. Sua mão doía. Fizera o que tinha de fazer, não estava ali para sentir pena e sim para interrogar um criminoso. Às vezes tinha acessos de fúria que não conseguia controlar. A humildade daquele criado japonês o exasperava; depois do trompaço ele reagira e agora começava a apresentar sua versão dos fatos.

Contou que Durán não estava feliz, que na véspera insinuara que estava pensando em partir, mas que antes precisava resolver uns assuntos. Estava esperando alguma coisa. Yoshio não sabia o que era. Isso foi tudo o que o japonês declarou, que à sua maneira explicara o que sabia, sem dizer nada.

— Você vai precisar de um advogado, rapaz — disse o comissário. Ficou pensativo. — Deixe ver suas mãos. — Yoshio olhou para ele surpreso. — Assim — disse, e virou as palmas para cima. — Aperte meu braço. Com força. Isso é com força, para você? — Yoshio olhou para ele confuso. O comissário soltou suas mãos, que ficaram no ar como flores mortas. — Vamos transferi-lo para a delegacia — disse Croce. — Com certeza vai haver confusão quando ele sair.

E houve, os moradores estavam aglomerados na entrada do hotel e assim que viram Yoshio começaram a insultá-lo e a gritar "assassino" e a tentar espancá-lo.

O velho Unzué atirou-lhe uma pedra que feriu Yoshio na testa e o louco Calesita começou a andar em círculos e a gritar coisas sujas e a irmã de Souto veio para cima dele e, apoiada nos braços de Saldías, que tentava cobri-lo, espichou o rosto cinzento de ódio e cuspiu na cara do criminoso.

— Assassino! — gritou a mulher com expressão impassível, como se estivesse recitando ou adormecida.

68

Croce e Saldías recuaram, protegendo Yoshio, e entraram novamente no hotel e se refugiaram no escritório do gerente.

No meio da confusão apareceu o fiscal Cueto, que acalmou os moradores e disse que podia garantir que a justiça seria feita. Era um homem de uns quarenta anos, magro e alto, embora de longe desse a impressão de ser corcunda. Houve um instante de calma e o fiscal entrou no hotel e foi parlamentar com o comissário Croce.

— O que diz a polícia? — perguntou ao entrar, e andou na direção de Yoshio, que se virou para a parede ao vê-lo aproximar-se.

Tinha um jeito sigiloso de mover-se, ao mesmo tempo violento e dissimulado, e denegria todo mundo por princípio. Sorriu com um olhar gelado e reuniu os dedos da mão esquerda como se estivesse a ponto de perguntar alguma coisa.

— E o que nos conta o mariquinhas do Japão?

— Nada resolvido por enquanto. Yoshio está detido, vamos transferi-lo para a delegacia na qualidade de principal suspeito. Isso não significa que o culpado seja ele — explicou Croce.

Cueto olhou-o com uma falsa expressão de surpresa e tornou a sorrir.

— Primeiro pense um pouco no assunto e depois conversamos... Uma simples sugestão processual...

— Nossa opinião está formada — disse o comissário.

— A minha também, Croce. E não entendo o seu plural.

— Estamos escrevendo o relatório, amanhã vamos apresentar as acusações e o senhor poderá proceder.

— O senhor poderia me dizer — disse Cueto, dirigindo-se a Saldías — por que aquele mulato não foi investigado assim que chegou? Quem era, o que veio fazer aqui? Agora temos de enfrentar esse escândalo.

— Não costumamos investigar as pessoas só por investigar — respondeu Croce.

— Ele não fez nada de ilegal — a voz de Saldías se superpôs.

— Isso é o que vamos verificar. Ou seja, o sujeito surge como uma aparição, se instala aqui e os senhores não sabem de nada. Muito estranho.

Ele está me pressionando, pensou Croce, porque sabe alguma coisa e quer saber se eu também sei o que ele sabe, e, enquanto isso, quer encerrar o caso com a conclusão de que foi um crime sexual.

— Tudo o que porventura aconteça, Croce, quero dizer-lhe que será de sua responsabilidade — disse Cueto, e foi para a rua arengar para os que se amontoavam na calçada. Nunca o chamava de comissário, como se não reconhecesse seu cargo. Na realidade Cueto esperava havia meses a oportunidade de aposentá-lo, sem encontrar a forma. Talvez agora as coisas mudassem. Da rua vinham gritos e vozes exaltadas.

— Vamos sair — disse Croce. — Imagine se vou ter medo desse bando de idiotas.

Saíram os três e se detiveram na entrada do hotel.

— Assassino! Japonês degenerado! Justiça! — gritavam os circunstantes amontoados à porta.

— Abram caminho e nada de tumulto — disse Croce, e desceu para a rua. — Quem se fizer de engraçadinho vai preso.

As pessoas começaram a recuar à medida que eles avançavam. Yoshio recusou-se a cobrir o rosto. Caminhava, altivo e diminuto, muito pálido, enquanto recebia os gritos e os insultos dos presentes, que haviam aberto para ele uma espécie de corredor entre a porta do hotel e o carro.

— Pessoal, estamos quase resolvendo o caso, peço paciência — disse o fiscal, por cima da situação.

— A gente toma conta do assunto, chefe — disse um.

— Assassino! Puto! — tornaram a gritar.

Começaram a fechar o cerco.

— Já chega — disse Croce, e puxou o revólver. — Vou levar o suspeito para a delegacia e é lá que ele vai ficar até o processo ser instaurado.

— Todos corruptos! — gritou um bêbado.

O diretor do *El Pregón*, o jornal local, míope e sempre nervoso, aproximou-se deles.

— Já temos o culpado, comissário.

— Não escreva o que não sabe — disse Croce.

— É o senhor que vai me dizer o que eu sei?

— Vou é prender você por violar o segredo do inquérito.

— Violar o quê? Não estou entendendo, comissário — disse o míope. — Esta é a tensão tradicional entre o jornalismo e o poder — disse para a multidão, para fazer-se ouvir.

— A tradicional tradição dos jornalistas pentelhos — disse o comissário.

O diretor do *El Pregón* sorriu, como se o insulto fosse um triunfo pessoal. A imprensa não se deixaria intimidar.

Comissário perde as estribeiras, essa seria a manchete, sem dúvida. O que seria, exatamente, "perder as estribeiras"? Croce se distraiu por um momento em busca de uma resposta para sua dúvida enquanto Saldías aproveitava a confusão e embarcava no automóvel, abrindo espaço para Yoshio no assento traseiro.

— Vamos, comissário — disse.

Havia um destacamento com um policial e a isso chamavam delegacia, mas não passava de uma cabana com uma peça nos fundos para trancar os vagabundos que ameaçavam a segurança das lavouras quando faziam fogo na orla dos campos para cevar mate ou quando carneavam gado alheio, nas estâncias da região, para fazer um churrasquinho.

Croce morava nos aposentos dos fundos e naquela noite — depois de deixar Yoshio trancafiado na cela da delegacia com um sentinela na porta — saiu para o quintal para tomar mate com Saldías debaixo da parreira. A luz do lampião iluminava o pátio de terra e um lado da casa.

A hipótese de que um japonês silencioso e amável como uma dama antiga tivesse matado um porto-riquenho caçador de fortunas não entrava na cabeça do comissário.

— A não ser que fosse um crime passional.

— Mas nesse caso ele teria ficado abraçado ao cadáver.

Concordaram que se ele se tivesse deixado levar pela fúria ou pelo ciúme não teria agido como agira. Teria saído do quarto com a faca na mão ou teria sido encontrado sentado no assoalho olhando o morto com expressão de espanto. Já vira muitos casos assim. Emoção violenta não parecia.

— Secreto demais — disse Croce. — E visível demais.

— Só faltava ele mandar tirar uma foto enquanto matava o outro — concordou Saldías.

— Como se estivesse dormindo ou *representando*.

A ideia parecia debater-se contra os tecidos exteriores do cérebro de Croce. Como um pássaro tentando entrar numa gaiola vindo de fora. Às vezes lhe escapavam, adejando, os pensamentos, e era obrigado a repeti-los em voz alta.

— Como se fosse um sonâmbulo, um zumbi — disse.

Por uma espécie de instinto, Croce compreendeu que Yoshio fora apanhado numa armadilha que não conseguia entender inteiramente. Uma massa de fatos despencara por cima dele e ele nunca mais conseguiria libertar-se deles. A arma não fora encontrada, mas várias testemunhas diretas haviam-no visto entrar ou sair do quarto, e caso encerrado.

A mente do comissário se transformara num feixe de pensamentos loucos que voavam depressa demais para que ele conseguisse capturá-los. Como as asas de uma pomba, adejaram fugidias pela gaiola as incertezas quanto à culpa do japonês, mas não a convicção de sua inocência.

— Por exemplo esta cédula. Por que ela estava lá embaixo?

— Ele deixou cair — Saldías acompanhava seu trem de pensamento.

— Não creio. Foi de propósito.

Saldías olhou para ele sem entender, mas, confiando na capacidade de dedução de Croce, ficou quieto, esperando.

Havia mais de cinco mil dólares no quarto, só que ninguém levou. Não foi um roubo. *Para que nós pensássemos que não havia sido um roubo.* Croce começou a passear *mentalmente* pelo campo para conseguir clarear as ideias. Os japoneses haviam sido os monstros da Segunda Guerra mas em seguida haviam sido um modelo de serviçais obsequiosos e lacônicos. Havia um preconceito em favor deles: os japoneses nunca cometem delitos; o caso era uma exceção, um desvio. Era isso.

— Só zero vírgula um por cento dos crimes na Argentina são cometidos por japoneses — soltou Croce, e adormeceu. Sonhou que estava outra vez montando em pelo, como quando era menino. Viu uma lebre. Ou era um pato na laguna? No ar, como num friso, viu uma figura. E depois, no horizonte, viu um pato que se transformou em coelho. A imagem apareceu muito nítida no sonho. Acordou e continuou falando como se retomasse a conversa interrompida. — Quantos japoneses haverá na província?

— Na província eu não sei, mas na Argentina* — improvisou Saldías —, numa população de vinte e três milhões de habitantes, há uns trinta e dois mil japoneses.

---

* Em 1886 chega à Argentina o primeiro imigrante japonês, o professor Seizo Itoh, da Escola de Agricultura de Sapporo, que se estabelece na província de Buenos Aires. Em 1911 nasce Seicho Arakaki, primeiro argentino de origem japonesa (*nikkei*). O último censo (1969) registra a presença de 23 185 japoneses e seus descendentes.

— Digamos que na província eles sejam oito mil e quinhentos, que no distrito sejam oitocentos e cinquenta. São tintureiros, floristas, boxeadores peso-galo, equilibristas. Deve haver algum punguista de mãos fininhas, mas assassinos não há.

— Eles são minúsculos.

— Estranho ele não ter fugido pelo monta-cargas. Foi visto entrando e saindo pela porta do quarto.

— É mesmo — esclareceu, burocrático, Saldías —, não aproveitou suas particularidades físicas para cometer o crime.

Yoshio era belo, frágil, parecia de porcelana. E ao lado de Durán, alto, mulato..., os dois formavam um par realmente especial. A beleza era um traço moral? Quem sabe, as pessoas bonitas têm melhor caráter, são mais sinceras, todos confiam nelas, querem tocá-las, vê-las, chegam a sentir o tremor da perfeição. E além disso os dois eram muito diferentes. Durán, com seu sotaque do Caribe, que parecia estar sempre festejando. E Yoshio lacônico, sigiloso, muito serviçal. O criado perfeito.

— Você viu as mãozinhas daquele homem. Que pulso, que coragem ele vai ter para cravar aquela punhalada? Como se o assassino fosse um robô.

— Um boneco — disse Saldías.

- Um gaúcho, hábil com a faca.

Imediatamente deduziu que o crime tivera um mandante. Ou seja, descartada a hipótese passional, que teria solucionado o caso, só podia haver outros implicados. Todos os crimes são passionais, disse Croce, exceto os cometidos por encomenda. Alguém telefonou da fábrica. Muito estranho. Luca nunca fala com ninguém. Muito menos por telefone. Não sai à rua. Odeia o campo, a imobilidade da planície, os gaúchos adormecidos, os patrões que vivem sem fazer nada, olhando o horizonte de debaixo dos beirais das casas, da sombra das varandas, comendo as *chinitas* nos galpões, entre as sacas de milho, jogando *bank craps* a noite inteira. Odeia os tipos. Croce viu o alto edifício abandonado da fábrica com sua luz intermitente como se fosse uma fortaleza vazia. *A fortaleza vazia.* Não é que ouvisse vozes, as frases lhe chegavam como lembranças. *Eu o conheço como se fosse meu filho.* Pareciam frases escritas na noite. Sabia bem o que elas queriam dizer mas não como entravam em sua cabeça. A certeza não é um conhecimento, pensou, é a condição do conhecimento. O rosto do general Grant parece um mapa. Um rastro na terra. Um trabalho verdadeiramente científico. Grant, o carniceiro, com a luva de pelica.

— Vou dar uma volta — disse Croce de repente, e Saldías olhou para ele um pouco assustado. — Você, fique aqui e tome conta, esses inúteis podem tentar alguma barbaridade.

Luca comprara um terreno que estava fora dos limites do povoado, na orla, no deserto, um potreiro, como dizia seu pai, e lá começara a construir a fábrica, como se fosse uma construção sonhada, ou seja, imaginada num sonho. Haviam-na projetado e discutido enquanto trabalhavam na oficina dos fundos da casa, que era do avô Bruno, e ele os orientara, inspirado, quanto ao desenho da fábrica, em suas leituras europeias* e suas investigações. Luca e Lucio usavam a oficina como se fosse um laboratório de

---

* Bruno Belladona fora muito influenciado pelo tratado *Campos, fábricas e oficinas* (1899), do príncipe Piotr Kropotkin, o grande geógrafo russo, anarquista e livre-pensador. Kropotkin afirmava que o desenvolvimento das comunicações e a flexibilidade da energia elétrica assentavam as bases de uma produção fabril descentralizada em pequenas unidades autossuficientes, instaladas em áreas rurais isoladas, fora do conglomerado das grandes cidades. Defendia o modelo de produção da pequena oficina com seu grande potencial de inovação criativa, porque quanto mais delicada é a tecnologia, maior a necessidade de iniciativa humana e destreza individual.

treinamento técnico, naquele local preparavam carros de corrida e aquele hobby dos garotos ricos do povoado foi sua universidade. Sofía parecia exaltada pela própria voz e pela qualidade da legenda.

— Meu pai demorou a se dar conta... porque antes, quando eles saíam para o campo com as máquinas agrícolas, achava bom, acompanhavam a colheita, passavam longas temporadas no campo, voltavam pretos, pareciam índios, dizia minha mãe, felizes de ter passado meses ao ar livre com as colheitadeiras e as máquinas de enfardar, vivendo o contraste de dois mundos antagônicos.*

O pai não se dava conta de que a peste chegara, o fim da arcádia, o pampa estava mudando para sempre, o maquinário era cada vez mais complexo, os estrangeiros compravam terras, os estancieiros mandavam seus lucros para a ilha de Manhattan ("e para os paraísos fiscais da ilha de Formosa"). O velho queria que tudo continuasse igual, o campo argentino, os gaúchos a cavalo, embora ele próprio, evidentemente, tivesse começado a remeter seus dividendos para o exterior e a especular com seus investimentos, nenhum dos proprietários rurais fazia papel de bobo, tinham seus assessores, seus brokers, seus agentes de bolsa, iam aonde o capital os levasse mas nunca deixaram de suspirar pela calma patrícia, pelos serenos costumes pastoris, pelas relações paternais com a peonada.

---

* "Uma vez — contou Sofía — eles haviam desarmado o motor de uma das primeiras debulhadoras mecânicas e deixaram os parafusos e as porcas para arejar no gramado enquanto começavam a verificar as aspas, e de repente apareceu um nhandu saído do nada e comeu as porcas que brilhavam ao sol. Glup, glup, glup, fazia o gogó do nhandu enquanto ele ia engolindo as porcas, os parafusos. Começou a retroceder de lado, com seus olhos enormes, e tentaram agarrá-lo, mas foi impossível, corria feito um raio e depois estacava e olhava para eles com uma expressão tão louca que até parecia que estava ofendido. No fim acabaram perseguindo o avestruz de automóvel pelo campo para recuperar as peças da máquina."

— *Meu pai sempre se esforçou para que gostassem dele* —
disse Sofía —, *era despótico e arbitrário mas tinha orgulho de seus*
filhos homens, eles haveriam de perpetuar o nome da família, co-
mo se o nome da família tivesse algum sentido em si, mas era o que
pensava meu avô e depois meu pai, queriam que o nome da famí-
lia continuasse, como se pertencessem à família real inglesa, por-
que aqui as pessoas são assim, metidas, todo mundo é gringo pé-
-sujo, descendente dos irlandeses e dos bascos que vieram cavar
regos, porque os locais nem brincando, só os estrangeiros arregaça-
vam as mangas.* Había un inglés zanjiador — *recitou ela como*
se cantasse um bolero — que decía que era de Inca-la-perra.**
Esse devia ser um Harriot ou um Heguy que andava cavando va-
las pelo campo e que hoje bota banca de aristocrata, jogam polo
nas estâncias com aqueles sobrenomes de camponeses da Irlan-
da, de bascos rústicos. Aqui todos somos descendentes de gringos
e minha família em primeiro lugar, mas pensam do mesmo jeito e
querem as mesmas coisas. Meu avô, o coronel, para começo de
conversa, se vangloriava de ser do norte, do Piemonte, inacreditá-
vel, olhava com desprezo os italianos do Sul, que por sua vez olha-
vam com desprezo os poloneses e os russos.

O coronel nascera em Pinerolo, perto de Turim, em 1875, mas
não sabia nada sobre seus pais nem sobre os pais de seus pais.
Havia mesmo uma versão que dizia que seus documentos eram
falsos e que seu verdadeiro nome era Expósito, que Belladona era
a palavra que o médico pronunciara quando sua mãe morrera num
hospital de Turim com ele nos braços. "Belladona, belladona!",

---

* Nos velhos tempos as estâncias eram separadas por regos para impedir que
o gado se misturasse. Foram imigrantes bascos e irlandeses que trabalharam
abrindo fossas no pampa; os gaúchos se recusavam a fazer qualquer tarefa que
implicasse apear do cavalo, e consideravam desprezíveis os trabalhos que pre-
cisassem ser feitos "a pé" (cf. John Lynch, *Massacre in the Pampas*).
** Citação — não literal — do *Martín Fierro*, de José Hernández. (N. T.)

dissera o homem, como se fosse um réquiem. E com aquele nome o registraram. O pequeno Belladona. Era filho de si mesmo; o primeiro homem sem pai, na família. Bruno, assim o chamaram, porque era moreno, parecia africano. Ninguém sabe como chegou, aos dez anos, sozinho, com uma maleta; fora parar num internato para órfãos da Companhia de Jesus em Bernasconi, província de Buenos Aires. Inteligente, apaixonado, virara seminarista e começara a levar uma vida de asceta, dedicado ao estudo e à oração. Era capaz de jejuar e de permanecer em silêncio dias a fio, e às vezes o sacristão o surpreendia na capela rezando sozinho no meio da noite e se ajoelhava ao lado dele como se estivesse na companhia de um santo. Sempre fora um fanático, um possesso, um irredutível. Sua descoberta das ciências naturais nas aulas de física e botânica e suas leituras na biblioteca do convento das remotas obras proibidas da tradição darwiniana distraíram-no da teologia e afastaram-no — provisoriamente — de Deus, conforme ele mesmo contava.

Uma tarde se apresentara a seu confessor e manifestara o desejo de abandonar o seminário para ingressar na Faculdade de Ciências Exatas e Naturais. Um sacerdote podia ser engenheiro? Só de almas, responderam-lhe, e a autorização foi negada. Refutou a proibição e apelou para todas as instâncias, mas quando o Chefe da Companhia deixou de responder a suas petições e de recebê-lo, passou a escrever cartas anônimas que deixava no genuflexório diante do altar, até que por fim, numa tarde chuvosa de verão, fugiu do convento onde passara a metade de sua vida. Tinha vinte anos e com o pouco dinheiro que economizara alugou um quarto numa pensão da rua Medrano, em Almagro. No início seu conhecimento do latim e das línguas europeias permitiu-lhe sobreviver como professor secundário de línguas num colégio de meninos da rua Rivadavia.

Foi um aluno brilhante do curso de Engenharia, como se sua verdadeira formação tivesse sido a mecânica e as matemáticas e não o tomismo e a teologia. *Publicou uma série de notas sobre a influência das comunicações mecânicas sobre a civilização moderna e um estudo sobre o traçado das vias na província de Buenos Aires, e antes de formar-se foi contratado — em 1904 — pelos ingleses para dirigir as obras das Ferrovias do Sul. Confiaram-lhe a chefia do ramal Rauch-Olavarría e a fundação do povoado na encruzilhada da antiga vereda estreita que vinha do norte e da vereda inglesa que seguia até Zapala, na Patagônia.*

— Meu irmão se criou com meu avô e aprendeu tudo com meu avô. Ele também era órfão, ou semiórfão, porque sua mãe, já grávida de Luca, abandonara meu pai e também o filho mais velho e fugira com o amante. As mulheres abandonam os filhos porque não toleram que eles se pareçam com seus pais — brincava Sofía. — Quem deseja ser uma mãe quando está com tesão? — Fumava, e a brasa que ardia na penumbra era parecida com sua voz. — Meu pai vive aqui em cima e nos mantém consigo e nós cuidamos dele porque sabemos que ele foi derrotado em toda a linha. Nunca se recuperou da decisão psicótica, segundo ele, daquela mulher que o abandonara estando grávida e se fora com o diretor de uma companhia de teatro que estava no povoado havia meses representando Hamlet *(ou seria* Casa de bonecas?*). Que o abandonara para viver com outro e ter o filho com outro. De quem era aquele filho? Meu pai estava obcecado e se dedicou a infernizar a vida daquela mulher. Uma tarde saiu a procurá-la, ela se trancou em seu carro e ele começou a esmurrar os vidros e a insultá-la aos gritos, na praça, para alegria dos circunstantes, que murmuravam e faziam gestos de aprovação. Então a irlandesa se fora do povoado, abandonara os dois filhos e apagara as próprias pegadas. Aqui as mulheres fogem, quando podem.*

Luca foi criado como filho legítimo e tratado igual ao irmão, mas nunca perdoou a indulgência daquele que se dizia seu pai.

— Meu irmão Luca sempre achou que não era filho de meu pai e se criou amparado por meu avô Bruno, seguia-o por toda parte como um cachorro sem dono... Mas não foi por isso que acabou confrontando meu pai, não foi por isso, e também não foi por isso que mataram Tony.

6.

O comissário dirigiu o carro pela estrada de fora, paralela aos trilhos do trem, e bordejou o povoado até deixar as ruas e as casas para trás e pegar a rodovia. A noite estava fresca, tranquila. Gostava de dirigir, podia deixar-se ir, ver o campo ao lado, as vacas pastando quietas, ouvir o rumor homogêneo do motor. Pelo espelho via a noite se fechar atrás dele, algumas luzes nos ranchos distantes. No trajeto pela estrada vazia não vira ninguém, exceto um caminhão de fazenda que regressava de Venado Tuerto e que cruzara com ele buzinando. Croce piscou os faróis altos para o outro e pensou que o caminhoneiro certamente o reconhecera; por isso saiu do asfalto e entrou por um caminho de terra que desembocava na laguna. Rodou devagar entre os salgueiros e estacionou perto da margem; apagou o motor e deixou que as sombras e o rumor da água o tranquilizassem.

Ao longe, na linha do horizonte, como uma sombra na planície, estava o alto edifício da fábrica com seu farol intermitente varrendo a noite; vinda do telhado, uma rajada de luz girava, iluminando o pampa. Os quatreiros se guiavam por aquele clarão branco quando desviavam uma tropilha antes de o sol nascer. Houvera queixas e exigências vindas dos criadores de gado da região. "Não há de ser por culpa nossa que o pessoal rouba o gado desses preguiçosos", respondia Luca Belladona, e o assunto não ia adiante. Talvez tivessem matado Tony para cobrar uma dívida de jogo. Mas por ali ninguém matava por isso, do contrário a população do campo teria se extinguido muitos anos antes. O máximo a que já se chegara fora incendiar os trigais, como fizeram os Dollan com o alemão Schultz, que apostara uma colheita no bilhar e depois se recusara a pagar e no fim todos tinham ido parar na prisão. Além disso, não é bem visto que alguém mate outra pessoa porque ela lhe deve dinheiro. Não estamos na Sicília. É mesmo? Era parecido com a Sicília porque tudo se resolvia em silêncio, povoados silenciosos, caminhos de terra, capatazes armados, gente perigosa. Tudo muito primitivo. A peonada de um lado, os patrões do outro. Ou por acaso não ouvira o presidente da Sociedade Rural dizer, naquela noite mesmo, no bar do hotel, que se houvesse novas eleições não haveria problema? *Embarcamos os peões das estâncias nas caminhonetes e dizemos a eles em quem votar.* Sempre tinha sido assim. E o que um policial de povoado podia fazer? Croce estava ficando sozinho. O comissário Laurenzi, seu velho amigo, fora aposentado e vivia no Sul. Croce se lembrava da última vez que haviam estado juntos, num bar, em La Plata. *O país é grande,* dissera Laurenzi. *O senhor vê campos cultivados, desertos, cidades, fábricas, mas o coração secreto das pessoas é uma coisa que não se entende nunca. E isso é incrível porque somos policiais. Ninguém está em melhor situação para ver os extremos da miséria e da loucura.* Lembrava-se bem, o rosto magro, o cigarrinho pendurado no canto da boca, o bigode escorrido. O louco do comissário Treviranus fora transferido da capital para Las Flores e pouco depois havia sido dispensado como se tivesse a culpa da morte do imbecil daquele *pesquisa* amador que se dedicara a procurar sozinho o assassino de Yarmolinski. Também havia o comissário Leoni, tão amargurado quanto todos os outros, na delegacia de Talpaqué. Croce telefonara para ele antes de sair porque achara que talvez o assunto andasse circulando por lá. Um palpite, só isso. Gente da antiga, todos peronistas que haviam se envolvido em todo tipo de confusão, coitado do Leoni, tinham fuzilado um filho dele. Somos poucos, ficou pensando Croce, fumando diante da laguna. O fiscal Cueto quer botar o Yoshi na prisão e parar com a investigação. Caso encerrado; é o que todos querem. Sou um dinossauro, um sobrevivente, pensava. Treviranus, Leoni, Laurenzi, Croce, às vezes se reuniam em La Plata e ficavam relembrando os velhos tempos. Mas os velhos tempos existiam mesmo? Fosse como fosse, Croce não perdera seus reflexos, agora tinha certeza de que estava no caminho certo. Ia resolver outro caso à maneira antiga.

Fumava no escuro no carro estacionado, olhava a claridade que iluminava a água a intervalos. A luz do farol parecia titilar, mas na verdade movia-se em círculos; Croce viu de repente uma coruja sair de sua letargia e voar com um suave bater de asas acompanhando aquela alvura como se fosse o anúncio da aurora. *O mocho de Minerva também se confunde e se perde*. Não é que ouvisse vozes, aquelas frases lhe vinham como lembranças. *O olho branco da noite. Uma mente criminosa superior*. Sabia bem o que significavam, mas não como entravam em sua cabeça. O rosto marcado do general Grant era um mapa. *Um trabalho verdadeiramente científico. Grant, o carniceiro, com a luva de pelica*. Croce via as ondinhas da laguna a desmanchar-se entre os juncos da margem. No silêncio ouviu o coaxar das rãs, o barulho metálico dos grilos; depois, ali perto, um cachorro latiu e em

83

seguida outro e depois mais outro; os latidos se distanciaram e se perderam nos limites da noite.*

Estava cansado, mas seu cansaço se transformara numa espécie de lucidez insone. Precisava reconstruir uma sequência; passar da ordem cronológica dos fatos à ordem lógica dos acontecimentos. Sua memória era um arquivo e as lembranças ardiam como centelhas na noite fechada. Não podia esquecer nada que tivesse ligação com um caso enquanto o caso não fosse resolvido. Depois tudo se apagava, mas até esse momento vivia obcecado com os detalhes que entravam e saíam de sua consciência. *Vinha com duas malas. Trazia na mão uma sacola grande de couro. Não quisera que ninguém o ajudasse. Mostraram-lhe o hotel defronte. Por que aquela cédula estava no chão? Por que desceram até o porão?* Era o que tinha. E o fato de que um homem do tamanho de um gato tivesse entrado no monta-cargas. Pensava implacavelmente, exasperando-se, sempre postergando a dedução final. *Não se trata de explicar o que aconteceu, apenas de torná-lo compreensível. Primeiro eu mesmo tenho de entender.*

O instinto — ou, melhor, certa percepção íntima que não chegava a aflorar na consciência — lhe dizia que estava a ponto de encontrar uma saída. Em todo caso, resolveu sair dali; ligou o motor do carro e acendeu os faróis; alguns sapos saltaram na água e um animal — um animal peludo, um porquinho-da-índia enlameado? — se imobilizou num ponto iluminado perto dos salgueiros. Croce recuou alguns metros com o carro, depois seguiu por uma trilha e saiu para campo aberto. Bordejou a estância dos Reynal e rodou várias léguas ao longo do alambrado,

---

* Nos povoados as luzes das casas são apagadas cedo. Nesse momento tudo fica cinzento, porque a paisagem é cinzenta, por causa da lua. A única maneira de localizar os ranchos é quando se ouvem os latidos dos cães, um e depois outro e outro ainda, ao longe, nas sombras.

com os ximangos quietos sobre os postes e o gado pastando na noite, até chegar ao asfalto.

Ia guiado pela luz da fábrica, rajadas brancas no céu, e pela mole escura do prédio no alto do morro; a estradinha conduzia à entrada de caminhões e aos depósitos; os irmãos Belladona tinham mandado asfaltá-la para agilizar o movimento dos veículos que iam e vinham da empresa para a estrada que levava a Córdoba e à central da IKA-Renault. Mas a empresa viera abaixo da noite para o dia, os irmãos haviam providenciado a indenização dos operários da fábrica depois de turbulentas negociações com o sindicato da SMATA e reduzido a produção a quase zero, assediados pelas dívidas, os pedidos de concordata e as hipotecas. Fazia um ano, depois da dissolução da sociedade e da morte do irmão, que Luca se trancara na fábrica, decidido a seguir em frente, trabalhando em suas invenções e em suas máquinas.

Croce desembocou no parque industrial, uma fileira de galpões e galerias dando para o estacionamento. A cerca de arame tramado estava caída em vários lugares e Croce entrou com o carro por um dos portões desativados. A grande área cimentada parecia sem uso; dois ou três postes isolados iluminavam fracamente o local. Croce deixou o carro estacionado na frente de umas passagens, entre duas gruas; uma pluma altíssima se perfilava na penumbra como um animal pré-histórico. Preferia entrar pelos fundos, sabia que seria difícil alguém lhe abrir a porta principal. Havia luz nas janelas dos andares altos da fábrica. Aproximou-se de uma das cortinas metálicas semiabertas e a transpôs; saiu num corredor que dava para a oficina central. As grandes máquinas estavam imóveis, vários carros semiconstruídos continuavam sobre os fossos na linha de montagem; uma alta pirâmide de aço estriado, pintada de vermelho-tijolo, erguia-se no meio do galpão; a um lado via-se uma engrenagem e uma grande roda dentada, com correntes e polias que levavam pequenos vagões de carga para o interior da construção de metal.

— Ave Maria Santíssima — gritou Croce para o alto.

— Olá, comissário! Vem com ordem de busca?

A voz alegre e tranquila vinha de cima. Na galeria superior apareceu um homem pesado, de quase dois metros, rosto avermelhado e olhos azuis; vestido com um avental de couro, uma máscara de ferro com viseira de vidro sobre o peito e um soldador de acetileno na mão. Parecia jovial e estava feliz de ver o comissário.

— E aí, Gringo, eu ia passando... — disse Croce. — Faz tempo que você não me faz uma visita.

Luca usou um elevador iluminado para descer do andar de cima e se aproximou, limpando as mãos e os punhos com um pano cheirando a querosene. Croce sempre ficava emocionado ao vê-lo porque se lembrava dele antes da tragédia que o transformara num ermitão.

— Vamos nos sentar ali — disse Luca, mostrando uns bancos e uma mesa a um lado da oficina, perto de um fogareiro montado num tubo de gás. Pôs a chaleira para esquentar e começou a preparar um mate.

— Como dizia René Queneau, o amigo francês da Peugeot, *Ici, en la pampá, lorsqu'on boit de maté l'on devient... argentin.*

— Mate me faz mal — disse Croce —, acaba com meu estômago.

— Que não se diga isso de um gaúcho — divertia-se Luca.

— Aceite um chimarrão, comissário...

Croce segurou a cuia e sugou sereno pela bomba de metal. A água amarga e quente era uma bênção.

— Os gaúchos não comiam churrasco... — disse Croce de repente. — Não tinham dentes! Imagine só, sempre a cavalo, fumando tabaco escuro, comendo bolacha, num instante ficavam desdentados e não conseguiam mais mastigar a carne... Só comiam língua de vaca... e às vezes nem isso.

— Viviam à base de fubá e ovo de avestruz, os coitados...

— Muitos gaúchos vegetarianos...

Davam voltas, com brincadeiras, como toda vez que se encontravam, até que pouco a pouco a conversa tomou um rumo e Luca foi ficando sério. Tinha a absoluta convicção de que teria sucesso e começou a falar de seus projetos, das negociações com os investidores, da resistência dos rivais, que queriam obrigá-lo a vender a fábrica. Não explicava quem eram os inimigos. Croce devia imaginá-los, disse, porque os conhecia melhor do que ele próprio, eram os mesmos malandros de sempre. Croce o deixava falar porque o conhecia bem. *Conheço esse rapaz como se ele fosse meu filho.* Sabia que ele estava muito encurralado e que Luca lutava sozinho e não tinha forças, precisava de dinheiro, tinha contatos no Brasil e no Chile, empresários interessados em suas ideias talvez lhe adiantassem o dinheiro de que ele precisava com extrema urgência. Estava sob o jugo das dívidas, principalmente devido ao vencimento próximo da hipoteca. "Quando chove, os bancos recolhem o guarda-chuva", dizia Luca. Ninguém lhe atirara uma corda, ninguém lhe dera uma mão, nem no povoado, nem no distrito, nem na província inteira; queriam executar a hipoteca e leiloar a fábrica, ocupar o prédio, especular com o terreno. Era isso o que queriam. Ah, gente baixa! Tinha de pagar suas dívidas com o dólar comprado no mercado negro e vender o que obtinha com o dólar a preço oficial. Estava sozinho naquela parada, confrontado aos moradores locais, aos milicos e à cambada de canalhas que o cercava. Especuladores. Eles haviam dobrado a determinação do finado, de seu irmão, o mais triste era isso, o espinho que trazia cravado. Lucio era um ingênuo e morrera por causa disso. À noite, às vezes, em sonhos, via a destruição chegar até o telhado das casas como na grande inundação de 62. Ele andava a cavalo, em pelo, na enchente, recolhendo o que conseguia salvar: móveis, animais, caixões, santos das igrejas. Era o que havia visto, e depois vira um automóvel aproximar-se pelos campos e teve certeza de que era seu irmão voltando para ficar com ele e ajudá-lo. Vira-o com toda a clareza, dirigindo feito um louco, como sempre, dá-lhe que dá-lhe, aos trancos pela terra arada. Ficou um instante parado com um sorriso tranquilo no rosto franco e depois em voz baixa disse que tinha certeza de que as mesmas pessoas que o perseguiam haviam liquidado Durán.

— Eu gostaria de esclarecer uma coisa — disse Croce. — Vocês ligaram para ele no hotel. — Não parecia uma pergunta e o Gringo ficou sério.

— Pedimos a Rocha que falasse com ele.

— Sei.

— Ele estava querendo falar com a gente, diziam...

— Mas não chegaram a falar com ele...

Como uma sombra, Rocha apareceu na porta da galeria. Miúdo e muito magro, tímido, com os óculos pretos de soldador na testa, fumava olhando para o chão. Era o grande técnico, o ajudante principal e o homem de confiança de Luca, e também o único que parecia entender seus projetos.

— Ninguém atendeu o telefone — disse Rocha. — Falei primeiro com a telefonista, ela me transferiu para o telefone do quarto, mas lá ninguém respondeu.

— E a que horas foi isso?

Rocha ficou pensativo, com o cigarro nos lábios.

— Não sei dizer... uma e meia, duas...

— Mais para duas ou mais para uma e meia?

— Mais para uma e meia, acho, a gente já tinha almoçado e eu ainda não tinha ido dormir a sesta.

— Está bem — disse Croce, e olhou para Luca. — E você nunca esteve com ele?

— Não.

— Sua irmã diz...

— Qual das duas? — Olhou para ele, sorria. Fez um gesto com a mão como se espantasse um inseto e se levantou para esquentar a água do mate.

Luca parecia preocupado, como se começasse a sentir que o comissário lhe era hostil e suspeitava dele.

— Dizem que Durán estava em tratativas com seu pai.

— Não tenho conhecimento — interrompeu-o Luca. — Melhor perguntar ao Velho...

Continuaram conversando mais um pouco, mas Luca se fechara e praticamente não abria mais a boca. Depois se desculpou porque precisava voltar para o trabalho e pediu a Rocha que acompanhasse o comissário. Ajeitou a máscara de ferro no rosto e se afastou, caminhando a grandes passadas pelo corredor envidraçado rumo aos porões e às oficinas.

Croce sabia que esse era o preço de sua profissão. Não podia deixar de formular todas as perguntas que pudessem ajudá-lo a resolver um caso, mas ninguém podia falar com ele sem sentir que estava sendo acusado. E estava mesmo acusando Luca? Seguiu Rocha até o estacionamento e entrou no carro, certo de que Luca sabia alguma coisa que não lhe dissera. Dirigiu devagar pelo piso de cimento até os portões da saída, mas nisso, inesperadamente, os refletores da fábrica se moveram, brancos e brilhantes, capturando Croce e mantendo-o em seu clarão. O comissário deteve o carro e a luz também se deteve, ofuscando-o. Ficou parado um momento interminável no meio da claridade até que os faróis se apagaram e o carro de Croce se afastou devagar na direção da estradinha. Na escuridão da noite, com o farol alto iluminando o campo, Croce se dava conta da aterradora intensidade da obsessão de Luca. Tornou a ver o gesto da mão no ar, como quem afasta um inseto do rosto, um bicho invisível. Precisava de dinheiro. Quanto dinheiro? *Ia com uma sacola marrom, de couro, na mão.*

Resolveu entrar no povoado pela rua principal, mas antes de chegar à estação desviou para os currais e estacionou numa ruela que desembocava nos fundos do hotel. Acendeu um cigarro e fumou, procurando acalmar-se. A noite estava serena, só se viam as luzes dos postes da praça e algumas janelas iluminadas na parte alta do hotel. Será que a entrada de serviço estava aberta? Via a porta estreita, a grade e a escada que dava para o porão por onde chegavam as mercadorias. Era quase meia-noite. Quando saiu do carro foi reanimado pelo ar fresco da noite. A ruela estava escura. Acendeu a lanterna e foi acompanhando o rastro da luz até chegar à porta. Utilizou a gazua que o acompanhava desde sempre e a fechadura se abriu com um estalo.

Desceu por uma escada de ferro até o corredor lajeado e entrou na galeria; passou na frente da centralzinha telefônica escura e encontrou a porta do depósito. Estava aberta. Estacou diante da massa desordenada de volumes e objetos abandonados. Onde teriam escondido a sacola? Deviam ter entrado pela janela de guilhotina e olhado em torno em busca de um lugar onde escondê-la. Croce imaginou que o assassino não conhecia o local, que se movia depressa, que procurava um lugar onde largar o que trazia. *Por quê?*

O depósito era um subsolo amplo de quase cinquenta metros de comprimento, com teto abobadado e piso de lajes. Havia cadeiras de um lado, caixas do outro, havia camas, colchões, retratos. Haveria uma ordem? Uma ordem secreta, casual. Não devia ver apenas o conteúdo, mas também a forma como se organizavam os objetos. Havia poltronas, abajures, no fundo havia malas. Onde uma pessoa que acaba de utilizar um monta-cargas cheio de traças poderia esconder a sacola? Ao sair do poço essa pessoa provavelmente estaria meio ofuscada, impaciente para tornar a subir — puxando as cordas e a roldana — para o quarto onde se encontrava o cadáver para então sair pela porta, como haviam declarado as testemunhas. Teria sido assim? Acompanhava as imagens que se apresentavam, como um jogador que aposta contra a banca e nunca sabe que naipe vai dar, mas aposta *como se soubesse*. De repente Croce se sentiu cansado e sem forças. *Uma agulha num palheiro.* Talvez a agulha nem sequer estivesse no palheiro. E contudo tinha a estranha convicção de que ia encontrar a pista. Precisava pensar, seguir uma ordem, rastrear o que procurava em meio à confusão dos objetos abandonados.

7.

Comissário Croce manipula evidências. Essa era a manchete catastrofista do *El Pregón* do dia seguinte. E o jornal transcrevia uma informação que não deveria ter se tornado pública, referente a aspectos da investigação protegidos pelo sigilo do inquérito. *Fontes fidedignas asseguram que o comissário Croce voltou ao Hotel Plaza tarde da noite, desceu até o depósito de objetos perdidos e saiu de lá com certos volumes que talvez façam parte das buscas.* De que modo a notícia vazara, por que os fatos haviam sido apresentados daquela maneira eram questões que já não preocupavam Croce. *Declarações exclusivas do fiscal geral doutor Cueto,* dizia o jornal. Uma entrevista, fotos. O fiscal Cueto orquestrava campanhas da imprensa contra ele desde o momento em que assumira o cargo de fiscal. Croce — como escrevera o principal escriba do jornal, um tal Daniel Otamendi — era a *bête noire* de Cueto. Só agora tomo conhecimento de que tenho um rival tão interessado na minha pessoa — comentara Croce.

Não estava interessado, só queria tirá-lo da jogada e sabia que o jeito era recorrer ao jornalismo para desacreditá-lo. Segundo o fiscal, Croce era um anacronismo. Cueto queria modernizar a polícia e tratava Croce como se ele fosse um policial rural, um sargento a serviço do distrito. Tinha razão. O problema era que Croce resolvia todos os casos.

O comissário não se deixou intimidar pelas manchetes catastrofistas do jornal, mas estava preocupado. A notícia do assassinato de um norte-americano na província de Buenos Aires assumira destaque nacional. Os jornalistas contagiavam-se uns aos outros e então, como uma infiltração de umidade no teto do casebre, as novidades começavam a chover.

Naquela mesma manhã chegara ao povoado, ao que se dizia, um jornalista de Buenos Aires. Era o enviado especial do *El Mundo*, e desembarcara do ônibus que vinha de Mar del Plata com cara de sono e fumando, vestindo uma jaqueta de couro. Dera algumas voltas e acabara entrando no armazém dos Madariaga; pedira um café com leite e *medialunas*. Ficara impressionado com a xícara tamanho família, branca e redonda, e com o leite espumoso e com as *medialunas* fininhas, de banha. Quando alguém que não era dali chegava ao povoado, abria-se uma espécie de vácuo ao seu redor, como se todos estivessem estudando a pessoa, de modo que ele tomava seu desjejum sozinho a um canto, perto da janela gradeada que dava para o pátio. O jovem parecia surpreso e assustado. Pelo menos dava essa impressão, porque trocou duas vezes de lugar e foi visto conversando com um dos frequentadores do local, que se inclinou e lhe fez sinais e lhe mostrou o Hotel Plaza. Depois, pela janela do armazém, viu-se chegar o carro da polícia.

Croce e Saldías estacionaram o carro e desembarcaram, depois contornaram a praça, também eles seguidos respeitosamente até a porta do *El Pregón* pela mesma pequena corte de curiosos e crianças que levara o forasteiro até o bar.

Todos esperavam que houvesse um escândalo no jornal, mas o comissário entrou tranquilo na redação, tirou o chapéu, cumprimentou os empregados e foi até a mesa de Thomas Alva Gregorius, o diretor míope que usava um gorro tricotado — os famosos gorros de lã Tomasito — porque estava ficando careca e isso o deprimia. Nascera na Bulgária, de modo que seu castelhano era muito imaginoso e escrevia tão mal que só permanecia no jornal porque era o braço direito de Cueto, que o manipulava como se ele fosse um boneco.

O jornal ficava no primeiro andar do antigo edifício da Alfândega Seca, uma sala ampla ocupada pela telefonista, a secretária e dois redatores. Croce foi até a mesa de Gregorius.

— Quem é que lhe conta essas histórias, cara?

— Informação confidencial, comissário. Viram o senhor descer até o porão e sair carregando alguma coisa, o fato é esse, e eu escrevo — concluiu Gregorius.

— Preciso de algumas fotos do arquivo do jornal — disse Croce.

Queria consultar os jornais de algumas semanas antes e Gregorius foi direto para a mesa da secretária e deu a autorização. A secretária olhou para o míope e o míope olhou para ela de trás de seus óculos de oito dioptrias e lhe fez um gesto cúmplice.

Croce foi até um mostrador no fundo da redação e folheou os jornais até encontrar o que procurava, depois observou uma das páginas em detalhe com o auxílio de uma lupa. Era uma foto das canchas de corrida de Bolívar. Talvez estivesse atrás de informações e esperasse que um instantâneo lhe permitisse ver o que não havia visto enquanto estava no local. Nunca vemos o que vemos, pensou. Depois de algum tempo, levantou-se e falou com Saldías.

— Preciso que você me consiga o negativo dessa foto no laboratório. Fale com Marquitos, ele arquiva todas as fotos que tira. Quero o negativo hoje à tarde. Vai ser preciso ampliar a foto. — Circulou um dos rostos com o dedo. — Doze por vinte. Nesse momento entrou no jornal o jornalista de Buenos Aires. Parecia meio adormecido, cabelo crespo, óculos redondos. Desde as grandes inundações de 62 não aparecia um repórter de um jornal de Buenos Aires no povoado. O rapaz se aproximou da mesa, falou com a secretária e esta o encaminhou para o escritório do diretor. Gregorius o esperava na porta, com um sorriso de simpatia.

— Ah, o senhor é do *El Mundo* — disse Gregorius, prestimoso. — Então o senhor é o Renzi. Entre, entre. Sempre leio suas matérias. É uma honra...

Outro provinciano puxa-saco clássico, pensou Renzi.

— Sim, claro... e então, o que há de novo... Eu queria lhe pedir uma máquina de escrever e o teletipo para mandar os textos, se for o caso.

— De modo que o senhor veio pela notícia...

— Eu estava em Mar del Plata e me mandaram para cá porque era perto. Nesta época do ano está tudo tão batido... O que aconteceu por aqui?

— Mataram um norte-americano. Foi um empregado do hotel. Está tudo esclarecido, mas o comissário Croce é um cabeça-dura e um louco e não quer se convencer. Já estamos com tudo: o suspeito, o móvel, as testemunhas, o morto. Falta a confissão. O comissário ali — disse Gregorius, com um gesto na direção da mesa onde Croce e Saldías olhavam a foto do jornal.

— O comissário, como eu ia dizendo, o outro é assistente dele, o inspetor Saldías.

Croce ergueu o rosto, de lupa na mão, e olhou para Renzi. Uma estranha labareda de simpatia ardia no rosto magro do comissário. Olharam-se sem falar e o comissário deu a impressão de atravessar Renzi com o olhar, como se ele fosse de vidro, para pousá-lo, depreciativo, sobre Gregorius.

— *Che*, Gregorio, preciso de uma ampliação desta foto — disse em voz alta —, vou deixá-la com Margarita.

Renzi não gostava da polícia, nesse ponto era como todo mundo, mas foi com a cara e com o jeito de falar, com a boca torta do comissário. Ele vai direto ao ponto, pensou, sem ir ele próprio direto ao ponto porque utilizara uma metáfora para dizer que o comissário se dirigira ao diretor do jornal como se ele fosse um sujeito meio burro e a secretária uma amiga. E era o que os dois eram, imaginou Renzi. O que são, seria o caso de dizer. Todo mundo se conhece, nesses povoados... Quando tornou a olhar, o comissário não estava mais lá e a secretária, com Saldías ao lado, segurava o jornal aberto.

— Então pode se instalar aqui, no meu escritório, se vai escrever. E o teletipo está lá no fundo, Dorita pode ajudá-lo. Se quiser, use o telefone, também, será um prazer... — Fez uma pausa. — Se for possível, só lhe peço que cite nosso pequeno jornal independente *El Pregón*, existimos desde os tempos da luta contra o índio, meu avô é que fundou o jornal para manter os produtores agropecuários unidos. Aqui está meu cartão.

— Claro, claro, obrigado. Mando uma nota ainda esta noite para que chegue antes do fechamento. Vou usar seu telefone.

— Claro, use — disse Gregorius. — Não se preocupe, fique à vontade — disse, e saiu da sala.

Depois de parlamentar com a telefonista de longa distância, Renzi finalmente conseguiu entrar em contato com a redação em Buenos Aires.

— Tudo bem, Junior? É o Emilio, me deixe falar com o Luna. Estou aqui num povoado de merda, como estão as coisas por aí? Alguma gata perguntou por mim? Algum suicídio novo na redação?

96

— Chegou agora?

— Eu ia telefonar do bar, mas você não imagina o que é telefonar aqui do interior... Mas me passe o Luna.

Depois de uma pausa e de uma série de rangidos e barulhos do vento contra o alambrado de um galinheiro, surgiu a voz pesada do velho Luna, diretor do jornal.

— E aí, cara, olhe, saímos na frente dos outros. O Canal 7 deu alguma coisa, mas podemos furar todo mundo. A notícia não é o povoado, a notícia é que mataram um norte-americano.

— Porto-riquenho.

— Tudo a mesma merda. — Fez uma pausa e Renzi adivinhou que estava acendendo um cigarro. — Parece que a embaixada vai intervir, ou o cônsul. Quem sabe ele foi morto pela guerrilha...

— Não encha, don Luna.

— Veja se consegue inventar alguma coisa que funcione, aqui está a maior pasmaceira. Mande uma foto do morto.

— Ninguém sabe direito o que ele veio fazer neste povoado.

— Siga essa pista — disse Luna, mas como de hábito já estava em outra, tratava de dez assuntos ao mesmo tempo e dizia mais ou menos a mesma coisa para todo mundo. — Corra, cara, que já estamos no fechamento — gritou, e logo depois houve um silêncio estranho, uma espécie de vácuo, e Renzi se deu conta de que Luna tapara o bocal do telefone com o corpo e estava falando com alguém na redação. Para o caso de ele estar ouvindo, interrompeu-se.

— E onde é que eu vou arrumar uma foto? — Mas Luna já cortara a ligação.

No *El Pregón* todos estavam olhando para um televisor instalado sobre uma mesa com rodinhas na lateral da sala. O Canal 7 da Capital solicitara conexão coaxial com o canal do povoado e a informação local seria transmitida para todo o país. Na tela

entrecortada de tiras cinzentas que subiam e desciam circular-
mente via-se a fachada do Hotel Plaza e o fiscal Cueto entrando
e saindo, muito ativo e sorridente. Explicava e fornecia suas versões. A câmera o seguia até a esquina e dali, depois de olhar a tela
de frente com um sorrisinho de autossuficiência, o fiscal dera o
caso por encerrado.

— Está tudo esclarecido — disse. — Mas há uma discre-
pância com a velha polícia encarregada da investigação. Trata-se
de uma diferença processual que será resolvida nos tribunais.
Solicitei ao juiz de Olavarría que determine a prisão preventiva
do acusado e o transfira para a penitenciária de Dolores.

O canal local retomou sua programação e passou a infor-
mar sobre os preparativos da partida de pato entre Civis e Militares na remonta de Pringles. Gregorius desligou o televisor e seguiu Renzi até a porta do jornal.

O cronista do *El Mundo* se instalou no Hotel Plaza, descan-
sou um pouco e depois se dedicou a percorrer o povoado e entrevistar os moradores. Ninguém lhe contava o que todos sabiam
ou o que era tão sabido por todos que não precisava de explicação. Olhavam-no com indolência, como se ele fosse a única pessoa que não entendia o que estava acontecendo. Era uma história verdadeiramente estranha, com distintos ângulos e versões
muito variadas. Como sempre, pensou Renzi.

No fim da tarde recolhera toda a informação disponível e se
preparou para escrever a matéria. Instalou-se em seu quarto no
hotel e consultou suas anotações, fez uma série de diagramas e
sublinhou várias frases em sua caderneta preta. Depois desceu
até o restaurante e pediu uma cerveja e um prato de fritas.

Passava de meia-noite quando voltou à sede do jornal do povoado e bateu na persiana de ferro com a mão aberta até a porta

ser aberta por don Moya, o segurança que andava sempre capengando com um meneio um tanto ridículo porque em 52 um cavalo o derrubara e o deixara manco. Moya foi acendendo as luzes da redação vazia e Renzi se instalou diante da escrivaninha de Gregorius e redigiu o artigo numa Remington que pulava o *a*. Escreveu num arranco, olhando as anotações, atento para que fosse o que Luna chamava de matéria colorida com gancho. Abriu com a descrição do povoado porque se deu conta de que era esse o tema que interessaria em Buenos Aires, onde quase todos os leitores eram como ele e pensavam que o campo era um lugar pacífico e tedioso, povoado por pessoas de gorro basco na cabeça, sorrindo como uns idiotas e concordando com todo mundo. Um pessoal bem-disposto que se dedicava a trabalhar a terra e cultivava as tradições gaúchas e a amizade argentina. Já percebera que tudo aquilo era uma farsa, numa única tarde ouvira mesquinharias e violências piores que tudo o que seria capaz de imaginar. Circulava a versão de que Durán era o que chamavam de *valijero*, uma pessoa que transporta dinheiro por baixo do pano para negociar as colheitas com empresas fictícias* e não pagar os impostos. Todos lhe haviam falado da sacola com dólares que Croce encontrara no depósito de objetos perdidos do hotel e que sem dúvida era a pista para decifrar o crime. O mais interessante, claro, como sempre acontece nesses casos, era o morto. Investigar a vítima é a chave de toda investigação criminal, escrevera Renzi, e para isso seria preciso interrogar todos os que tinham relações ou negócios com o finado. Renzi manteve o suspense e centrou o assunto no estrangeiro que chegara àquele lugar sem

---

* "'Algumas sociedades estão negociando trinta mil toneladas de grão por ano no mercado negro. Isso significa três mil caminhões. Quem controla isso são umas dez ou doze pessoas, não mais.' 'Alguns escritórios de advocacia cobram trinta mil dólares para montar essas sociedades', declararam várias fontes a este cronista." (Notas de Renzi.)

que ninguém fizesse a menor ideia de por que o fizera. Aludiu vagamente ao romance com uma das filhas de uma das principais famílias do povoado.

As averiguações começavam por aqueles que podiam ter algum motivo para matá-lo. Em pouco tempo se deu conta de que todos os habitantes do povoado tinham motivos e razões para matá-lo. Antes de mais nada as irmãs, embora Renzi achasse que era esquisito pensar que elas quisessem matá-lo. E elas mesmas teriam tomado conta do assunto, segundo vários moradores locais declararam ao jornalista. E têm razão, porque aqui, na verdade, como afirmou um dos gerentes do hotel, as mulheres não encarregam ninguém de fazer o trabalho delas, elas mesmas vão e fazem a limpeza. Pelo menos foi isso o que sempre aconteceu aqui em matéria de crime passional, disseram-lhe orgulhosos, como quem defende uma grande tradição local.

Escreveu que, conforme fora informado, o principal suspeito, um empregado do hotel, de origem japonesa, estava detido, e que o comissário Croce encontrara nos porões do hotel uma sacola de couro marrom com quase cem mil dólares em cédulas de cinquenta e cem. Aparentemente, acrescentou Renzi, o suspeito retirara do quarto a sacola com o dinheiro descendo-a por um monta-cargas utilizado em outros tempos pelo *room service* para subir os pratos solicitados. Nada disso fora divulgado oficialmente, mas no povoado várias fontes comentavam os fatos. É o caso de registrar, concluiu, que as versões oficiais não aceitam nem refutam essas afirmações. O diretor do jornal local (e aproveitou para citar o *El Pregón*) criticou a maneira como a investigação está sendo conduzida pelas autoridades. Para quem era o dinheiro e por que não o retiraram do hotel, ficando abandonado num depósito de objetos extraviados? Essas eram as perguntas que concluíam a matéria.

Depois corrigiu as páginas com uma esferográfica vermelha que encontrou na escrivaninha e ditou a matéria por telefone para a datilógrafa do jornal, repetindo como um papagaio todos os sinais de pontuação, vírgula, ponto, reticências, dois-pontos, ponto e vírgula. A descrição do povoado visto do alto ao chegar pela rodovia abria a crônica, como se fosse o relato de um viajante entrando num território misterioso, e isso agradou porque conferia ao povoado uma existência concreta, e por uma vez o povoado deixava de ser um apêndice de Rauch.

Depois de cruzar o alto da serra vemos embaixo o povoado em toda a sua extensão, desde a laguna que lhe dá nome até as residências situadas sobre as colinas e áreas mais elevadas.

Foi uma crônica breve, com um título de *western-spaghetti* (que não era o que Renzi dera ao texto), *Americano assassinado em vilarejo do oeste*, e que leram no dia seguinte, com os principais acontecimentos sintetizados numa ordem ridícula (o hotel, o cadáver, a sacola do dinheiro), como se depois de passar uma tarde inteira circulando e fazendo perguntas o jornalista de Buenos Aires se tivesse deixado enganar por todos os seus informantes.

Ele parecia nervoso ou meio confuso, disse Moya, e contou que depois de ouvi-lo ditar o texto acompanhara-o até a porta e o vira dirigir-se ao Club Social para tomar alguma coisa na companhia de Bravo, o responsável pela coluna social, que aparecera de repente como se tivesse despertado ao ouvir o barulho da cortina de metal.

Sofía ficou em silêncio um tempo, olhando a luz da tarde que declinava no jardim, e depois retomou o ritmo um pouco enlouquecido da história que ouvira e muitas vezes repetira ou imaginara.

— Meu pai dava uma de aristocrata e por isso foi atrás da minha mãe, que é uma Ibarguren... — disse Sofía. — Meu pai se

casou por amor com a primeira mulher, Regina O'Connor, mas ela, como já lhe falei, abandonou meu pai e fugiu com outro e meu pai nunca se recuperou, porque não podia conceber que o abandonassem ou que o tratassem com desprezo, e no fundo sempre duvidou que meu irmão fosse seu filho e o tratou com a extrema deferência com que se trata um bastardo, e, diferentemente de meu irmão Lucio, meu irmão Luca sempre foi hostil, e essa hostilidade se transformou numa espécie de orgulho demoníaco, de convicção absoluta, porque quando a mãe dele o abandonou e saiu do povoado meu pai foi buscá-lo e o trouxe de volta e desde aquele momento ele viveu conosco.

Renzi se levantou.

— Mas foi buscá-lo onde?

— Levou-o para nossa casa e criou-o sem se importar em saber de onde ele tinha saído.

— E o diretor de teatro? Era o pai, o possível pai? — *disse Renzi.*

— Não faz diferença, porque a mãe dele sempre disse que Luca era filho de meu pai, que dava para ver isso de longe. Infelizmente, dizia Regina, ele é filho do seu pai, logo se nota que é um maluco e um desesperado e se não fosse filho dele, dizia a mãe dele, não teria chegado aonde chegou, quase morrendo, quase jogando a vida fora por causa de uma obsessão.

— Mas que história é essa, um melodrama?

— Claro... que mais poderia ser? Ele veio viver conosco e recebeu uma educação idêntica à nossa, mas nunca mais viu a mãe... Ela acabou voltando para Dublin e é lá que vive hoje, não quer mais saber de nós, nem deste lugar, nem dos filhos. A irlandesa. Meu pai ainda tem a foto dela na escrivaninha. Aquela mulher estava deslocada, aqui, você pode muito bem imaginar, era arisca demais para virar uma mãe argentina, andava a cavalo melhor que os gaúchos mas tinha horror do nosso campo. "Que shit *esses merdas pensam que são?", dizia...* A culpa de tudo é do campo, do tédio infinito do campo, todos circulam como mortos--vivos pelas ruas vazias. A natureza só produz destruição e caos, isola as pessoas, cada gaúcho é um Robinson cavalgando pelo campo como uma sombra. Só pensamentos isolados, solitários, leves como arame de enfardar, pesados como sacas de milho, ninguém pode sair, todos amarrados ao deserto, saem a cavalo para percorrer a propriedade, para ver se os moirões da cerca estão em bom estado, se o gado continua perto da aguada, se vem tempestade; ao entardecer, quando voltam para casa, estão embrutecidos pelo tédio e o vazio. Meu irmão diz que até hoje ouve a mãe gritando insultos no meio da noite, e que às vezes fala com ela e que a vê o tempo todo. Aquela mulher não podia continuar neste povoado. Quando partiu, grávida, meu pai tornou a vida dela impossível, não a deixava ver o outro filho, decisão judicial, todos de acordo em puni-la. Não a deixava ver Lucio, ela mandava recados, súplicas, presentes, ia lá em casa e os peões a punham para fora a mando de meu pai, e às vezes dizia a ela que o esperasse na praça e depois passava devagar, de carro, e ela via o filho olhando para ela da janela sem acenar, com olhos surpresos. — Interrompeu-se e fumou, pensativa. — Ela grávida de Luca (dois corações num mesmo corpo, tuc tuc) e Lucio a olhá-la pela janela de trás do carro, você pode imaginar? No fim deixou os meninos com ele e voltou para seu país.

Ela está me enrolando, pensou Renzi, está me contando uma fábula para me manipular.

— Quando finalmente ela fugiu para sempre deste damned country, como ela dizia, foi viver em Dublin, onde trabalha como professora, e de vez em quando recebemos uma carta, sempre dirigida aos filhos dela, escrita num espanhol cada vez mais estranho, sem que ninguém nunca lhe tenha respondido. Porque os dois filhos não lhe perdoaram o fato de tê-los abandonado e isso uniu os dois irmãos na mesma dor. Nenhum filho pode perdoar a mãe que o abandona. *Os pais abandonam os filhos sem problema, largam os filhos por aí e nunca mais os veem, mas as mulheres não podem, é proibido, por isso minha irmã e eu, se tivermos filhos, vamos abandoná-los. Eles vão acenar para nós, em pezinhos numa praça, os gurizinhos, enquanto nós passamos de carro, cada uma com um amante diferente. Que tal?*

Interrompeu-se, olhou para Renzi com um sorriso que brilhava em seus olhos e serviu-se de mais vinho. Depois voltou para a sala e demorou um tempão e saiu exaltada, de olhos brilhantes, esfregando as gengivas com a língua e brincando de equilibrar dois pratos com queijo e azeitonas.

— Na minha família os homens ficam loucos quando viram pais. Veja o que aconteceu com meu velho: nunca conseguiu sair da dúvida. Só tinha certeza da paternidade de meu irmão mais velho e Lucio foi o único que correspondeu a suas expectativas, exceto no casamento.

Só nesse momento Renzi se deu conta de que ela ia lá dentro cada vez com mais frequência; entrou na sala e viu-a inclinada sobre uma mesa de vidro.

— O que você tem aí? — perguntou Renzi.

— Sal grosso — respondeu ela, e sorriu para ele enquanto se inclinava com uma nota de cem pesos enrolada na narina.

— Ah, vejam só essas garotas do interior! Me dê uma fileira.

8.

Bravo e Renzi saíram do jornal e andaram um instante pelas ruas desertas. A noite estava tempestuosa e um vento morno vinha da planície. Com repugnância, Renzi se deu conta de que pisara num besouro, que fez um ruído seco ao estalar sob seus sapatos. Nuvens de mosquitos e de traças revoluteavam nas luzes dos postes, na esquina. Pouco depois um cachorro errante, meio desengonçado, passou diante deles com o rabo entre as pernas e começou a segui-los.

— Esse é o cachorro do comissário, ele o deixa solto e o coitado passa a noite inteira andando pelo povoado feito um fantasma.

O cachorro os seguiu durante algum tempo, mas acabou se deitando numa soleira para dormir e eles prosseguiram até o final da rua. O vento agitava os ramos das árvores e erguia o pó da rua.

— Cá estamos, Emilio — disse Bravo. — Esse é o Club.

Estavam na frente de um sobrado de estilo francês, muito sóbrio, com uma placa de bronze informando, a quem se aproximasse para olhar as letras com uma lupa, que aquele era o Club Social, fundado em 1910.

— Não é todo mundo que entra aqui — disse Bravo —, mas você entra comigo como meu convidado.

Em toda sociedade fechada há um exterior e um interior, explicava Bravo enquanto subiam as altas escadarias de mármore que imitavam outras altas escadarias de mármore de alguns outros edifícios idênticos em cidades esquecidas.

— Meu trabalho como cronista social consiste em jogar o valor lá para cima e manter os que estão de um lado separados dos que estão do outro. Meus leitores não podem entrar, e por isso leem o jornal. Como se faz para passar de um lado, ou melhor, para saltar de um lado para o outro, é o que todos querem aprender. O finado Durán, um mulato, um negro, na verdade, porque aqui no interior não há mulatos, ou você é negro ou é branco. Bom, ele, negro e tudo, no fim conseguiu entrar.

A essa altura também eles haviam entrado no salão. Bravo passara cumprimentando os conhecidos enquanto ultrapassavam o balcão do bar e se instalavam numa mesa a um lado, perto dos janelões que davam para o jardim.

— Agora todo mundo anda dizendo que o Tony estava com um montão de dinheiro. Só que ninguém conseguiu explicar com que finalidade ele trouxe aquele dinheiro nem o que ele estava esperando. Os norte-americanos podem entrar neste país com todo o dinheiro que quiserem sem declarar coisa nenhuma. Coisa dos militares da época do general Onganía — disse como se fosse uma confissão pessoal. — Capital líquido, investimentos estrangeiros, tudo é considerado legal. No *El Mundo*, quem é o editor de Economia?

— Ameztoy — disse Renzi. — Segundo ele, Perón se vendeu para as empresas europeias.

Bravo olhou para ele assombrado.

— Europeias? — comentou. — Mas isso é do tempo do onça. — Como todos no interior, Renzi percebera por ocasião

106

de suas conversas e entrevistas daquele dia, Bravo usava deliberadamente palavras arcaicas e em desuso para ser mais autenticamente um homem do campo. — Essa liberdade para traficar divisas foi uma imposição dos norte-americanos, uma condição para realizar investimentos, e agora serve para traficar com as colheitas no mercado negro.

— E era isso que Durán fazia — disse Renzi. — Traficava com dinheiro.

— Não sei. É o que andam dizendo. Não me cite como fonte, Emilio, eu sou a consciência social do povoado. O que eu digo é o que todos pensam mas ninguém declara. — Fez uma pausa. — Só o esnobismo permite que se sobreviva em lugares como este. — E explicou as razões pelas quais fora aceito naquele ambiente seleto.

Bravo parecia um velho de trinta anos; não que tivesse envelhecido, a velhice era parte de sua vida, tinha a face marcada por cicatrizes porque cortara o rosto num acidente de carro. Fora um excelente jogador juvenil de tênis, mas sua carreira se interrompera depois de ganhar um torneio de juniores no Law Tenis de Viña del Mar e nunca se recuperara das expectativas frustradas. Tinha tanto talento natural para jogar tênis que o chamavam de Maneta — como chamavam Gardel de el Mudo — e, como todo homem com um talento natural, quando perdeu aquele dom — ou não pôde mais utilizá-lo — se transformou numa espécie de filósofo espontâneo que olhava o mundo com o ceticismo e a lucidez de Diógenes no latão do lixo. Nada fizera com o dom que lhe fora dado, exceto ganhar a final daquele torneio juvenil no Chile, batendo Alexis Olmedo, o tenista peruano que anos depois seria vencedor em Wimbledon. Bravo teve de sair do circuito antes de entrar nele, em decorrência de uma estranha lesão na mão direita que o impediu de jogar; assim teve início sua decadência e sua velhice. Voltou ao povoado e seu pai, leiloeiro de fazenda, conseguiu para ele um emprego no jornal como cronista social porque ainda mantinha a aura de ter jogado tênis nas *courts* numa época em que o esporte branco só era praticado pelas classes altas.

— Ninguém pode imaginar — disse mais adiante a Renzi, depois que os dois já haviam bebido bastante e estavam na etapa das confissões sinceras — o que é ter talento para fazer uma coisa e não poder fazê-la. Ou pelo menos imaginar que se tem talento para fazer uma coisa e mesmo assim não conseguir fazê-la.

— Sei como é — disse Renzi. — Se for isso, a metade de meus amigos (e eu mesmo) também padece desse mal.

— Não posso jogar tênis — queixou-se Bravo.

— Em geral meus amigos têm tanto talento que não precisam nem fazer alguma coisa.

— Entendo — disse Bravo. — Veja só como o pessoal daqui é esnobe: me consideram um deles porque treinei com Rod Laver. — Ficou imóvel esperando o sorriso de Renzi. Estava delirando um pouco, graças ao uísque gratuito que lhe serviam no Club. — Às vezes, quando preciso de dinheiro — disse de repente — jogo pelota basca com um pessoal que não me conhece, e sempre ganho. Não existe nada de mais diferente de uma quadra de tênis que um frontão de pelota basca, mas o segredo continua sendo ver a bola, e a vista eu não perdi, e posso jogar com a canhota, com a outra mão amarrada. Em Cañuelas ganhei de Utge — disse, como se tivesse batido William Shakespeare num concurso de poesia.

Fez uma pausa e depois foi contando a Renzi, como se tivesse necessidade de continuar com as confidências, que às vezes tinha a impressão de ouvir o barulho limpo da bola ao roçar a rede, mas sua experiência nas quadras já era tão antiga que demorava a identificar o ruído que ainda o emocionava.

Ocorreu novamente a Renzi que o sujeito estava variando um pouco, mas estava acostumado, porque era comum os jornalistas fazerem um desvio na direção do delírio quando falavam para não dizer nada. Confidências pessoais e notícias falsas, esse era o gênero.

— Você nem imagina quantos negócios os militares estão fazendo antes de sair... — disse Bravo de repente —, vão vender até os tanques de guerra. O pessoal daqui tem certeza de que Perón volta e de que os soldados vão para os quartéis. E estão fazendo altos acertos antes que a mamata acabe. O que você quer comer? Aqui fazem uma *tortilla* espanhola impossível de encontrar em Buenos Aires.

Bravo pediu mais uísque, mas como Renzi estava com fome aceitou a proposta e pediu uma *tortilla* de batatas e uma garrafa de vinho.

— Que vinho o senhor prefere? — quis saber um garçom com cara de ave que olhava para ele com uma mistura incomum de distância e desprezo.

— Traga uma garrafa de Sauvignon Blanc — disse Renzi.

— E um balde de gelo.

— Pois não, senhor — disse o garçom, com pose de idiota que se imagina filho do conde Orloff.

Bravo acendeu um cigarro e Renzi viu que sua mão direita tremia. Era um pouco deformada, com uma protuberância feia no punho. Teve a impressão de que ele usava a mão direita como se se obrigasse a fazê-lo, como se ainda estivesse em terapia de recuperação. Renzi imaginou os aparelhos elétricos com sensores e grampos metálicos onde se põe a mão para que os nervos e as articulações se distendam.

— Você imagina o que é escrever coluna social num povoado como este? As pessoas lhe passam as notícias por telefone antes de as coisas acontecerem, e se você não prometer que vai escrevê-las, não as fazem. Primeiro garantem a notícia, depois providenciam os fatos — disse Bravo. — Aqui neste clube se resolve tudo. Aquela lá no fundo, na mesa redonda, é uma das irmãs Belladona.

Renzi viu uma jovem ruiva, alta e arrogante, inclinando-se distraída para falar com um daqueles homens de cabeça muito pequena que sempre têm algo de sinistro, como se o corpo fosse arrematado por uma fisionomia de víbora. Era o fiscal. Renzi o vira na televisão. A jovem falava recostada no espaldar da cadeira e tinha a palma da mão esquerda apoiada entre os seios como se quisesse proteger-se. Está sem sutiã, pensou Renzi, os melhores peitinhos do interior da Argentina. Viu-a negar sem sorrir e anotar alguma coisa num papel, depois despedir-se com um beijo rápido e afastar-se na direção das escadarias que levavam ao andar inferior com um passo seguro e sedutor.

— Já faz tempo que aconteceu — disse Bravo, e começou a contar. — Cueto teve uma das primeiras Harley Davidson que entraram na Argentina e quando chegou com ela ao povoado Ada Belladona só tinha um desejo: que ele a levasse para passear na moto. Saiu com ela para dar uma volta na praça e em seguida tiveram um acidente. Ada quebrou uma perna e Cueto saiu ileso. Ele sempre dizia que para dirigir uma moto o fundamental era saber cair. Tinha essa teoria. Os atletas, dizia, antes de mais nada devem aprender a cair. Antes de subir na moto, perguntou-lhe, e ela lhe disse que sabia cair, mas a moto raspou num dos canteiros da praça e se arrastou uns cinquenta metros sobre a perna da garota. Foi sorte ela não ficar inválida, engessaram-na dos quadris até a ponta dos dedos. Um trabalho de artista, parece que encontraram um escultor, Aldo Bianchi ou um desses, dizia ela, e mostrava o gesso que terminava numa espécie de aleta. Tinha a forma estilizada da cauda de uma sereia e se apoiava ali. Era incrível, tão delirante quanto Cueto, aquela garota, adorava dançar, e numa noite de verão os dois foram a Mar del Plata, ao Gambrinus. O que é isso, você está bem?, perguntavam a ela. Ela dizia que tinha esmagado a perna andando a cavalo. A todo momento se levantava para dançar. Cravava a perna branca e nítida no chão, com aquela forma de cauda de peixe, e o resto do tempo girava em torno do gesso como se fosse o capitão Ahab.*

Gostou da maneira como o outro contava a história, era evidente que já a contara tantas vezes que pouco a pouco a polira até deixá-la lisa como um seixo rolado. Claro que sempre era possível melhorar uma história, pensou Renzi distraído, enquanto Bravo passava a outra coisa e retomava as conjecturas sobre Durán. Achava que Tony se aproximara das irmãs Belladona só para ter acesso ao Club Social. Na companhia delas ele podia entrar; sozinho não teria sido admitido.

— Eu teria gostado de avisar ao Tony que não viesse aqui — disse Bravo. *Ele usa o futuro do pretérito composto do indicativo*, pensou Renzi, tão cansado que era invadido por esse tipo de ideia, típica da época em que estava na faculdade e gostava de analisar as formas gramaticais e a conjugação dos verbos. Às vezes não entendia o que lhe diziam porque se distraía analisando a estrutura sintática como se fosse um filólogo entusiasmado pelos usos tergiversados da linguagem. Agora lhe acontecia cada vez menos, mas quando estava com uma mulher e gostava do jeito dela de falar, levava-a para a cama pelo entusiasmo que sentia ao vê-la usar o pretérito perfeito do indicativo, como se a presença do passado no presente justificasse toda e qualquer paixão. No caso presente, tratava-se apenas de cansaço e da estranheza que lhe produzia o fato de estar naquele povoado perdido, e, quando

---

* Algum tempo depois, Ada comprou uma Triumph 220 e desde então só anda pelo povoado de moto, assustando moradores e aves de criação, com os cachorros correndo atrás e latindo feito endemoninhados.

tornou a ouvir o rumor do bar, deu-se conta de que Bravo estava lhe contando a história da família Belladona, uma história parecida com qualquer história de família rural argentina, só que mais intensa e mais cruel.

— Não aguento mais todo esse lixo — disse Bravo num rompante, já completamente bêbado. — Quero ir para a capital... Será que consigo trabalho no *El Mundo*?

— Não recomendo.

— Mas eu vou, sério, não aguento mais isto aqui. E já não tenho muito tempo.

— Por quê?

— Quero estar em Buenos Aires quando Perón voltar...

— É mesmo? — disse Renzi, alerta de repente.

— Claro... Vai ser um dia histórico.

— Não se iluda... — disse Renzi, e imaginou que Bravo estava querendo ser como Fabrizio na *Cartuxa de Parma*, que ao tomar conhecimento do regresso de Napoleão vai para Paris na intenção de ser protagonista de um fato histórico e receber o general. E passa o dia inteiro cercado de jovens de uma *doçura sedutora*, muito entusiasmados, que poucos dias depois, conta Stendhal, roubam todo o dinheiro que ele tinha.

Naquele momento viram Cueto aproximar-se pelo corredor com um sorrisinho sobranceiro.

— O que dizem as consciências alugadas da pátria...?

— Sente-se, doutor.

Cueto tinha o físico seco e fibroso, vagamente repulsivo, dos homens mais velhos que fazem muito esporte e se mantêm numa espécie de patética juventude perpétua.

— Vou sentar só um minutinho — disse Cueto.

— Já conhece o Renzi?

— Do *La Opinión*, não é mesmo?

— Não... — disse Renzi.

— Ah, então você é um fracassado... — Sorriu com ar cúmplice, pegou a garrafa de vinho que estava no balde e serviu-se num copo de água que esvaziou no gelo. Depois ofereceu-o a Renzi.

— Não, é melhor eu não beber mais vinho esta noite.

— Nunca pare de beber enquanto continuar capaz de pensar que é melhor não beber mais, como dizia minha tia Amanda.

— Saboreou o vinho. — De primeiríssima — disse. — O álcool é um dos poucos prazeres simples que nos restam na vida moderna. — Olhava o tempo todo em torno, como se quisesse localizar algum conhecido. Tinha alguma coisa esquisita no olho esquerdo, um olhar azul e fixo que deixou Renzi preocupado.

— Ontem deram uma notícia incrível, claro que vocês, jornalistas, nunca leem os jornais.

Duas guerrilheiras haviam matado um recruta* numa base aérea de Morón. Desceram de um Peugeot, aproximaram-se sorrindo da guarita do guarda, estavam com uma pistola calibre 45 escondida na revista *Siete Días*, e quando o reco se recusou a entregar a arma mataram-no a tiros.

— Ele resistiu, teve a péssima ideia de resistir, deve ter dito a elas: — Calma aí, meninas, não levem o meu fuzil que eu vou em cana... O nome dele era Luis Ángel Medina. Devia ser de Corrientes, na verdade não sei, um negrinho, estavam na luta em nome dele, elas, lutavam pelos negros do mundo, mas vão lá e matam o rapaz. — Serviu-se novamente de vinho. — Estão fritas,

---

* "Foram sepultados hoje no cemitério de San Justo os restos mortais do soldado Luis Ángel Medina, abatido a tiros na data de ontem por duas mulheres pertencentes a um comando extremista. Seria a última guarda de Medina visto que, tendo completado seu serviço militar, seria desligado do Exército na próxima sexta-feira. Contudo, por razões de serviço, justamente na data fatal recebeu a tarefa de ocupar o posto em que encontrou a morte" (*La Razón*, 14 de março de 1972).

as duas, a partir de agora vão ter de andar sempre juntas, não é mesmo? — disse Cueto. — Escondidas, enfiadas numa toca, tomando mate, as trotskistas, em alguma chácara de Temperley...

— Bom — disse Renzi, tão furioso que começou a falar num tom muito alto —, a desigualdade entre os homens e as mulheres termina quando uma mulher empunha uma arma. — E prosseguiu, procurando ser o mais pedante possível em meio às brumas do álcool. — O termo *nobilis* ou *nobilitas* nas sociedades tradicionais definia a pessoa livre, não é mesmo? E essa definição significa a capacidade de utilizar armas. O que acontece se quem utiliza as armas são as mulheres?

— Todos soldados — disse Bravo. — Veja que beleza. Soldados de Perón...

— Não, do Exército Revolucionário do Povo! — disse Cueto. — Esses são os piores, primeiro saem matando e depois distribuem um comunicado falando dos pobres do mundo.

— A ética é como o amor — disse Renzi. — Vive-se no presente, as consequências não interessam. Se a pessoa pensa no passado é porque já perdeu a paixão...

— Você precisa escrever essas grandes verdades noturnas.

— Claro — disse Renzi. — O mais alto sacrifício é acatar a segunda ética.*

---

* Relativamente ao crime político, G. Lukács, em suas notas para um livro sobre Dostoiévski (1916), cita Bakunin: *O assassinato não é permitido, é uma culpa absoluta e imperdoável; certamente não pode, mas* deve *ser executado.* Como o herói trágico, o autêntico revolucionário enfrenta o mal e aceita as consequências. Só o crime cometido pelo homem que sabe firmemente e além de toda dúvida que o assassinato *não* pode ser aprovado em nenhuma circunstância é de uma natureza moral. Dessa forma Lukács faz uma distinção entre a primeira ética — ou ética kantiana —, que delimita os deveres conforme as necessidades imediatas da sociedade, e a segunda ética, centrada na transcendência. E Lukács cita *Temor e tremor*, de Kierkegaard: *O contato direto com a transcendência na vida leva ao crime, à loucura e ao absurdo* (anotação de Renzi).

— Segunda ética? Isso é demais para mim... Desculpem, senhores jornalistas, mas está ficando tarde... — disse Cueto, e começou a levantar-se.

— Seria bom que aparecesse um assassino serial feminino — prosseguiu Renzi. — Não há mulheres que matem homens em série, sem motivo, só porque deu na telha. Elas teriam de aparecer.

— Por enquanto as mulheres só matam um marido de cada vez... — disse Cueto, olhando em torno.

Já não prestava atenção neles, cansado daquela sequência de abstrações ridículas. Os outros dois continuavam naquilo, mas Cueto já não participava.

— Já vou indo, *che* — disse Renzi —, viajei à noite, estou morto.

Bravo acompanhou-o por algumas quadras no povoado escuro e parou no limite da praça.

— Ele queria ser visto na companhia de Ada Belladona. Não entendo — disse Renzi.

— É um pretendente, como se diz por aqui... Foi advogado da fábrica, ou melhor, advogado da família Belladona... Por ocasião do rolo entre os irmãos, deu o fora; hoje é fiscal... vai longe.

— Ele tem um jeito esquisito de olhar.

— Tem um olho de vidro, perdeu aquele olho jogando polo... — Bravo entrou no automóvel e falou pela janela. — Você estava querendo fisgar o sujeito? Cuidado que ele é perigoso.

— Lido com sujeitos perigosos desde que me entendo por gente. Não tenho medo deles.

Bravo deu uma buzinada breve à guisa de despedida ou de desaprovação e arrancou na direção da rodovia. Vivia fora, num bairro residencial, no alto das colinas.

Renzi ficou ali sozinho, desfrutando a fresca da noite. O caminhão da municipalidade regava a rua vazia, assentando o pó.

O ar cheirava a terra molhada, tudo estava tranquilo e em silêncio. Muitas vezes ao viajar num ônibus interurbano sentira vontade de desembarcar num povoado qualquer no meio da estrada e ficar por ali. Agora estava num desses povoados e sentia-se tomado por uma sensação estranha, como se tivesse deixado a vida em suspenso.

Mas sua vida não estava em suspenso. Quando chegou ao quarto e começou a se despir, o telefone tocou. Era Julia, ligando de Buenos Aires.

— Já chega, Emilio — disse-lhe quando ele tirou o fone do gancho. — Todo mundo vem falar comigo para saber de você. Onde você se enfiou? Tive de ligar para o jornal para descobrir onde você está, e olhe só a hora! Chegou uma carta do seu irmão para você.

Enquanto explicava a Julia que estava trabalhando num povoado piolhento da província de Buenos Aires e que não tinha condições de passar para pegar a carta, percebeu que ela não estava acreditando no que ele dizia; no meio da conversa, deixou-o falando sozinho e bateu o telefone. Sem dúvida achava que ele estava mentindo, que fugira com alguma louca e se enfiara num hotel.

Vários amigos haviam comentado que ela andava dizendo que ele estava péssimo. Depois da morte de seu pai, a respeito da qual não queria emitir opinião, decidira separar-se de Julia mas não alterara o endereço e continuavam tentando encontrá-lo na casa da ex-mulher. Teria gostado de ser como Swann, que no fim descobre que dedicou a vida a uma mulher que não valia a pena. Mas continuava tão ligado a Julia que seis meses depois de ter se separado dela bastava ouvir sua voz para se sentir perdido. Gostava muitíssimo mais de Julia que de seu pai, mas a comparação era ridícula. No momento estava tentando não estabelecer relações entre acontecimentos diferentes. Se conseguisse manter todas as coisas isoladas umas das outras, estaria salvo.

Olhou a praça pela janela. Na rua, viu o cachorro andando meio de lado, aos pulinhos; estacou sob a luz do poste da esquina. Segundo Bravo, aquele era o cachorro do comissário. Viu quando ele levantou a pata para mijar e depois sacudiu a pelagem amarela como se estivesse empapado. Renzi desceu a cortina e se deitou para dormir e sonhou que estava no enterro de Tony Durán num cemitério de Newark. Na verdade era o cemitério de Adrogué, mas ficava em Nova Jersey, e havia velhas lápides e sepulturas perto da calçada, do outro lado de uma grade de ferro. Um grupo de mulheres e de mulatos despedia-se dele com solenidade. Renzi se aproximou da fossa aberta na terra e viu que baixavam um caixão de chumbo selado que brilhava ao sol. Pegou um torrão de terra e jogou-o na sepultura aberta.

— Coitado do filho da puta — disse Renzi no sonho.

Quando acordou, não se lembrou do sonho mas se lembrava de ter sonhado.

9.

Quando Croce mandou publicar nos jornais da região a foto pouco nítida de um desconhecido com uma ordem de captura, ninguém entendeu muito bem o que estava acontecendo. Saldías, inclusive, começou a expressar timidamente suas dúvidas. Passara da admiração cega à inquietação e à suspeita. Croce não se incomodou e deixou-o imediatamente de lado; desdenhoso, pediu-lhe que se dedicasse a redigir um novo informe com as novas hipóteses sobre o crime.

Então o fiscal Cueto ocupou o centro do cenário e começou a tomar decisões com a intenção de frear o escândalo. Opinou que as hipóteses de Croce eram descabeladas e tinham o objetivo de atrapalhar a investigação.

— Não sabemos o que significa esse suposto suspeito que Croce está tentando localizar. Ninguém o conhece por aqui, ele jamais teve relações com o morto. Estamos vivendo tempos caóticos, mas não vamos permitir que um policial qualquer faça tudo o que lhe passa pela cabeça.

118

Na sequência, ordenou à polícia provincial que transferisse Yoshio para a penitenciária de Dolores, por uma questão de segurança, disse, enquanto o processo era instaurado. A arma homicida não fora localizada, mas havia testemunhas diretas do fato situando o acusado no lugar e na hora em que se cometera o crime. Fez tudo o que era preciso fazer para encerrar o caso e classificá-lo como crime sexual. Em voz baixa e para quem quisesse ouvir, Cueto garantia que o comissário não era mais uma pessoa de confiança e que era preciso afastá-lo de suas atividades. Enquanto isso, Croce percorria como sempre o povoado e aguardava notícias. Ninguém sabia muito bem o que ele andava pensando, nem por que ficava dizendo que o culpado não era Dazai. Na hora do jantar, uma noite, Renzi se encontrou com ele no armazém dos Madariaga. Sentado a um lado, perto da janela, Croce comia um bife com batatas fritas. Enquanto comia fazia desenhinhos com um lápis na toalha de papel. De vez em quando ficava de olhar perdido no espaço com um copo de vinho na mão.

Em seu trabalho ocasional como repórter de polícia, Renzi conhecera diversos comissários, quase todos desordeiros sem moral que só estavam interessados no cargo para traçar todas as mulheres (principalmente as putas) e entrar em todas as tretas possíveis, mas Croce parecia diferente. Tem o ar tranquilo de um sujeito em quem se pode confiar, pensou Renzi, que de repente se lembrou da opinião de Luna, o diretor do jornal, sobre os comissários de polícia.

"Quem não gostaria de ser comissário?", dissera-lhe uma noite o velho Luna. "Não seja ingênuo, menino. Eles são os verdadeiros fodões. Estão com mais de quarenta anos, já engordaram, já viram de tudo, têm várias mortes nas costas. Homens muito vividos, com muita autoridade, que circulam o tempo todo entre delinquentes e personalidades políticas, sempre à noite, em bailecos e bares, conseguindo toda a droga que quiserem e ganhando dinheiro fácil porque todos esquentam a mão deles: os passadores de jogo, os comerciantes, os mafiosos, gente comum. Eles são nossos novos heróis, meu querido. Andam sempre armados, entram e saem, formam bandos, derrubam todas as portas. São os especialistas do mal, os encarregados de garantir que os idiotas durmam tranquilos, fazem o trabalho sujo das almas imaculadas. Transitam entre a lei e o crime, voam a meia altura. Meio a meio, se alterassem a dose não conseguiriam sobreviver. São os guardiães da segurança e a sociedade lhes delega a função de tomar conta do que ninguém quer ver", lhe dizia Luna. "Fazem política o tempo todo mas não se metem em política, quando se metem em política é para derrubar algum personagem de nível médio, intendentes, legisladores. Mais alto eles não vão. Como são heróis clandestinos, estão sempre diante da tentação de também participar, mas nunca fazem isso porque se fazem se dão mal, tornam-se visíveis demais", disse-lhe Luna naquela noite, jantando no El Pulpito enquanto o instruía, uma vez mais, sobre a vida verdadeira. "Fazem o que têm de fazer e permanecem mesmo quando há mudanças, são eternos, estão onde estão desde sempre...", hesitou Luna por um momento, relembrou Renzi, "desde a época de Rosas há comissários de polícia que são famosos, às vezes perdem, como todo mundo, são mortos, são aposentados, vão presos, mas sempre há outro para ocupar aquele lugar. São malevos, querido, mas neles a dimensão do mal é mínima comparada à dos que lhes dão ordens. Um policial é direto, vai de frente, enfia a cara", concluíra Luna, "de modo que não dê uma de louco e escreva o que eles lhe disserem..." Vou fazer isso, pensou Renzi, que se lembrara dos conselhos do velho Luna ao ver que Croce o chamava com um gesto.

— Quer comer alguma coisa? — perguntou Croce.

— Claro, quero sim — disse Renzi. — Com o maior prazer.

Aproximou-se da mesa, sentou-se e pediu uma banda de churrasco e uma salada de alface e tomate, sem cebola. — Este armazém foi o primeiro do povoado. Na época da colheita os peões temporários vinham comer aqui. — Renzi percebeu logo que o comissário estava querendo companhia. — Quando o sujeito é comissário, pode imaginar que conseguiu reduzir a escala da morte a uma dimensão pessoal. E quando digo morte me refiro aos que foram assassinados. É possível matar alguém acidentalmente — disse Croce, mas não é possível *assassinar* alguém acidentalmente. Se ontem, por exemplo, a senhora X não tivesse voltado para casa a pé e à noite e não tivesse dobrado aquela esquina, será que poderia não ter sido assassinada? Poderia ter morrido, sim, mas poderia não ter sido assassinada? Se a morte não foi intencional, é que não foi um assassinato. Portanto é necessário que haja uma decisão e um motivo. Não somente uma causa: um motivo. — Fez uma pausa. — Por isso o crime puro é muito raro. Se não tem motivação, é enigmático: temos o cadáver, temos os suspeitos, mas não temos a causa. Ou então a causa não está relacionada à execução. Esse parece ser o caso, aqui. Temos o morto e temos um suspeito. — Interrompeu-se. — O que chamamos motivação pode ser um significado despercebido: não por ser misterioso, mas porque a rede de determinações é extensa demais. É preciso concentrar, sintetizar, descobrir um ponto fixo. É preciso isolar um dado, criar um campo fechado, do contrário nunca teremos condições de interpretar o enigma.

Na mesa, fazendo desenhinhos, o comissário reconstruiu os fatos para si mesmo, mas também para Renzi. Sempre precisava de alguém com quem falar para esboçar seu discursinho particular, as palavras que estavam sempre circulando em sua cabeça como uma música, e então ao falar selecionava os pensamentos e não dizia tudo, esforçando-se para que seu interlocutor refletisse com ele e chegasse, antes, às mesmas conclusões a que ele próprio chegara, porque nesse caso poderia confiar em seu raciocínio, já que o outro também o pensara com ele. Nisso era parecido com todos os que são inteligentes demais — Auguste Dupin, Sherlock Holmes — e precisam de um auxiliar para pensar com eles e não sucumbir ao delírio.

— Para Cueto o criminoso é Yoshio e o motivo é o ciúme. Um crime privado, ninguém está implicado. Caso resolvido — disse Renzi. — Tenho a sensação de que Cueto está sempre dizendo que as coisas que parecem diferentes na verdade são a mesma coisa, enquanto eu estou interessado em demonstrar que as coisas que parecem a mesma coisa na verdade são diferentes. Vou ensiná-los a ver as diferenças.* Está vendo? — disse. — Isto é um pato, mas se você olha assim, é um coelho. — Desenhou a silhueta do pato-coelho. — O que significa *ver* uma coisa tal como ela é: não é fácil. — Olhou para o desenho que fizera na toalha. — Um coelho e um pato.

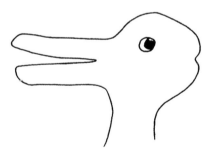

Tudo corresponde ao que sabemos *antes* de ver — Renzi não entendia em que direção o comissário queria apontar. — Vemos as coisas *de acordo* com nossa interpretação. Chamamos

---

* "I'll teach you differences" (Rei Lear, I. 4.).

isso de previsão: saber antecipadamente, estar prevenidos.* No campo, a pessoa segue o rastro de um bezerro, vê as pegadas na terra seca, sabe que o bicho está cansado porque as marcas são leves e se orienta porque os pássaros pousam para bicar o rastro. Não pode sair procurando pistas ao acaso, o rastreador deve primeiro saber o que está perseguindo: homem, cachorro, onça. E depois ver. Eu faço exatamente isso. É preciso ter uma base e em seguida é preciso inferir e deduzir. Então — concluiu — a pessoa vê o que sabe e não consegue ver se não sabe... Descobrir é ver de outro modo o que ninguém percebeu. A questão é essa.

— É estranho, pensou Renzi, mas ele tem razão. — Por outro lado, se acredito que ele não é o criminoso, então seus atos, seu modo de agir não têm nenhum sentido... — Ficou pensativo.

— Compreender — disse quando se recompôs — não é descobrir fatos nem extrair inferências lógicas, muito menos construir teorias, é simplesmente adotar o ponto de vista adequado para apreender a realidade. Um doente não vê o mesmo mundo que vê uma pessoa sadia, um triste — disse Croce, e se perdeu de novo em seus pensamentos, mas voltou logo depois — não vê o mesmo mundo que vê um sujeito feliz. Da mesma forma, um policial não vê a realidade que o jornalista vê, com sua permissão — disse, e sorriu. — Eu sei que vocês escrevem com a firme intenção de informar-se depois. — Olhou para ele sorrindo, mas

---

* Suponhamos que eu mostre esta figura a alguém, dizia Croce. A pessoa diz: "É um pato", e em seguida, de repente: "Não, não, é um coelho". De modo que reconhece a figura como um coelho. É uma experiência de reconhecimento. O mesmo acontece se alguém me vê na rua e diz: "Ah, é o Croce". Mas nem sempre temos uma experiência de reconhecimento. A experiência se dá no momento de mudar de pato para coelho e vice-versa. Chamo esse método de *ver-como*, e seu objetivo é trocar o aspecto sob o qual se veem certas coisas. Esse *ver-como* não faz parte da percepção. Por um lado, é como ver e também *não* é como ver.

Renzi, que estava comendo, não teve condições de responder, mesmo estando de acordo. — É como jogar xadrez, é preciso aguardar a jogada do outro. Cueto quer encerrar o caso, todos no povoado querem que o caso permaneça encerrado, e eu preciso esperar que surja a evidência. Já sei qual é, sei o que aconteceu, já vi, mas ainda não tenho condições de provar nada. Olhe. — Renzi se aproximou e olhou o que Croce estava olhando. Era a foto de um jornal onde se via um grupo de pessoas a cavalo. Croce fizera um círculo ao redor da imagem de um jóquei. — O senhor sabe o que é um *símil*.

Renzi olhou para ele.

— Tudo está em diferenciar o que é do que parece ser... — continuou Croce. — *Examinar* alguma coisa é pôr aquela coisa à prova. — Croce se interrompeu como se esperasse algo. E nesse momento tocou o telefone. Madariaga atendeu e ergueu o rosto na direção de Croce, movendo a mão como uma manivela.

— Telefonema da delegacia de Tapalqué — disse.

— Hum — disse Croce. — Muito bem. — Ergueu-se e foi até o balcão.

Renzi viu-o confirmar com a cabeça, sério, e depois mover a mão no ar como se o outro pudesse vê-la.

— E quando aconteceu?... Alguém está com ele? Estou indo para lá. Obrigado, Leoni. — Aproximou-se do balcão. — Ponha o almoço na conta, Vasco — disse, e andou na direção da porta. Parou ao lado da mesa onde Renzi continuava sentado.

— Temos novidades. Se quiser, venha comigo.

— Perfeito — disse Renzi. — Vou ficar com ele. — E pegou o papel com o desenho.

Seria preciso que a noite finalmente começasse a cair para que Sofía acabasse de esclarecer — "por assim dizer" — a história de sua família, entre as idas e vindas à sala onde estava o espelho com as fileiras brancas que proporcionavam a ambos longos minutos de exaltação e lucidez, de felicidade instantânea seguida por uma espécie de peso fosco que ela terminara defendendo ao afirmar que só naqueles momentos de depressão — "bodeados" — era possível ser sincero e dizer a verdade, enquanto se inclinavam sobre a mesa de vidro com a cédula enrolada para aspirar a brancura incerta do sal da vida.

— Meu pai — disse Sofía — sempre achou que seus filhos homens iam se casar com mocinhas do povoado, de boa família, com um bom sobrenome, e mandou meu irmão Lucio estudar engenharia em La Plata para que ele fizesse o mesmo que meu pai tinha feito. Lucio alugou um quarto numa pensão da Diagonal 80 dirigida por um estudante crônico, um tal Guerra. Toda sexta-feira eles chamavam uma garota, a garota chegava à pensão de motoneta. Eles a chamavam de mina da Vespa, muito simpática, estudante de arquitetura, dizia ela, que se mantinha daquela maneira, fazendo a vida, por assim dizer. Bimba, era assim que ela se apresentava. Muito divertida, chegava na sexta-feira e ficava até domingo, ia para a cama com os seis estudantes que viviam na casa, um de cada vez, e às vezes preparava a refeição ou se sentava com eles para tomar mate e jogar cartas depois de passar por todos.

Uma tarde Lucio queimou as duas mãos numa explosão no laboratório da faculdade e estava com as mãos enfaixadas como um boxeador e Bimba tomou conta dele, tratou dele, e na semana seguinte quando voltou foi direto para o quarto de meu irmão, trocou suas ataduras, fez a barba nele, deu banho, deu comida na boca, conversavam, divertiam-se juntos, e uma tarde Lucio lhe pediu que ficasse com ele, propôs pagar-lhe o que todos pagavam para que por favor não se deitasse com os outros, mas Bimba ria, acariciava-o, escutava suas histórias e seus planos e depois ia para a cama com os rapazes nos outros quartos enquanto Lucio pena-

va, jogado na cama, com as mãos machucadas e a cabeça cheia de imagens horrorosas. Saía para o pátio, ouvia risos, vozes felizes. Muita gente chama Lucio de Urso porque ele é enorme e parece sempre triste ou um pouco apatetado. Desde pequeno, seu problema sempre foi a ingenuidade, era muito crédulo, muito confiante, bom demais, e naquela noite, quando Bimba estava na cama com Guerra — o primeiro da rodada —, meu irmão, de seu quarto, ouvia-os rir e movimentar-se na cama, e teve um ataque, levantou-se enfurecido, pôs a porta abaixo com as mãos enfaixadas, chutou o candeeiro e Guerra se levantou e começou a bater nele, a massacrá-lo, porque meu irmão, fraco como estava e sem poder usar as mãos, foi para o chão em seguida e não se defendia enquanto Guerra o atacava e insultava, queria matá-lo; Bimba, nua, se jogou em cima de Guerra, arranhava-o, gritava com ele, ele foi obrigado a largar Lucio e no fim chamaram a polícia. — Fez uma pausa. — Mas o extraordinário — disse depois — é que meu irmão saiu da faculdade, abandonou tudo, voltou para o povoado e se casou com Bimba. Veio com ela para casa e a impôs à família e teve filhos com ela e todos sabem que a garota foi biscate e minha mãe foi a única que se recusou a falar com ela e que sempre fez de conta que ela era invisível, que não existia, mas ninguém se incomodava porque Bimba é o máximo e divertida e nós a adoramos e foi ela que nos ensinou a viver, foi ela que ao longo de todos esses anos de malária se dedicou a cuidar do Lucio e a sustentar a casa com as poucas economias que haviam sobrado de seus tempos de esplendor. Meu pai também gostava dela, sem dúvida porque ela lhe recordava a irlandesa, mas estava decepcionado, queria que seus filhos e os filhos de seus filhos fossem — como ele dizia — homens de estância, fazendeiros, pessoas bem posicionadas e de posses, com peso na política local. Meu pai teria chegado a governador, se tivesse querido, mas não estava interessado em participar da política, só queria manobrar a política e talvez tivesse imaginado para os filhos homens um destino de ruralistas, de senadores ou de caudilhos, mas seus filhos tomaram outro rumo e Luca, depois da briga por causa da fábrica, nunca mais quis ver meu pai nem pisar nesta casa.

Os dois haviam herdado do avô Bruno a desconfiança em relação ao campo e o gosto pelas máquinas, e desde cedo começaram a trabalhar em sua empresa. Meu avô — disse Sofía —, quando se aposentou da ferroviária, foi representante da Massey Harris; meus irmãos ampliaram a oficina nos fundos da casa dele — na rua Mitra — e foi assim que tudo começou. Alguém já deve ter lhe contado a história do galinheiro do vizinho...

— Já — disse Renzi —, à noite faziam soldas com o maçarico e as galinhas do vizinho passavam o tempo todo olhando para a luz, deslumbradas, enlouquecidas e bêbadas, com os olhos feito o dois de ouros, saltavam cacarejando, alucinadas pela brancura da soldadora como se um sol elétrico tivesse nascido à noite...

— Drogadas — disse ela. — Cloc-cloc. As galinhas drogadinhas pelo clarão, e quando ergueram um anteparo de metal para isolar o brilho do maçarico as galinhas ficavam desesperadas e trepavam na cerca do galinheiro em busca daquela brancura, sofriam de síndrome de abstinência... Também eu, lembro-me de ter visto quando pequena aquela luz nítida como um cristal. Íamos sempre à oficina. Vivíamos entre as máquinas, Ada e eu. Meus irmãos nos fizeram os brinquedos mais extraordinários, brinquedos que nenhuma outra menina jamais teve. Bonecas que andavam sozinhas, que dançavam, bonecas que pareciam vivas, com engrenagens e arames conectados a um gravador, falavam em lunfardo, as bonecas, eles as construíam com pinta de piranhas para irritar minha mãe; uma vez me fizeram uma Mulher Maravilha que voava, dava voltas pelo pátio inteiro, parecia um pássaro, e eu a controlava com uma carretilha de pesca, fazia minha boneca dar voltas no ar, vermelha e branca, com as estrelas e as listras, tão *linda, a emoção era tanta que eu nem conseguia respirar. Nós adorávamos meus irmãos, estávamos sempre atrás deles, eles começaram a nos levar aos bailes (minha irmã com Lucio e eu com Luca), as duas de salto alto e boca pintada brincando de ser duas chininhas do interior com os namorados, íamos aos bailes das redondezas, aos clubes dos bairros, com a pista de dança improvisada na cancha de pelota basca, com as lampadinhas coloridas e a orquestra tocando música tropical no tablado até que minha mãe interveio e acabou com a farra, pelo menos aquela farra.*

10.

Partiram de carro, à meia-noite, rumo a Tapalqué, por uma estrada lateral que cruzava a fronteira do distrito. Iam pelo meio do campo, desviando das cercas de arame e do gado imóvel. A lua de vez em quando se escondia e Croce utilizava o farol de milha, a um dos lados do carro, um foco intenso que dava para mover com a mão. De repente viram uma lebre paralisada de pavor, branca, imóvel, no círculo iluminado, como uma aparição no meio das sombras, sob o feixe de luz, um ponto-alvo* na noite que de repente ficou para trás. Andaram várias horas, sacudidos pelos buracos da estrada, olhando para o fio prateado dos arames debaixo do céu estrelado. Finalmente, ao desembocar numa vereda arborizada, viram ao fundo, longe, o brilho da janela ilu-

---

* Dez anos depois dos fatos registrados nesta crônica, às vésperas da guerra das Malvinas, Renzi leu no *The Guardian* que os soldados ingleses estavam munidos de óculos infravermelhos que lhes permitiam ver no escuro e disparar sobre um alvo noturno e se deu conta de que a guerra estava perdida antes de começar, e lembrou-se daquela noite e da lebre paralisada diante da luz do farol de milha do carro de Croce.

minada de um rancho. Quando chegaram à entrada e avançaram na direção do rancho o horizonte já começava a clarear e tudo ficou tingido de rosado. Renzi desceu, abriu a porteira e o carro enfiou por uma trilha entre os matinhos. Diante da porta, debaixo do beiral, um homem mateava sentado num banquinho. Um policial que montava guarda cochilava debaixo de uma árvore. No potreiro ao lado estava o alazão, coberto com uma manta escocesa, a pata esquerda enfaixada. O homem era o tratador do cavalo, um ex-domador chamado Huergo ou Uergo, Hilario Huergo. Era um gaúcho escuro, alto e magro, que fumava e fumava e olhou-os chegar.

— Como vai, don Croce?

— Saúde, Hilario — disse Croce. — O que aconteceu?

— Uma desgraça. — Fumava. — Ele me pediu para vir — disse. — Quando cheguei, já estava feito. — Fumava. — Na religião dele é permitido.

— Matar, não — disse Croce.

— Mais respeito, comissário. Ele era uma boa pessoa. Passou por essa desgraça. Ninguém tem pena dos culpados — sentenciou dali a pouco.

Croce deu umas voltas por ali porque, como sempre, postergava o momento de entrar e ver o morto. Entrou brevemente e tornou a sair.

— Ele lhe disse alguma coisa sobre o gringo? — disse Croce.

— Deixou uma carta, não abri, está no lugar onde ele colocou, na janela.

O rancho tinha chão de terra batida e era iluminado por um lampião a querosene que projetava uma luz pobre, que se dissolvia na claridade do amanhecer. Havia um fogão a um lado, sem fogo, e sobre um catre, coberto com uma manta tecida, estava o Chino Arce. Hilario pusera uma esteira e algumas ervas formando um raminho. Velório de campo, pensou Renzi. Um ga-

130

fanhoto pulou do vaso e andou de lado, esfregando os olhos com as antenas, e parou sobre o rosto amarelado do Chino. Renzi espantou-o com um lenço. O animal foi saltando até o fogão. Entre as mãos do morto, como um santinho, Hilario pusera uma foto do cavalo com o jóquei no passeio prévio a uma corrida no hipódromo de La Plata.

— Um tiro de escopeta... era tão pequeno que simplesmente ficou em pé e apoiou a escopeta na boca — disse Hilario, com seu sotaque de homem do campo. A escopeta estava ao lado, apoiada com cuidado sobre o couro de uma banqueta.

Descobriram o cadáver e viram que vestia bombachas e camisa florida, um gaúcho amarelo, em trajes de festa, com o pé direito descalço e uma pequena queimadura de pólvora no dedão. Alguém poderia tê-lo matado fingindo depois o suicídio com a escopeta e tudo, pensou Croce. Talvez o tivessem enforcado, pensou de novo, mas quando moveu o lenço no pescoço comprovou que não havia sinal algum além do tiro no palato que lhe arrancara a tampa dos miolos. Por isso, sem dúvida, Hilario lhe ajeitara um pano no pescoço, para tapar o ferimento.

— Ele se matou ali — disse Hilario —, em pé ao lado do catre, e eu o ajeitei. Não era cristão, sabe, por isso tapei a Virgem.

Na carta ele entregava o cavalo a Hilario e lhe pedia que cuidasse dele, que lhe desse alfafa fresca e que o exercitasse todos os dias. Que ficasse atento à fratura da pata, não podia pisar em pedras nem andar por terra molhada. Não fazia referência a quem o contratara para matar Durán, dava a entender que o fizera para comprar o animal mas não dizia quem lhe dissera o que teria de fazer e também não dizia a razão pela qual se suicidara.

— Ele andava muito amargurado — disse Hilario. — Neurastênico.

A palavra, dita por ele, soava como um diagnóstico definitivo.

De modo que o jóquei matara por encomenda e só se apropriara do dinheiro necessário para comprar o cavalo. Estava assustado, achou que iam encontrá-lo quando viu sua foto estampada nos jornais. Passara um tempo fugido, depois se escondera naquele rancho meio abandonado.

— Era uma boa pessoa. Arisco, mas direito. Passou por essa desgraça. Vou lhe contar o que aconteceu.

Haviam se sentado juntos como se o estivessem velando, Hilario cevou um mate e foram tomando e passando a cuia. Tão quente e tão amargo que Renzi ficou com a língua ardendo e passou a noite inteira calado.

— Primeiro fui domador em La Blanqueda, aqui em Tapalqué, e uma tarde eles chegaram com uma Rural para me buscar porque alguém tinha dito que eu era bom para domar potros, é que me entendo bem com os cavalos, e daí vão e me contratam para os haras dos Menditeguy. Cavalos de corrida ou de polo. Cavalos finos, muito sensíveis. Se um animal é mal domado, depois fica com as manhas e quando corre apronta — disse.

— Fato sabido — disse Croce.

— Isso — disse Hilario. — É verdade. Sabido, mas difícil de fazer. Precisa nascer sabendo — disse depois. — Precisa se entender com o animal. Ninguém mais sabe domar, don Croce. Dê-lhe rebenque, assim não se chega a lugar nenhum. O Chino estava muito admirado. Os Menditeguy tinham mandado buscar o Chino porque viram como ele corria, era aprendiz em Maroñas, na República Oriental, e era bom demais. Falava pouco, mas também sabia como se comportar em cima de um cavalo, muito levezinho, muito orgulhoso, e isso se transmite para o cavalo. Os animais entendem num instante como é o cavaleiro. Ele e o Tácito se entenderam como se tivessem nascido juntos, mas aí veio a desgraça e foi preciso domar o cavalo de novo por causa da fratura e eu era o único que poderia cuidar disso. Só depois de seis meses o Chino pôde montar de novo o Tácito, e isso que ele era uma pluma de tão leve e uma menina de tão delicado.

Isto vai demorar, pensou Renzi, que já estava meio adormecido e que em determinado momento teve a sensação de ter sonhado que estava com uma mulher na cama, uma mulher parecida com a Belladona do clube. Uma ruiva; sempre gostara de ruivas, de modo que talvez fosse outra mulher, quem sabe Julia, que também tinha cabelo vermelho. Não vira o rosto dela, só o cabelo. A garota estava nua e ele a via de trás, enquanto ela se agachava para prender o botão da tira preta do sapato no tornozelo. *Vou calçar os sapatos altos, assim você vê bem a minha bunda*, a garota do sonho olhou para ele ao dizer isso. Com certeza ele lhe pedira que andasse pelo quarto, pensou de repente ao despertar.

— Matou por causa do cavalo. Foi por isso, para salvar o cavalo. O Inglês ia vender o cavalo para tirar cria, ia deixar largado em algum potreiro, ele não poderia mais montá-lo. De onde ia tirar o dinheiro? Achou que não tinha jeito, delirava. Tudo é negócio, já não se usam mais cavalos, só para correr ou para jogar polo ou para distrair as meninas das estâncias. Um maneador, por exemplo, um homem que faz laços, cabrestos como o cego Míguez, digamos, não tem mais, já não precisa.

— Quem veio até aqui falar com ele?

— Não sei, ele foi até o povoado, não era homem destes pagos, mas eu não estava aqui quando eles acertaram a coisa. Um dia ele chegou com o dinheiro. Não fiquei sabendo. Chegava, partia, dê-lhe tomar mate e pitar, exaltado, queria perder peso para poder montar, para que o cavalo não sentisse. Foi por aí mais ou menos que começou a tomar comprimidos, Actemin, essas porcarias para não comer que os jóqueis tomam porque estão sempre brigando com a balança. Mas não o Chino, ele era miudinho como uma rã mas não queria pesar nada para não fazer sofrer o alazão, que tinha a pata sensível. — Ele conta a história toda emaranhada, nunca em linha reta, pensava Renzi, como se a gente já soubesse do que ele está falando ou como se tivéssemos estado lá. Hilario, que como todo bom narrador fazia silêncio e misturava os nexos, ficou um momento calado. — Era um cavalo de carreira de três anos — disse depois —, de tanta categoria que inclusive o preço que o Chino pagou por ele, mesmo sendo excepcional, era justo. Único, além disso, porque o cavalo estava mancando. — Renzi se deu conta de que tornara a dormir porque perdera uma parte do relato. Era esquisito estar ali com o morto, lamparina acesa embora já fosse dia, o cheiro de queimado do braseiro onde estava a chaleira, tudo lhe dava sono. Mesmo assim ele continuava falando do cavalo, deste ou daquele ângulo, como quem monta um quebra-cabeça. Tácito, filho de um filho de Congreve. Era uma luz. Na estreia em Palermo fizera o melhor tempo, melhor que o de todos os cavalos debutantes desde sempre. Melhor que Peny Post, melhor que Embrujo, melhor que todos eles. Mérito do Chino, eu lhe diria, porque o cavalo corre com a coragem e o cérebro do jóquei, principalmente quando debuta e não tem experiência. O Chino tinha um estilo único — disse. — Corria disparado na saída, como se na partida já viesse atropelado. Bom, o senhor sabe — disse, como se todos ali soubessem —, ele ganhou as cinco primeiras e na Pule de Potros em San Isidro tivemos o acidente.

Houve um silêncio e Renzi pensou que gostara daquele plural e que ia dormir de novo, mas estranhamente o silêncio prolongado o desvelou.

— Em que ano foi? — disse, só para dizer alguma coisa.

— Em 1970, na Pule de Potros de 1970.

Renzi anotou a data numa caderneta para sair da sensação de estar embalsamado. Pensou que havia adormecido e que ao adormecer murmurara alguma coisa e que depois, no sonho, como um sonâmbulo, fora se jogar no assento de trás do carro. Mas não, continuava ali.

— A diferença entre um bom ginete e um ginete superior é a coragem. O jóquei precisa decidir se vai ou não vai se enfiar por um espaço que não tem como saber se é suficiente antes de se enfiar. O Chino quis se meter pelo meio dos paus e não conseguiu sair. Foi na curva que dá para as ribanceiras, vinham em tropel, ele quis ir por dentro, mas foi imprensado contra a cerca e o cavalo quebrou uma pata. O Chino não morreu por um triz, ficou jogado na pista. Os outros passaram por cima dele, mas ele saiu ileso. — Renzi gostou de ele ter usado aquela palavra. — O cavalo ficou caído, estava com a respiração pesada por causa da dor, cheio de espuma, os olhos abertos de espanto, o Chino acariciava, falava com ele, e não saiu da cancha enquanto o socorro não chegou. Foi culpa dele, ele quis enfiar, tocou mal, parece que o cavalo hesitou mas atendeu, claro. Era muito nobre. Levaram para a cavalariça, deitaram na grama e o veterinário disse que precisava sacrificar, mas o Chino enlouqueceu, não deixou. E aquelas horas em que ficaram discutindo se iam ou não iam sacrificar o cavalo foram tão intensas que além de mudar por completo a vida do Chino também mudaram sua personalidade, ele se encostou no cavalo e convenceu os médicos que o cavalo ia aguentar e os médicos trataram do ferimento, e ele não se afastou dali, de modo que quando o levaram de volta para o haras já tinha virado outro, era esse que agora está ali jogado: teimoso, prisioneiro de uma ideia fixa, só queria que o animal voltasse a correr, e voltou mesmo. Foi uma metamorfose, uma metempsicose entre o homem e o cavalo — ouviu Renzi, e pensou que tinha tornado a adormecer e que estava sonhando que um gaúcho pronunciava aquelas palavras. — Por isso eu digo que não é que ele tenha sido meramente induzido a comprar o cavalo. Ele se viu obrigado a fazer isso. E não pelo comprador ou pelo vendedor, mas pelo próprio animal, com tanta autoridade que não foi possível contemporizar e muito menos recusar-se. — Renzi achou que continuava sonhando. — E isso — disse Hilario — aconteceu não porque ele fosse um jóquei excepcional, como talvez tivesse sido se continuasse correndo nos hipódromos, já estava muito bem posicionado nas estatísticas daquela temporada. Foi porque entre o homem e o animal se desenvolveu uma afinidade de coração, a tal ponto que se o Chino não estava presente o cavalo não fazia nada, ficava imóvel, sem permitir que ninguém se aproximasse ou lhe desse de comer, quanto mais que o montasse. Primeiro ele conseguiu salvá-lo, depois conseguiu que ele tivesse condições de voltar a andar, depois começou a montá-lo e pouco a pouco ensinou-o de novo a correr, quase em três patas, mal apoiava a mão esquerda, um cavalo meio manco, estranho, embora não se notasse porque era tão veloz, e aí começou a correr pequenas distâncias, e por fim fez o cavalo voltar a correr, não mais nos hipódromos, mas nas quadreiras, com a satisfação de vê-lo sempre invicto, embora pisasse mal e corresse num estilo desajeitado mas sempre mais veloz do que todos os outros. Ganhava e apostava e guardava o que ganhava porque queria juntar dinheiro para conseguir comprar o cavalo, mas o dinheiro nunca dava porque o Inglês fixou um preço impossível, parecia uma dessas brincadeiras inglesas que ninguém entende. Seis vezes o valor, pelo menos, e ameaçava mandar o cavalo para o haras como reprodutor, tirá-lo da ação, e aí ele fez o que fez para conseguir o dinheiro e comprar o animal. E quando o senhor, comissário, o descobriu, ele já estava perdido. Veio falar comigo, me pediu para cuidar do cavalo porque me conhece e sabe que sei tratar dele e o deixou para mim. Naquela noite eu tinha ido tomar um trago no povoado e quando voltei a coisa já estava feita. Ele sabia que eu ia cuidar do cavalo, por isso deixou o animal para mim e por isso veio se matar na minha casa. Alguém ofereceu o dinheiro a ele, alguém que conhecia a história, e ele foi e fez o que lhe disseram para fazer. Sei muito bem que matar um desconhecido é uma coisa que não tem perdão, mas estou lhe explicando, comissário, para que o senhor entenda o que se passou, mesmo sem achar direito. — Fez uma longa pausa, olhando o campo. — Passou uns dias desaparecido e quando voltou trouxe o cavalo. Eu não sabia de nada, me disse que tinha ganhado umas apostas e que tinha conseguido o dinheiro desse jeito. Não me contou como fez o que fez. Simplesmente fez, como se, depois de feito, o assunto já não tivesse a menor importância. Me deixou o cavalo de herança e agora não sei muito bem o que fazer com ele, embora o animal seja muito inteligente e saiba tudo o que se passou, faz dois dias que praticamente não se mexe.

Ficaram em silêncio, olhando o cavalo atento no potreiro. Numa aguada, a um lado, entre as ervas, apareceu uma *luz ruim*, uma fosforescência luminosa que parecia arder como uma chama branca sobre a planície. Era uma alma penada, a presença triste das aparições que produziam aquela claridade lívida; olharam-na com um silêncio respeitoso.

— Deve ser ele — disse Huergo.

— A ossada de um gaúcho — disse respeitoso, de longe, o policial.

— Os ossos de um animal, só isso — disse Croce.

Embarcaram no carro e se despediram. Renzi ficou sabendo anos depois que o cidadão Hilario Huergo, o domador, no ocaso da vida terminara com Tácito conchavado no circo dos Irmãos Rivero. Percorriam o interior da província e o Tape Huergo, como agora o chamavam, inventara um número extraordinário. Montava no alazão e era içado até o alto da lona graças a um sistema de aparelhos e polias. Dava a impressão de flutuar no ar, porque as patas da montaria se apoiavam em quatro discos de ferro que cobriam exatamente o contorno dos cascos, e como os arames e as roldanas eram pintados de preto a impressão que se tinha era de que o homem subia para o céu montado no alazão.

E quando ele estava lá no alto, com todas as pessoas em silêncio, o Tape Huergo falava com o cavalo e olhava para a escuridão embaixo, o círculo claro da arena parecendo uma moeda, e nesse momento detonava fogos de artifício de todas as cores e lá no alto, vestido de preto, de chapéu de aba fina e barba em ponta, parecia o próprio Lúcifer. Fazia sempre aquele número fantástico, ele, que fora um grande domador, imóvel agora sobre o cavalo, acima de tudo, sentindo o vento contra a lona da tenda, até a noite em que uma faísca de foguete entrou num olho do cavalo e o animal, assustado, empinou, e Huergo o segurou com a rédea, erguido, sabendo que não conseguiria tornar a apoiar as mãos do animal direitinho nos suportes de ferro, e então, como se tudo fizesse parte do número, tirou o chapéu e fez uma saudação com o braço erguido e depois veio abaixo e se arrebentou na pista. Mas isso aconteceu — ou foi narrado — muitos anos depois... Naquela noite, quando chegaram ao povoado, Renzi notou que Croce estava tristonho, parecia sentir-se culpado pela morte do Chino. Havia tomado algumas decisões e essas decisões haviam provocado uma série de resultados que não tivera como prever. De modo que Croce voltou pensativo, a viagem inteira movendo os lábios como se falasse sozinho ou discutisse com alguém, até que no fim entraram no povoado e Renzi se despediu dele e desceu do carro na frente do hotel.

11.

A notícia de que Croce localizara o assassino de Durán num rancho perto de Tapalqué foi uma surpresa para todos. Parecia mais um dos atos de prestidigitação que cimentavam sua fama. — Viram um sujeito miudinho, meio amarelo, entrar e sair do quarto e pensaram que era Dazai — explicou Croce. Reconstruiu o crime numa lousa, com mapas e diagramas. — Isto era o corredor, aqui estava o banheiro, viram quando ele saiu por aqui. — Fez uma cruz na lousa. — O homem que matou Durán se chamava Anselmo Arce, nasceu no departamento de Maldonado, foi aprendiz no hipódromo de Maroñas e acabou jóquei em La Plata, excelente ginete, muito considerado. Correu em Palermo e em San Isidro e depois houve complicações e ele terminou nas quadreiras da província. Tenho aqui a carta em que ele confessa o que fez. Suicidou-se. Não foi morto, presumo, suicidou-se — concluiu Croce. — Descobrimos que haviam usado o velho monta-cargas do hotel para descer o dinheiro. Encontramos uma cédula no chão. Foi um crime encomendado e a investigação prossegue. O importante, sempre, é o que acontece depois do crime. As consequências são mais importantes que as causas. — Ele parecia saber mais do que explicava.

O assassinato contratado era a maior inovação na história do crime, segundo Croce. O criminoso não conhece a vítima, não há contato, não há vínculos, nenhuma relação, as pistas se confundem. Esse era o caso, aqui. A motivação estava sendo estudada. O único jeito, concluíra, é localizar o mandante. Finalmente distribuiu uma cópia da carta do jóquei, escrita à mão numa letra caprichada e muito clara. Era uma página de caderno, na realidade uma velha página desses grandes livros de contas das estâncias, onde estava escrito, no alto, em letra redonda inglesa, o *Deve* e o *Haver*. Bom lugar para escrever uma carta de suicídio, pensou Renzi, que ao virar a página viu algumas notas escritas com outra letra: *tentos, 1, 2, bolacha 210, erva-mate 3 kg, cabresto*; não havia números depois dessa palavra, embaixo havia uma soma. Chamou-lhe a atenção que tivessem fotocopiado também a parte de trás da página. Tudo parece adquirir sentido quando se tenta decifrar um crime e a investigação se esmera no exame dos detalhes irrelevantes que não parecem ter função. A sacola no depósito, a cédula no chão, um jóquei que mata por um cavalo. *Lamento ter estragado minha vida por um homem que não conheço. E aproveito a oportunidade para avisar que devo outras duas mortes, um policial em Tacuarembó, República Oriental do Uruguai, e um vaqueiro em Tostado, província de Santa Fe. Todo homem tem suas desgraças e eu tive a parte que me coube. Minha última vontade é que meu cavalo fique para meu amigo don Hilario Huergo. Espero que na outra vida me aguarde melhor ventura e me encomendo ao Supremo. Adeus, Pátria Minha, Adeus, meus Amigos. Assinado Anselmo Arce, também conhecido como Chino.*

— Esse pessoal do campo é todo psicótico, os caras ficam andando a cavalo pelo campo, perdidos nos próprios pensamentos, e matam quem encontram pela frente — ria-se o encarregado da seção Rural do jornal *La Prensa*. — Uma vez um gaúcho se apaixonou por uma vaca, não preciso dizer mais nada... Andava atrás dela por todo lado, um sujeito de Corrientes.

— Vocês deviam ter visto o rancho onde ele morreu — disse Renzi. — E o velório sem ninguém, com o cavalo no potreiro.

— Ah, ele levou você — disse Bravo. — Você vai terminar escrevendo *Os casos do comissário Croce*...

— Boa ideia — disse Renzi.

No dia seguinte Cueto solicitou uma ordem do juiz para requisitar as provas. Croce disse que o caso estava encerrado e que as provas restantes não deveriam ser entregues à justiça enquanto não se estabelecesse o motivo do crime. Era preciso abrir um segundo processo para descobrir o mandante. Sem demora, Cueto decretou o que denominava uma medida cautelar e exigiu que o dinheiro fosse depositado judicialmente.

— Que dinheiro? — indagou Croce.

A gozação circulou pelo povoado durante dias e todos a repetiam como resposta a qualquer pergunta. Que dinheiro?

Desse modo Croce não atendeu à intimação de entregar o dinheiro e se recusou amparado no sigilo da investigação. Sua ideia era esperar que o dono dos dólares se apresentasse. Ou que aparecesse alguém para reclamá-los.

Tinha razão, mas não o deixaram agir porque quiseram abafar o assunto e encerrar a causa. Talvez Yoshio tivesse deixado a sacola com os dólares no depósito do hotel, argumentava Cueto, com a intenção de recolhê-la mais tarde, quando tudo se acalmasse. Se o assassino se apropriara dos dólares, o caso estava encerrado; se ficasse comprovado que o dinheiro tivera outro destino, o assunto continuava em pauta.

Nessa altura dos acontecimentos, Cueto convenceu Saldías a se manifestar contra Croce. Intimidou-o, fez promessas, subornou-o, nunca se soube. Mas Saldías prestou depoimento e disse que Croce estava com o dinheiro escondido num armário e que fazia algumas semanas que o comissário apresentava atitudes estranhas. Saldías o traíra, a verdade era essa. Croce gostava dele como de um filho (claro que Croce gostava de todo mundo como de um filho porque não sabia muito bem que tipo de sentimento era esse). Todos se lembraram de que houvera algumas tensões e diferenças de opinião quanto aos procedimentos. Saldías fazia parte da nova geração de criminalística, e, embora admirasse Croce, seus métodos de investigação não lhe pareciam apropriados nem "científicos" e por isso aceitara prestar testemunho sobre a conduta antirregulamentar e as medidas extravagantes de Croce. A investigação não se apoia numa linha de conduta adequada, disse Saldías, que evidentemente tentava subir na carreira e para tanto necessitava que Croce se aposentasse. E foi o que aconteceu. Cueto falou da velha polícia rural, da nova repartição que obedecia ao poder judicial, e todos no povoado compreenderam, um tanto pesarosos, que as coisas estavam complicadas para Croce. Houve uma ordem do chefe de polícia da província e Croce foi aposentado. Na mesma hora Saldías foi nomeado comissário inspetor. O dinheiro trazido por Durán foi requisitado e enviado para os tribunais de La Plata.

Depois que Croce se aposentou, sua conduta se tornou ainda mais estranha. Trancou-se em casa e parou de fazer o que sempre fizera. As rondas matutinas, que terminavam no armazém dos Madariaga, as voltas pelo povoado, sua presença na delegacia. Por sorte, a casa onde ele sempre vivera estava em ordem e não tinham como desalojá-lo enquanto seu processo não fosse encerrado. Viam-no andar à noite pelo jardim e ninguém sabia o que estava fazendo, passeava com o cusco, que gania e ladrava, à noite, como se pedisse ajuda.

Uma noite Madariaga foi até lá para cumprimentá-lo mas Croce não quis recebê-lo. Apareceu vestindo sobretudo e cachecol e ergueu a mão num gesto de saudação, fazendo também outros gestos que Madariaga não entendeu direito mas que pareciam comunicar-lhe, por sinais, que estava bem e que não enchesse o saco. Fechara o portão a cadeado e era impossível entrar na casa. Por essa época Croce começou a escrever cartas anônimas. Escrevia-as à mão, com a letra levemente alterada, como sem dúvida já vira algum chantagista do povoado fazer. Depois largava-as furtivamente sobre os bancos da praça, firmadas por uma pedra para que o vento não as carregasse. Tinha os dados, conhecia os fatos. As cartas versavam sobre os irmãos Belladona e a fábrica. Os bilhetes anônimos eram um clássico no povoado, de modo que não tardou para que todos tomassem conhecimento do conteúdo e especulassem sobre sua origem. *Querem que Luca seja expulso do edifício da fábrica para vender as instalações e construir um centro comercial na área*, diziam em resumo, com diversas variações, as cartas. Depois ressurgiram as versões sobre Luca, que telefonara para Tony, que Croce fora falar com ele, que Luca estava com muitas dívidas, e essas versões circulavam como a água que escorre por debaixo das portas numa inundação. Várias vezes o povoado ficara debaixo d'água quando a laguna transbordava, e agora os bilhetes anônimos e as piadas produziam o mesmo efeito. Passaram-se vários dias sem que ninguém dissesse nada, mas uma tarde, quando Croce apareceu na rua e começou a distribuir as cartas na saída da igreja, internaram-no no manicômio. Esses povoados podem não ter escola, mas sempre têm um manicômio, dizia Croce.

Renzi tomava conhecimento dos comentários sobre a situação enquanto jantava no restaurante do hotel. Todos comentavam o caso e tinham diferentes hipóteses e reconstruíam os sucessos à sua maneira. O local era amplo, com toalhas nas mesas, abajures e um estilo tradicional e tranquilo. Renzi publicara vários artigos defendendo o posicionamento de Croce sobre o caso e a virada dos fatos confirmara suas suspeitas. Não era capaz de imaginar o rumo que as coisas tomariam, provavelmente teria de voltar para Buenos Aires porque o pessoal do jornal estava dizendo que o assunto tinha perdido o interesse. Renzi pensava nessa possibilidade enquanto comia uma fritada de batatas e ia dando baixa, lentamente, numa garrafa de vinho El Vasquito. Nesse momento viu Cueto entrar no local; depois de cumprimentar várias pessoas presentes e de receber o que pareciam aplausos ou felicitações, aproximou-se da mesa de Renzi. Não se sentou, ficou em pé ao lado e falou-lhe quase sem olhar para ele, com seu ar condescendente e presunçoso.

— Ainda por aqui, senhor Renzi? — Chamava-o de senhor para que ele percebesse que a conversa era séria. — O assunto está resolvido, não é mais preciso noticiá-lo. É melhor o senhor voltar para Buenos Aires, amigo, já não tem mais nada a fazer aqui. — Ameaçava-o como se estivesse lhe fazendo um favor. — Não gosto do que o senhor escreve — disse-lhe, sorrindo.

— Nem eu — disse Renzi.

— Não se meta onde não é chamado. — Adotara agora o tom descuidado e frio dos matadores dos filmes. O cinema, segundo Renzi, ensinara todos os provincianos a parecer cosmopolitas e canalhas. — É melhor você ir embora daqui...

— Para falar a verdade, eu bem que estava pensando em voltar, mas agora vou ficar mais alguns dias — disse Renzi.

— Não venha bancar o engraçadinho... Sabemos muito bem quem você é.

— Vou citar esta conversa.

— Faça o que achar melhor — respondeu Cueto com um sorriso. — Você deve saber o que faz...

Afastou-se na direção da entrada e parou em outra mesa, trocou algumas palavras, depois saiu do restaurante.

Renzi estava surpreso, Cueto se dera ao trabalho de ir até ali intimidá-lo... Muito estranho. Foi até o balcão e pediu o telefone.

— Parece um ovni — explicou a Benavídez, secretário de redação —, há uma maleta de dinheiro e uma história estranhíssima. Vou ficar.

— ...Não posso autorizar, Emilio.

— Não foda comigo, Benavídez, estou com o maior furo.

— Que furo?

— Estão me pressionando, aqui.

— E daí?

— Croce está no hospício, amanhã vou visitá-lo...

A descrição estava saindo confusa, de modo que pediu para falar com seu amigo Junior, responsável pelas investigações especiais do jornal, e depois de algumas brincadeiras e longas explicações convenceu-o a deixá-lo ficar mais alguns dias. E a decisão deu resultado, porque de repente a história mudara e sua situação também.

A luz da cela se apagara à meia-noite, mas Yoshio não estava conseguindo dormir. Permanecia imóvel na enxerga tentando evocar com precisão cada momento do último dia que havia passado em liberdade. Reconstruía-o com cuidado, desde o meio-dia de quinta-feira, quando acompanhara Tony ao barbeiro, até o instante fatal em que ouvira as pancadas na porta, no momento em que foram prendê-lo, na sexta à tarde. Via Tony sentado na cadeira niquelada, diante do espelho, coberto com um pano branco, enquanto López ensaboava seu rosto. O rádio estava aceso, transmitiam *Momento Esportivo*, deviam ser duas da tarde. Compreendeu que para reconstruir aquele dia em todos os seus detalhes seria preciso um dia inteiro. Quem sabe mais. Rememorar leva mais tempo que viver, pensou. Por exemplo, naquele último dia às seis da manhã estava sentado num dos bancos da estação enquanto Tony lhe mostrava um passo de dança que era muito popular em seu país. O *vacilón* do caranguejo, esse o nome do passo, e com grande agilidade Tony, com seus sapatos brancos, recuava sem perder o ritmo e começava a dançar para trás, de tornozelos unidos e mãos sobre os joelhos. Fora um momento de grande felicidade. Tony movendo-se ao ritmo de uma música imaginária, inclinado, com os cotovelos para fora como se estivesse remando, avançando para trás com elegância. Estavam na estação vazia, já amanhecera; o céu estava azul, claríssimo, os trilhos brilhavam ao sol e Tony sorria, um pouco agitado depois da dança. Os dois gostavam de ir à estação porque ela ficava quase o tempo todo deserta e imaginavam que sempre poderiam sair de viagem. E então, lá de cima, um pássaro caíra morto no chão. Com um *plop* seco e abafado. Do nada. Do imenso céu vazio. Um dia claríssimo, de uma brancura tranquila. O pássaro devia ter sofrido um ataque cardíaco em pleno voo e caíra morto na plataforma da estação. Era um pássaro comum. Não era um beija-flor, que às vezes para no ar, milagrosamente, sobre um casulo, batendo as asas com tal frenesi que morre de repente de parada cardíaca. Não era um beija-flor, mas também não era um desses filhotes de pomba ainda não emplumados que é tão comum encontrar jogados no chão e que às vezes demoram a morrer e abrem o biquinho vermelho, de nuca pelada, olhos enormes, como se fossem diminutos fetos de diminutas crianças argentinas com sede. Talvez fosse um tico-tico, ou um pintassilgo, morto ali, com o corpo intato. O mais estranho foi que um bando de pássaros começou a girar e a gritar e a voar cada vez

146

mais baixo sobre o cadáver. O mútuo terror das aves diante de um morto de sua própria espécie. Era uma premonição, talvez, sua mãe sabia adivinhar o futuro no voo das aves migratórias, movia-se como um pardal assustado, os pezinhos debaixo do quimono azul. Saía para o pátio e observava as andorinhas que voavam formando um triângulo e depois anunciava o que se poderia esperar do inverno.

Yoshio não conseguia organizar suas lembranças de acordo com a ordem dos acontecimentos. O barulho da água no encanamento, os gemidos abafados dos presos nas celas vizinhas; tinha uma consciência quase física da sepultura onde estava trancado e do rumor agitado dos sonhos e dos pesadelos das centenas de homens que dormiam atrás daqueles muros; imaginava o corredor, as portas gradeadas, os pavilhões; do pátio lhe chegavam os acordes de um violão e uma voz entoando versos. *En la escuela del sufrir he tomado mis lecciones/ En la escuela del sufrir he tomado mis lecciones...**

Yoshio sentia-se doente e tinha a sensação de ouvir vozes e cantos porque fora obrigado a abandonar o ópio de chofre. Lembrava-se do cachimbo que preparara com calma e fumara estendido no tatame naquela última manhã. Adormecera com a doçura serena da chama que ardia na extremidade do cachimbo de bambu. Quando se tem a droga parece fácil abandoná-la, mas quando se está doente devido à carência, com todo o corpo ardido, podemos fazer qualquer coisa para obtê-la. Se tivesse podido concentrar sua vida inteira numa única decisão, teria dito que queria deixar a droga. Não era um dependente, mas não conseguia deixá-la. Temia que usassem a promessa de uma dose para obrigá-lo a assinar a confissão que o fiscal lhe mostrara várias vezes já redigida, em que ele admitia ter matado Durán. Na prisão

---

* Na escola do sofrimento/ aprendi minhas lições. (N. T.)

conseguira pílulas de codeína, que tomava quando se sentia morrer. Era uma coisa que lembrava um ardor, mas a palavra não bastava para definir aquela enfermidade. Obcecava-o a ideia de que o pai pudesse pensar que seu trabalho no hotel era uma atividade de mulher e que ele traíra as tradições de sua estirpe. Seu pai morrera heroicamente e ele por sua vez estava jogado naquele buraco, choramingando porque estava privado de sua droga. Se tivesse trabalhado vestido de mulher, pensou de repente, não teria sido acusado e não estaria ali preso. Via-se vestindo um quimono azul de flores vermelhas, o rosto coberto de pó de arroz, as sobrancelhas depiladas, deslizando pelos corredores do hotel com passinhos miúdos. A morte de Tony doía mais que seu próprio destino. *A un vecino propietario*, ouvia alguém cantar ao longe, *A un vecino propietario/ un boyero le mataron/ y aunque a mí me lo achacaron/ salió cierto en el sumario.* * Na prisão, todos eram inocentes, por isso Yoshio se recusava a falar com os outros prisioneiros. Recebera a visita do advogado de ofício designado para defendê-lo. Uma tarde fora retirado da cela e transferido para o gabinete do diretor da penitenciária. O advogado, um gordo de barba crescida e aspecto sujo, não se sentara e parecia premido por outros assuntos mais importantes. Yoshio, de algemas e roupa de prisioneiro, ouvia-o, abatido. "Olhe, *che*, é melhor fazer um acordo e aceitar os fatos porque assim a pena fica mais leve. O fiscal nos fez a seguinte proposta. Se o senhor assinar, fica livre em dois anos, por aí, do contrário será acusado de premeditação e aleivosia... e pega uma perpétua. Não há grande coisa a fazer, todas as evidências e testemunhas condenam o senhor. O senhor vai passar um cortado, meu caro, se não fizer o acordo." Estava falando

---

* De um vizinho proprietário/ mataram um boiadeiro/ e embora eu fosse acusado/ na instrução saiu certo. (N. T.)

148

para o bem dele. Mas Yoshio se recusara. Então foi mandado para um pavilhão com presos à espera de condenação e evidentemente ninguém por ali fizera nada. Yoshio não acreditava neles e eles tampouco acreditavam em Yoshio. E agora ele estava no inferno, esperando, ouvindo a voz de alguém que parecia cantar em sonhos. *Ignora el preso a qué lado/ se inclinará la balanza,/ pero es tanta la tardanza/ que yo les digo por mí:/ el hombre que dentre aquí/ deje afuera la esperanza...**
Yoshio acendeu um fósforo e com o fósforo acendeu uma vela apoiada numa caneca de lata. A luz se apagava e tornava a arder. Na penumbra, pegou um espelhinho de mão, de mulher, que haviam permitido que guardasse com o pretexto de que precisava dele para fazer a barba, embora não o usasse porque era imberbe. Usava-o para seus vícios secretos. Estendido na cama, examinava os lábios no espelho. Uma boquinha de mulher. Começou a masturbar-se, olhando-se. Movia a imagem muito devagar e seu rosto aparecia em fragmentos, a pele branca, as sobrancelhas depiladas, detinha-se nos olhos gelados. Quase nem tinha necessidade de tocar-se, sentia que outro olhava para ele, entregue, servil...

— Antes do fim do secundário a gente quase não os via porque naquele tempo meus irmãos já haviam inaugurado a fábrica longe do povoado e eu e minha irmã fomos estudar em La Plata. Isso foi em 1962. Meu avô utilizou parte de sua fortuna para comprar os terrenos, ficavam perto da estrada provincial, uma região que não era nada e hoje vale um dinheirão. Meu avô morreu sem

---

* Ignora o preso para que lado/ se inclinará a balança/ mas a demora é tanta/ que lhes digo o que penso:/ o homem que entrar aqui/ deve deixar a esperança lá fora... (N. T.)

ver a fábrica concluída e meu irmão a construiu como quem cumpre a promessa feita a um morto.

Na mesma hora começaram a ganhar dinheiro e a crescer e no fim estavam com mais ou menos cem operários trabalhando na fábrica, pagavam os melhores salários da província, Belladona Hermanos. Viajaram para Cincinatti para comprar máquinas caríssimas, o que havia de melhor e mais moderno. E ali foi o princípio do fim, de repente tudo começou a vir abaixo, o governo desvalorizou o peso, a política econômica teve um revés. Os custos dos créditos em dólares ficaram impossíveis, então meu pai, para salvar meu irmão, como ele dizia, enganou-o, enganou o filho, convenceu Lucio a montar uma sociedade anônima para proteger seus investimentos e começou a negociar as ações preferenciais e meu irmão perdeu o controle da empresa. Uma noite Luca saiu com um revólver, foi atrás de meu pai na casa dele... queria matá-lo.

— É, eu sei, já me contaram.

— Ficou louco — disse Sofía. — Foi atrás dele para matá-lo — repetiu, e tornou a levantar-se e a caminhar nervosa pela varanda. — Uivava feito um lobo faminto, coitadinho.* *Certos homens — disse depois — sobrevivem a todas as catástrofes, a todos*

---

* Croce encontrara Luca tocaiado perto do portão fechado do casarão dos Belladona esperando que amanhecesse para matar o pai. O Velho acendera as luzes do jardim, trancara as portas e chamara a polícia. O comissário se aproximara de Luca, tranquilo, como se o tivesse encontrado por acaso. Mesmo estando muito exaltado, Luca era tão respeitoso e cortês que o cumprimentou e começou a jogar conversa fora com a mão do revólver escondida atrás das costas. *Matando ou não matando seu pai, você vai continuar discutindo com ele*, falou Croce de repente, e em pouco tempo o convenceu. Luca quis entregar o revólver ao comissário, mas ele lhe disse que não era preciso. *Que entregando o revólver ou não, poderia matá-lo, se quisesse.* As duas disjuntivas e a mostra de confiança acabaram de acalmá-lo. De modo que Luca entrou no carro e deu marcha a ré, muito nervoso. Ao passar pela laguna jogou o revólver na água, "para não ser tentado pelo demônio".

150

os tormentos, digamos, porque têm uma convicção absoluta e uma simpatia que os torna admiráveis. *Uma faísca no fundo dos olhos que acende a luz dos outros, uma capacidade de inspirar afeto, não, não, não é afeto, é compreensão, e Luca é assim. Qualquer pessoa que tivesse enfrentado tudo o que meu irmão teve de enfrentar teria capitulado, mas ele não. Impossível, ele é um obcecado, é capaz de esquecer o mundo e seguir em frente buscando a luz da perfeição até que no fim, óbvio, dá de cara com a realidade. Porque é a realidade que liquida com os planos das pessoas* — disse ela. — *A realidade fica à espreita, ata suas mãos. Luca se endividou, hipotecou o prédio, mas não permitiu que a fábrica fosse vendida. Ergueu a cabeça, começou a fazer o que era possível fazer...*

— Se trancou na fábrica.

— *Foi morar na fábrica, era o brilho da ilusão, a esperança de sobreviver... e nunca mais saiu.*

12.

O manicômio ficava longe do povoado e ocupava uma construção circular que na origem fora um convento. Ficava isolado, no fim da estradinha que levava às ribanceiras, perto da laguna e dos campos semeados do oeste. Um muro de pedra com cacos de vidro no topo e uma alta porta de ferro com lanças erguiam-se sobre a colina, como uma miragem no deserto. Era preciso subir a encosta e atravessar um parque; à medida que avançava pela estradinha de pedregulho, Renzi via as árvores com os troncos branqueados com cal, cada vez mais rarefeitas e mais altas. Por fim se deteve diante de um portão e pouco depois apareceu um enfermeiro que o mandou entrar. A enfermaria das mulheres ficava ao fundo e somente três pacientes ocupavam o pavilhão dos homens.

Croce estava sentado numa cama de ferro aparafusada ao assoalho, apoiado no colchão enrolado e vestindo um guarda-pó cinzento que o envelhecia. Na cabeça trazia um gorro de lã e seus olhos estavam avermelhados, como se não tivesse dormido. Ao fundo, apoiados na parede, os outros dois pacientes se olhavam, em pé um na frente do outro, e pareciam jogar um jogo mudo, fazendo sinais com os dedos e com as mãos.

Croce demorou a cumprimentar e no começo Renzi achou que ele não o reconhecera.

— Saldías mandou você aqui — disse. Parecia uma pergunta, mas era uma afirmação.

— Não, o que é isso? Nem falei com ele — disse Renzi. — E o senhor como está, comissário?...

— Mal. — Fitou-o como se não se lembrasse dele. — Vou passar alguns dias aqui descansando, depois veremos. De vez em quando é preciso passar um tempo num hospício, ou então preso, para entender como são as coisas neste país. Já passei vários anos preso, prefiro descansar aqui. — Sorriu com um brilho nos olhos. — Com suspeita de demência...

Renzi lhe trouxera duas caixas de Avanti, uma lata de pêssegos ao natural e um frango assado que mandara preparar no armazém dos Madariaga. Croce guardou tudo num caixote de maçãs encostado na parede que utilizava como armário. Renzi viu que ele tinha um pincel, sabão e um aparelhinho de barbear aberto e sem lâminas.

— Ouça, garoto — disse Croce. — Não faça caso do que estão falando de mim no povoado... Até parece que estou ouvindo aqueles idiotas. — Apoiou um dedo na testa e depois sorriu com um sorriso que lhe iluminava o rosto. — Viu minhas cartinhas? Escrevi mais duas. — Remexeu a parte de dentro do colchão e tirou dois envelopes fechados. — Ponha no correio.

— Mas estão sem endereço.

— Não faz mal, ponha na caixa do correio da praça. Estou acabando com aqueles merdas. E o judas do Saldías, o que você me diz? Pensar que eu gostava tanto dele, que trouxa eu sou. Me acusou de chegar a conclusões pouco científicas. Pergunto a ele: "O que você quer dizer com isso?". E ele me responde: "Que não se trata de uma *dedução*, mas de uma *indução*". Sorriu, malicioso. — Que imbecis... Mas não quero me queixar, aqui quem se queixa nunca mais sai. — Baixou a voz. — Desmontei uma operação de lavagem de dinheiro destinada a transferir fundos clandestinos para canais abertos e ficar com tudo. Por isso Durán foi morto, alguém queria desviar os dólares ou dar um sumiço neles. Mais velho que Matusalém. Por isso o dinheiro não tinha sido marcado e eu o declarei... nunca vão me perdoar... Se você encontra cem mil dólares no negro e não fica com eles, você é um cara perigoso, em quem ninguém pode confiar... Foi a mesma coisa com o Chino Arce, pegou a parte dele e deixou o resto na sacola, no meio das malas extraviadas... e quando viu o rolo que estava se armando, foi obrigado a se matar, coitado, porque estava metido com um pessoal da pesada... eles agora estão esperando que eu faça a mesma coisa, mas vão se dar mal... Em vez de escrever cartas póstumas, escrevo cartas definitivas... — Sorriu. — Todas dirigidas ao juiz. Não há nada pior que ser juiz... muito melhor ser guarda, embora eu também esteja arrependido de ter feito isso... Limpei a província dos caudilhos políticos e fiquei mais solitário que Robinson... — disse, acentuando o final do nome como se estivesse atrás de uma rima para um verso. — Uma vez, em Azul, mandei um carcamano para a cadeia porque ele havia assassinado a mulher e no fim ele era inocente e a mulher tinha sido assassinada por um bêbado que ia passando. O homem ficou seis meses na penitenciária... Foi uma coisa que eu nunca consegui esquecer. Quando saiu, estava meio biruta e nunca mais se recuperou. Outra vez matei um assaltantezinho em Las Lomas, o cara tinha se trancado num rancho com um refém, um granjeiro que chorava feito criança, me cobri com um colchão e arremeti, derrubei ele com um tiro, coitado do garoto, mas o italiano saiu ileso, tinha borrado as calças, é a vida... A gente vive cercado pelo cheiro da bosta. Meu pai era comissário e ficou louco, meu irmão foi fuzilado em 56... e eu sou um ex-comissário e estou aqui. Uma vez eu estava tão desesperado que me enfiei na igreja, tinha ido a Rauch levar um quatreiro, o sujeito me pedia para soltá-lo, dizia que tinha dois filhos pequenos, mas o fato foi que deixei ele na prisão e fiquei dando voltas porque não conseguia tirar da cabeça aquele gaúcho que andava com uma foto dos filhinhos queridos, como ele dizia. Então atravessei a rua e entrei na igreja... e foi nessa ocasião que fiz uma promessa que espero conseguir cumprir. — Ficou pensando. — Não sei por que fico me lembrando dessas coisas, as ideias que se cravam na minha cabeça, como ganchos, e não me deixam pensar direito. — Ficou calado e daí a pouco sua expressão pareceu mudar. — Vim para cá — disse com um brilho de malícia no olhar — porque quero que Cueto pense que estou fora da jogada... Você precisa me ajudar. — Baixou a voz e deu algumas instruções. Renzi anotou dois ou três dados. Como ele não sabia nada de nada, quem sabe descobria alguma coisa, essa era a hipótese de Croce. Antes era preciso saber o que ia acontecer, agora era melhor avançar às cegas e ver no que dava, disse-lhe. Depois se distraiu observando os outros pacientes.

Estavam em pé diante da cama do comissário, na metade do corredor, e faziam o gesto de pedir cigarros. Levavam dois dedos à boca e faziam de conta que estavam fumando, enquanto olhavam para Renzi.

— Aqui — disse Croce — uma pitada de cigarro vale um peso pela manhã e cinco pesos à noite... O preço sobe a cada hora que o sujeito passa sem fumar. Eles vão lhe oferecer dinheiro, diga que não, obrigado, e dê um cigarro a eles. — Foram se aproximando da cama de Croce sem parar de fumar no ar.

Renzi lhes deu um cigarro e os dois foram fumar, revezando-se, no corredor. O mais gordo havia rasgado uma nota de um peso ao meio e entregado ao outro a metade da nota em troca de uma pitada. Toda vez que fumavam, entregavam ao outro a metade da nota, e quando exalavam a fumaça guardavam a metade no bolso. Pagavam com a meia nota, aspiravam, exalavam, recebiam a metade do bilhete, o outro fumava, soltava a fumaça, passava a metade da nota, o outro fumava, o circuito era cada vez mais acelerado à medida que o cigarro se consumia. A bagana os obrigava a ser rápidos para não queimar os dedos e no fim, quando só restava uma brasa, jogaram a brasa no chão e ficaram olhando enquanto ela se consumia. O que terminou primeiro exigiu do outro a metade correspondente da nota e os dois começaram a discutir aos gritos até que apareceu um enfermeiro na porta e ameaçou levá-los para o chuveiro. Aí os dois se sentaram cada um em sua cama, de costas, olhando para a parede. Croce saudou Renzi alegremente, como se tivesse acabado de vê-lo.

— Você leu minhas cartas. — Riu. — Elas foram ditadas para mim. — Fez um gesto com um dedo na direção do teto.

— Ouço vozes — repetiu bem baixinho. — Os poetas falam nisso, numa música que entra pela orelha da pessoa e diz o que ela precisa dizer. Você trouxe lápis e papel?

— Trouxe — disse Renzi.

— Vou ditar pra você. Venha, vamos dar uma volta.

— Não consigo escrever andando.

— Você para, escreve e depois continua andando.

Andaram pelo pavilhão, de uma parede até a outra. *Senhores*, ditou Croce, *volto para informar-lhes que a especulação imobiliária...*, mas se interrompeu porque um dos pacientes, o magro, de rosto marcado pela varíola, levantou-se da cama e começou a andar junto com eles, acertando o passo ao ritmo de Croce. O outro também se aproximou e acompanhou-os no mesmo passo, como num desfile.

— Cuidado com esse aí, que é cana — disse o magro.

156

— Ele acha que é cana — disse o gordo —, acha que é comissário de polícia.

— Se esse aí é comissário, eu sou Gardel.

— O jóquei assassino deveria ter se enforcado num bonsai.

— Isso. Enforcado como um bonequinho de bolo.

Croce estacou perto de uma janela gradeada e tomou Renzi pelo braço. Os outros dois pacientes se detiveram perto deles, sem parar de falar.

— A natureza se esqueceu de nós — disse o gordo.

— Não existe mais natureza — disse o magro.

— Não existe natureza?... Não exagere. Respiramos, nosso cabelo cai, perdemos nossa *louçania*.

— Os dentes.

— E se a gente se enforcasse?

— Mas como a gente ia fazer para se enforcar? Tiraram os cadarços dos nossos sapatos, levam os lençóis...

— Podemos pedir a esse jovem que nos empreste o cinto.

— Os cintos são muito curtos.

— Eu ponho no pescoço e você puxa minhas pernas.

— E as minhas, quem vai puxar?

— É verdade, questão de lógica.

— Senhor — disse o magro, olhando para Renzi. — Me vende um cigarro?

— Eu lhe dou um.

— Não, eu compro — disse o magro, e entregou a meia nota de um peso.

Logo depois o gordo deu a outra metade da nota a Renzi em troca de outro cigarro. Então os dois ficaram em pé a um lado e deram início a uma operação que pareciam ter repetido muitas vezes. Revezavam-se fumando o cigarro, entrecruzando os braços para passar a mão na boca um do outro, e quando o magro começava a exalar a fumaça, o gordo esperava até ele terminar e em seguida fumava e expelia a fumaça fazendo volutas, de modo que os dois fumavam sem interrupção, numa cadeia contínua. Mão, boca, fumaça, boca, fumaça, mão, boca. Estavam em pé um atrás do outro e erguiam o braço até a boca do companheiro, que fumava olhando para a frente; a operação se repetiu até o fim. Então voltaram com as baganas, que venderam a Renzi, que devolveu a cada um sua metade de nota. Com uns pobres restos de farinha que guardavam numa caixa de biscoitos, eles fizeram uma cola e grudaram a nota até conseguir reconstituir o peso inteiro. Depois se deitaram, cada um em sua cama, imóveis, de barriga para cima, com os braços no peito e os olhos abertos.

Croce começou a falar em voz baixa com Renzi.

— São irmãos, dizem que são irmãos — disse, com um gesto para os dois pacientes —, vivo com eles aqui. Sabem quem eu sou. Lá fora eles teriam me matado do jeito que Tony foi morto. Estou esperando que me transfiram para o Melchor Romero. Meu pai morreu lá, eu ia visitá-lo e ele me falava de uma rádio que haviam conectado à cabeça dele, à moleira, dizia, tenho a impressão de que agora estou escutando aquela música.

Renzi esperou até Croce tornar a sentar-se, de rosto para a janela.

— Ouça o que lhe digo, Cueto queria desviar aquele dinheiro, o Velho se comportou bem nessa história... Mas Luca não quis saber de nada, não quer nem ver o pai, houve uma noite em que quase o matou, ele culpa o pai pela falência da fábrica, o Velho vendeu as ações e quando Luca ficou sabendo pegou um revólver... Culpa o pai pelo fracasso... — De repente ficou calado. — Melhor agora você ir embora, que estou cansado. Me ajude com isto. — Estenderam o colchão e Croce se deitou. — É agradável, aqui, ninguém enche o saco...

O magro se aproximou.

— Ouça, me diga, o senhor troca minha nota de um peso por outra nova? — perguntou, e estendeu a nota grudada para Renzi. Renzi deu um peso a ele e guardou a nota que estava grudada com meio rosto do general Mitre (ou era Belgrano?) de cabeça para baixo. O homem contemplou a nota nova com satisfação.

— Me vende um cigarro? — perguntou.

O maço de Renzi estava quase vazio, tinha apenas três cigarros. O gordo se aproximou. Cada um deles pegou um cigarro. O terceiro foi repartido com muito cuidado. Depois dividiram a nota e começaram a fumar e a trocar a metade da nota de mão. Primeiro a nota, depois fumavam, depois a nota, depois fumavam. Faziam tudo muito organizadamente, sem alterar-se, seguindo uma ordem perfeita. Croce, estirado na cama, adormecera.

Renzi saiu para o parque, já estava anoitecendo, precisava se apressar se quisesse chegar a tempo de pegar o último ônibus que o levaria ao povoado. Croce parecia ter-lhe confiado uma missão, como se sempre tivesse necessidade de alguém para conseguir pensar claramente. Alguém neutro que se encarregasse de ir até a realidade e reunir dados e pistas para que em seguida ele pudesse tirar suas conclusões. Poderia vir vê-lo todas as tardes e discutir com ele o que havia descoberto no povoado enquanto Croce, sem sair dali, extraía suas conclusões. Renzi lera tantos romances policiais que conhecia o mecanismo muito bem. O investigador sempre tem alguém com quem discutir suas teorias. Agora que já não contava com Saldías, Croce entrara em crise porque quando estava só suas ideias o extraviavam. Estava sempre reconstruindo uma história que não era a dele. Não tem vida privada e quando tem perde a cabeça. *A cabeça dele escapa*, Renzi se ouviu dizer enquanto embarcava no ônibus que o levaria de volta para o povoado.

As casas dos arrabaldes eram iguais às casas dos bairros baixos de qualquer cidade. Letreiros escritos à mão, construções semiacabadas, crianças jogando bola, música tropical tocando nas janelas, carros velhíssimos andando a passo de gente, moradores locais a cavalo galopando no acostamento paralelo à estrada empedrada, carrocinhas empurradas por mulheres.

Quando o coletivo entrou no povoado, a paisagem se alterou e virou uma maquete da vida suburbana, uma série de casas com jardim na frente, janelas gradeadas, árvores ao longo das calçadas, ruelas de terra batida e finalmente, ao entrar na rua comprida, primeiro empedrada e depois asfaltada, surgiram as casas de dois pavimentos, os alpendres de porta alta, as antenas de televisão nos telhados e terraços. O centro do povoado também era idêntico ao de outros povoados, com a praça central, a igreja e a municipalidade, a rua de pedestres com as lojas e as casas de música e os bazares. E aquela monotonia, aquela repetição interminável, era certamente o que dava prazer às pessoas que moravam ali.

Ficou pensando que também ele poderia viver no campo e dedicar-se a escrever. Andar pelo povoado, ir ao armazém dos Madariaga, esperar os jornais que chegavam no trem da tarde, deixar a vida inútil para trás, transformar-se em outro. Estava à espera, tinha a sensação de que alguma coisa ia mudar. Talvez fosse sua própria impressão, seu desejo ilusório de não retomar a rotina de sua vida em Buenos Aires, o romance que redigia havia anos sem resultado, seu trabalho idiota de escrever resenhas bibliográficas no *El Mundo* e periodicamente sair para a realidade e perpetrar matérias especiais sobre crimes ou pestes.

A noite caíra sobre as casas e eles sempre nas poltronas, na varanda, de luzes apagadas, exceto uma luzinha atrás, na sala, olhando para o jardim tranquilo e as luzes do outro lado da casa. *Pouco depois, Sofía se levantou e pôs para tocar um disco dos Moby Grape e começou a se mover dançando sem sair do lugar ao som de "Changes".*

— Gosto do Traffic, gosto do Cream, gosto do Love — disse, e sentou-se outra vez. — Gosto dos nomes dessas bandas e gosto da música que elas fazem.

— *Eu gosto do Moby Dick.*

— É, posso imaginar... Você, sem um livro na mão, fica perdido. Minha mãe é igual, só tem sossego se estiver lendo... Quando para de ler, fica neurastênica.

— *Louca quando não lê e não louca quando lê...*

— *Está vendo minha mãe, ali...? Está vendo a luz acesa...?*

Havia um pavilhão do outro lado do jardim com dois janelões iluminados através dos quais se via uma mulher de cabelo branco preso, lendo e fumando numa poltrona de couro. Parecia estar em outro mundo. De repente ela tirou os óculos, ergueu a mão direita e tateou atrás, até encontrar, numa prateleira da estante que não dava para ver de onde estávamos, um livro azul, e depois de aproximar a página do rosto tornou a pôr os óculos redondos, acomodou-se na poltrona alta e continuou lendo.

— *Lê o tempo todo — disse Renzi.*

— *Ela é a leitora — disse Sofía.*

13.

Renzi passou vários dias no arquivo municipal examinando antigos documentos e jornais. Todas as tardes entrava na sala fresca e tranquila enquanto o povoado inteiro dormia a sesta. Croce lhe fornecera alguns dados como se quisesse encomendar-lhe um trabalho que estava impossibilitado de fazer. A história dos Belladona foi se revelando desde a própria origem do lugar, e o que mais impressionou Renzi foram as notas sobre a inauguração da fábrica, em outubro de 1961. Foi a diretora do arquivo quem o ajudou a encontrar o que procurava e o atendeu assim que soube que ele vinha recomendado pelo comissário. Croce, segundo ela, de vez em quando se recolhia ao manicômio e passava um tempo descansando por lá, como se estivesse num hotel nas montanhas. A mulher se chamava Rosa Echeverry e ocupava uma mesa no centro do salão sempre vazio; foi ela quem o guiou pelas estantes, caixas e velhos catálogos. Era loura e alta, usava um vestido comprido e se apoiava com alegre displicência num bastão. Havia sido muito bonita e movia-se com a confiança que a beleza lhe conferira, por isso vê-la capengar produzia uma impressão de surpresa, parecia que sua simpatia e sua alegria não correspondiam à dureza de seus quadris atormentados pela dor. No povoado diziam que ela usava morfina, certas ampolas de vidro verde que lhe mandavam de La Plata e que ela retirava mensalmente, com uma receita do doutor Fuentes, na farmácia dos Mantovani, e que ela mesma se aplicava depois de abri-las com uma serrinha e de ferver as agulhas na caixa de metal onde guardava a seringa. Vivia no andar de cima da casa, numa mansarda espaçosa a que se tinha acesso por uma escada interna. Quando Renzi recorreu a ela, aparentemente sua única distração consistia em completar as palavras cruzadas de antigos números da revista *Vea y Lea* e cuidar do canário pendurado na janela dos fundos e que saía da gaiola e bicava as lombadas dos documentos encadernados.

— Não há muito que fazer aqui, os leitores foram morrendo — disse-lhe. — Mas este lugar tem a vantagem de ser mais sossegado que o cemitério, embora o trabalho seja o mesmo.

Rosa estudara história em Buenos Aires e começara a lecionar num colégio de Pompeya, mas se casara com um leiloeiro de fazenda e voltara com ele para o povoado; pouco depois o marido morrera num acidente e ela acabara sepultada no arquivo, onde ninguém nunca vinha buscar informação alguma.

— Todos acham que se lembram do que aconteceu — disse —, ninguém tem necessidade de consultar nada em lugares como este. Temos uma boa biblioteca também — disse depois —, mas, como estou lhe dizendo, no fim sou a única que lê. Não vou pela ordem alfabética, não vá me confundir com o Autodidata de Sartre — anunciou —, mas tenho certa sistemática. — Lia muitas biografias e livros de memórias.

Foi contando a história a ele pouco a pouco, mas desde o começo Renzi teve a sensação de que certa cumplicidade se estabelecera entre eles, certa simpatia instantânea que às vezes surge entre pessoas que acabam de se conhecer, e que Rosa o ajudaria a descobrir o que estava procurando. Diziam que ela era ou fora amante de Croce e que às vezes os dois passavam um ou outro fim de semana juntos. Convidou-o a conhecer o lugar e tomou-o pelo braço enquanto cruzavam a varanda coberta por um toldo que dava para o pátio.

— Querido amigo, tenho certeza de que agora o senhor vai escrever um livro em que aparece este povoado. Um romance, uma crônica, uma coisa com boa vendagem para comprar roupa para seus filhos ou financiar férias com sua mulher, e quando fizer isso lembre-se de mim... Houve uma guerra familiar aqui... — disse. O mais interessante, de acordo com Rosa, era que cada um daqueles combates se encarnara em indivíduos, em pessoas concretas, em homens e mulheres com rosto e nome, pessoas que não sabiam que estavam combatendo naquela guerra e imaginavam que tudo não passava de disputa familiar, de rixa entre vizinhos. A história política argentina se movia ao rés do chão, enquanto os acontecimentos passavam por cima como um bando de andorinhas que emigram no inverno, e os habitantes do povoado, sem saber, representavam e repetiam velhas histórias. Agora se desenrolava aquele litígio pela empresa de Luca e a morte de Tony parecia ter alguma ligação com a fábrica abandonada. Falava num tom alto e sereno, como se estivesse dando aula numa escola, com a suficiente ironia para dar a entender que não acreditava muito no que estava dizendo mas que desejava dar sentido a seu trabalho de arquivista do povoado.

Guardava jornais, revistas, panfletos, documentos e muitas cartas familiares doadas ao longo do tempo. Tenho, disse-lhe, por exemplo, um arquivo com as cartas e bilhetes anônimos do povoado. São o principal gênero, os anais da maledicência do pampa argentino. Começaram no mesmo dia em que este lugar foi fundado e seria possível fazer uma história do povoado a partir dessas cartas anônimas. O tempo todo chegam novas mensagens contando intrigas e revelando segredos, escritas das mais variadas maneiras, com palavras recortadas dos jornais e coladas em folhas de caderno, ou escritas com letra trêmula, sem dúvida com a caligrafia alterada para dissimular o que vale a pena esconder, ou com velhas máquinas Underwood ou Remington que saltam uma letra, ou em cartas impressas como panfletos em alguma pequena gráfica da província. Uma seção especial do arquivo continha esses documentos classificados em caixas marrons, alinhadas em estantes fechadas. Mostrou-lhe a primeira delas, que num domingo de 1916 aparecera pregada à porta da igreja, e que foi lida em voz alta como se fosse um edital.

Concidadãos, os legisladores provinciais não defendem o campo; temos de ir buscá-los em suas casas e pedir-lhes explicações. Mais fácil é enganar uma multidão que um único homem. Um argentino

Segundo ela, Croce retomara a tradição das cartas anônimas para dar a entender que estava descontente com o rumo dos acontecimentos e com as manipulações escusas do fiscal Cueto. Como fazia sempre que se encontrava em minoria absoluta, se refugiara no hospício do povoado para enviar tranquilamente, de lá, suas mensagens anônimas contendo suas elaboradas hipóteses sobre os acontecimentos.

Várias vezes Rosa pusera anúncios nos jornais do distrito pedindo que lhe doassem coleções familiares de fotos, e também negociou os documentos dos arquivos das ferrovias inglesas, as sessões da Sociedade Rural e as atas do Automóvel Clube com o registro da construção das estradas secundárias e rodovias da província.

— Essas ruínas não têm interesse para ninguém, só para mim — disse-lhe enquanto mostrava uma série de caixas muito bem organizadas e classificadas com os negativos e as fotos reveladas e os vidros das velhas Kodak —, mas sempre esperei que alguém viesse desenterrar estes restos para dar um sentido ao meu trabalho.

Várias fotografias agrupadas numa série mostravam diferentes imagens da região. Os pedreiros com seus lenços brancos de quatro nós na cabeça construindo um grande casarão que seria o antigo arcabouço da estância La Celeste; uma foto do bar El Moderno, onde funcionava um cinema (e, com uma lupa, Renzi conseguiu ver o cartaz com o anúncio do filme *Nightfall* — *O cair da noite* — de Jacques Tourneur); um instantâneo da temporada de colheita, com uma fila de peões descalços subindo nos vagões de carga por um pranchão, sacolas ao ombro; várias fotos primitivas da estação de trem com os silos, os "chimangos" e as noras em plena atividade, e ao fundo uma debulhadora puxada por cavalos; uma imagem do armazém dos Madariaga quando ele não passava de uma posta de carretas.

— Se o senhor olhar as fotos, vai ver que o povoado não mudou. Só estragou um pouco, mas em si mesmo continua igual. O que aconteceu é que a rodovia fez a riqueza se deslocar para oeste. A fábrica, por exemplo, fica afastada daqui, mas quando as colheitas começaram a perder a lucratividade, todo o povoado vivia da fábrica. E é por isso que o local está em litígio, porque aquele terreno na colina e perto da rodovia vale uma fortuna.

Renzi passou várias horas folheando aquele material e percebeu claramente como a fortuna dos Belladona fora crescendo. No centro da história moderna do povoado estava a empresa construída por Luca Belladona com a ajuda de Lucio, o irmão mais velho, sob o olhar ao mesmo tempo condescendente e cético do pai. Uma construção incrível, a dez quilômetros do povoado, no meio dos morros, com uma arquitetura racionalista, que impressionava, isolada no meio do campo, como uma fortaleza no deserto.

166

— O projeto era do próprio Luca — disse ela —, e deixou claro, não havia como não ver, que ele estava vivendo em outra realidade. Gastou uma fortuna, mas foi uma construção extraordinária, tão moderna que muitos anos depois, em meio à decadência e à paralisia, ainda não conseguiram fazê-la perder sua força. Luca desenhou as plantas, trabalhou meses refazendo parte das janelas e dos portões porque as dobradiças não davam o ângulo. Na época, tornou-se a fábrica de automóveis mais moderna da Argentina, muito mais atualizada que as instalações da Fiat em Córdoba, que era a vanguarda da indústria.

Havia fotos dos diferentes momentos da construção, e Renzi foi observando o processo como quem acompanha a edificação de uma cidade imaginária. Primeiro se via a extensão desabitada da planície, depois os grandes poços, depois os cimentos, a base de concreto e ferro, as grandes estruturas de madeira, as galerias de vidro que percorriam o subsolo, a estrutura abstrata das vigas e das paredes, que, vistas do alto, pareciam um tabuleiro de xadrez, e finalmente o edifício amuralhado, com as altas portas corrediças e as intermináveis grades de ferro.

Entre os documentos e as notas dos jornais, Renzi encontrou um longo depoimento de Lucio Belladona no dia da inauguração das instalações. Haviam começado do nada, percorrendo o campo para reparar as máquinas agrícolas durante a colheita[*] — as primeiras debulhadoras mecânicas, as primeiras colheitadeiras a vapor —, e no fim instalaram uma oficina nos fundos da casa e começaram a preparar carros de corrida, a trabalhar os pequenos cupês, leves e resistentes, que competiam nas estradas

---

[*] "Lembro-me de que eram doze cavalos por colheitadeira, seis cavalos de tiro fora da vara e seis presos ao tronco e os animais conheciam o ruído do motor forçado quando a fileira de trigo era forte e o regulador se acelerava, e paravam para esperar que o ruído mudasse e então arrancavam sozinhos, os cavalos, como se fossem instrumentos vivos" (Lucio Belladona).

abertas e nas estradas de terra do país inteiro. Era a época de esplendor das corridas da Turismo Carretera, carros comuns, de série, *envenenados* pelos mecânicos, com os motores de fábrica — os primeiros V8, os Cadillac de 6 cilindros, as Betis — no limite de sua potência, com o tanque "esfera" de gasolina que sempre ia para o centro do automóvel, as rabeiras lembrando asas, o chassis reforçado e a carroceria aerodinâmica. Em pouco tempo ficaram famosos no país inteiro, e os Belladona viviam nos jornais e no *El Gráfico*, com Marcos Ciani ou com os irmãos Emiliozzi, sempre ao lado dos carros mais velozes. Avançaram na linha da mecânica nacional (copiar-adaptar-enxertar-inventar) e foram grandes inovadores. Em meados dos anos 60 assinaram o primeiro contrato com a Kaiser de Córdoba para construir protótipos de carros experimentais.*

Renzi acompanhava essa história, via os recortes de jornal, as fotos, o sorriso dos irmãos trabalhando sobre o capô aberto dos automóveis. Em 1965 viajaram para os Estados Unidos e em Cincinatti compraram uma dobradeira e uma guilhotina e as coisas se complicaram quando houve uma desvalorização, de um dia para outro o dólar passou a valer o dobro.

A partir daquele momento as informações jornalísticas e os arquivos judiciais passaram a retratar Luca como um homem violento, mas a violência estivera nas circunstâncias de sua vida, mais

---

* A fábrica construía os assim chamados *Concept Cars*, carros projetados como protótipo para em seguida serem testados e fabricados em série. Por encomenda da Chrysler eles conceberam o protótipo do Valiant III. Construíram vans para a Skoda, novos jipes, carros esporte; muitos carros que se veem pela rua foram eles os primeiros a construir. Trabalharam para as terminais da Fiat e da Kaiser em Córdoba. A matriz lhes dava as características que queria desenvolver e eles se encarregavam de fabricá-lo, peça por peça. O motor, o chassis, o estofamento, os vidros, as rodas, a carroçaria, a retificação e o ajuste final, tudo. Cada carro valia entre cem mil e cento e cinquenta mil dólares; levavam de seis a oito meses para serem construídos, e os carros saíam rodando.

que em seu caráter. Era o único homem que eles conheciam no povoado e no distrito e na província — como explicou Rosa com certa dose de ironia — que se aferrara a uma ilusão, ou melhor, a uma ideia fixa, e a teimosia o levara à catástrofe. Desconfiavam dele e consideravam que aquela decisão de não vender era uma atitude que explicava todas as desgraças que lhe haviam acontecido na vida, e explicava também que tivesse terminado isolado e sozinho, como um fantasma, na fábrica vazia, sem sair nunca e sem ver quase ninguém. Tinha uma confiança ilimitada em seu projeto, e quando fracassou, ou foi traído, sentiu-se vazio, como se tivesse ficado sem alma.

Mas não foi um processo nem uma coisa que tivesse acontecido pouco a pouco, e sim um ato de iluminação negativa, um instante que alterou tudo. Uma noite Luca chegou de improviso aos escritórios do centro e encontrou o irmão negociando com uns investidores que participariam da direção da fábrica. Haviam preparado o contrato para constituir uma sociedade anônima por ações,* tudo pelas costas de Luca, porque queriam ficar com a empresa. Houve conflitos, confrontos e brigas. Os operários ocuparam a instalação exigindo que a fonte de trabalho fosse mantida, mas o Estado interveio no conflito e decretou o fechamento. Foi nesse momento que Luca tomou a decisão de hipotecar as instalações para fazer frente às dívidas, disposto a não transigir e a levar seus projetos adiante. E desde então mora no local, sem ver ninguém, brigado de morte com o pai e com as autoridades do povoado.

---

* O procedimento é clássico. Um fundo de investimento (*edge fond*) compra 51% das ações. Uma vez com a empresa sob seu controle, o conselho administrativo da diretoria aprova um dividendo estrutural sobre o capital e assim recupera o investimento inicial. É o que se chama, tecnicamente, de esvaziamento — ou lavagem — de uma empresa (*wash and wear system*).

— Luca não quer reconhecer as coisas do jeito que elas são, entendo o ponto de vista dele — disse Rosa —, mas em determinado momento isso foi um problema para todo mundo porque o povoado ficou dividido e os que se aliaram com Luca foram obrigados a exilar-se, por assim dizer, e ele ficou sozinho, convencido de que o pai tivera a intenção de quebrá-lo. Resistiu e manteve o controle da fábrica, que praticamente havia parado de produzir. Ficou lá, nas instalações quase vazias, trabalhando com suas máquinas e tentando salvar a propriedade, que vale milhões, de toda e qualquer maneira. Querem expropriar a fábrica, lotear o prédio, há muito dinheiro em jogo; já estão com um projeto aprovado, que inclusive saiu nos jornais.* Há inúmeros litígios, mas Luca resiste, e em meu entender — disse Rosa — a morte de Durán tem uma ligação com essa história toda. Por que ele veio para cá trazendo aquele dinheiro? Há quem diga que vinha com os dólares para salvar a fábrica; outros dizem que veio para subornar funcionários e usar o dinheiro para comprar a fábrica e botar Luca para fora. É o que dizem.

Com o auxílio de Rosa, anotando os dados em sua caderneta preta, Renzi seguiu a pista do *carry trade* nos ativos das financeiras e nos balancetes oficiais das mesas de dinheiro. Os bônus circulavam de um lugar para outro e eram negociados na bolsa

---

* "*Um pouco de história.* Em 1956 foi construído o primeiro grande centro comercial coberto e climatizado, o Southdale Shopping Center, perto de Minneapolis (Estados Unidos). O Grande Centro Comercial consiste num corredor central (*mall*) e num armazém-âncora situado na ponta da galeria. O centro oferece tudo "sob cobertura" e permite que se façam compras sem dificuldades de clima ou estacionamento. Assim, a proposta é concentrar os clientes num único lugar climatizado com vários postos de venda de produtos e marcas diferentes. Esses centros se transformam ainda em locais de lazer e passeio para a família inteira. O projeto a realizar-se em nossa cidade já foi apresentado ao interventor militar e seria o primeiro construído na Argentina" (*El Pregón*, 2 de agosto de 1971).

de Wall Street. Dessa maneira, chegaram até um grupo de investimento* de Olavarría, um de cujos principais capitalistas era o doutor Felipe Alzaga, um estancieiro da região. Pelo visto eles haviam comprado os bônus de renegociação da hipoteca da fábrica e estavam com o poder de decisão. Não havia nada ilegal, inclusive Renzi pôde anotar os dados e a numeração do registro do fundo investidor na sucursal do Banco Provincia: *Alas 1212*. Rosa lhe mostrou outros números e outros dados e o fez entrar nos segredos do conflito. Mas Renzi tinha a sensação de que não eram os papéis nem o relato de Rosa o que lhe permitia entender o que acontecera, mas o mero fato de estar naquele povoado. Os lugares continuavam ali, nada mudara, era como se estivesse num cenário, como se fosse uma cenografia, inclusive a própria disposição física do povoado parecia repetir a história. "Aqui onde estamos agora foi que tudo começou", dissera-lhe ela, fazendo um gesto que parecia abranger todo o passado.

O prédio onde funcionava o arquivo fora a antiga casa do coronel Belladona na época em que ele fundara o povoado e construíra a estação. Os ingleses lhe haviam dado o cargo porque era um homem de confiança na região, viera da Itália ainda pequeno e também tinha uma história trágica. "Como todo mundo, quando se olha de perto", ela lhe disse. Era chamado de

---

* "O termo *carry trade* se refere à especulação com os ativos que garantem créditos. As hipotecas de salvatagem têm um tipo de interesse muito mais elevado do que as taxas do mercado, e as comissões dos intermediários se tornam usurariamente onerosas. Nesses casos a dívida pode ser objeto de duas ou três vendas e de transações econômicas diretas mediante a compra de bônus e das titularizações do crédito. O fundo investidor impede que a hipoteca seja saldada sobretaxando os interesses especulativos da dívida inicial sem possibilidade de desconto e especulando com o vencimento do prazo. Desse modo, muitos ativos passam ao poder das entidades financeiras" (*El Cronista Comercial*, 3 de fevereiro de 1971).

Coronel porque lutara na Grande Guerra como voluntário e combatera no exército italiano e fora condecorado e promovido. Os documentos da biblioteca eram muito completos, parecia um arquivo da história da fábrica desde as plantas iniciais até o pedido de falência. Quem se ocupou pessoalmente do assunto foi Luca, que ficava o tempo todo mandando circulares e documentos que deveriam ser preservados, como se imaginasse o que ia acontecer.

— Em mim ele confia — disse Rosa depois — porque sou da família e ele só tem confiança na família, apesar da catástrofe. Minha mãe é irmã de Regina O'Connor, mãe dos rapazes, ou seja, somos primos-irmãos.

Segundo ela, alguma coisa estava para acontecer e o passado era uma espécie de premonição. Nada se repetiria, mas o que estava por vir — o que Rosa imaginava que estava por vir — era perceptível no ar. Havia um clima de iminência, como uma tempestade que se vê aparecer no horizonte.

E de repente pediu licença, afastou-se para um lado, para o local onde estava a gaiola do canário, e ao lado da escada, depois de aquecer num fogareiro a gasolina a tampa da caixa de metal das seringas para ferver as agulhas, e de cortar o gargalo da pequena ampola com uma serrinha, ergueu o vestido e se aplicou uma injeção na coxa olhando diretamente para Renzi com um sorriso plácido.

— Minha mãe às vezes esquece nas cadeiras do jardim os livros que leu. Quase nunca sai ao ar livre, e quando sai usa óculos escuros porque não gosta da luz do sol, mas às vezes se senta para ler entre as plantas, na primavera, e costuma murmurar enquanto lê, nunca consegui saber se ela repete o que está lendo ou se — como eu mesma costumo fazer às vezes — fala sozinha em voz

baixa porque os pensamentos por assim dizer lhe sobem aos lábios e então fala sozinha, vá saber, ou quem sabe cantarola alguma canção, porque sempre gostou de cantar, e eu quando era pequena amava a voz de minha mãe que às vezes me chegava do fundo da casa quando ela cantava tangos, não há nada mais belo e emocionante do que uma mulher — como minha mãe — jovem e bela cantando um tango sozinha. Ou vai ver que ela reza, vai ver que diz alguma oração ou pede ajuda enquanto lê, porque a verdade é que seus lábios se movem quando está lendo e não se movem quando para de ler — contava Sofía. — Às vezes ela adormece e o livro tomba em seu colo e ao despertar ela parece assustada e volta rapidamente para "sua guarida", que é como minha mãe chama o lugar onde vive, e o livro fica esquecido e depois ela não tem coragem de sair para buscá-lo.

— E o que ela lê? — perguntou Emilio.

— Romances — disse Sofía. — As entregas para minha mãe chegam uma vez por mês em grandes pacotes, ela encomenda por telefone e sempre lê tudo o que escreveu esse ou aquele romancista de seu interesse. Todo o Giorgio Bassani, toda a Jane Austen, todo o Henry James, toda a Edith Wharton, todo o Jean Giono, toda a Carson McCullers, toda a Ivy Compton-Burnett, todo o David Goodis, todo o Aldous Huxley, todo o Alberto Moravia, todo o Thomas Mann, todo o Galdós. Nunca lê romancistas argentinos porque diz que essas histórias ela já conhece.

14.

O casarão do velho Belladona ficava no alto de uma colina, atrás de um bosque de eucaliptos, e era preciso subir por um caminho tortuoso que ascendia entre as árvores. Renzi contratara um carro e o motorista lhe explicou por onde chegar à casa. Haviam parado numa curva, perto de uma vereda que levava à cerca eletrificada e aos portões da entrada. O nome do casarão estava lavrado num letreiro de ferro forjado: *Los Reyes*. Renzi desceu do carro e antes de chegar à grade apareceu o encarregado da segurança, de óculos escuros e com cara de cansado. Ele se comunicou com a casa por meio de um *walkie-talkie* e depois de algum tempo abriu o portão e deixou-o entrar. Renzi esperou numa sala de pé-direito alto e amplos janelões que se abriam para o jardim. Havia quadros e fotos nas paredes e poltronas de couro, como se fosse a sala de espera de um edifício público.

Pouco depois apareceu uma empregada com jeito de enfermeira que o fez subir por um elevador até o andar de cima e conduziu até uma porta aberta que dava para uma sala enorme, quase sem móveis. Ao fundo Renzi viu um homem alto e pesado que o esperava de pé, imponente. Era Cayetano Belladona.

— Bravo me disse que o senhor queria falar comigo — disse Renzi, depois que os dois se sentaram num par de amplas poltronas posicionadas contra a parede.

— E a mim, Bravo disse que o senhor queria falar comigo... de modo que o interesse é mútuo — riu-se o Velho. — Não importa, o que importa são as notícias que o senhor está publicando naquele jornal da capital. Quem lê pensa que este povoado é um campo de batalha. Fala de fontes que não explicita e isso, como sempre quando um jornalista cita fontes confidenciais, significa que está mentindo.

— Posso citar essa opinião? — perguntou Renzi.

— Não me agradam essas histórias sobre minha família — disse o Velho como se não tivesse ouvido a pergunta — nem seus disparates sobre as razões pelas quais Anthony trouxe aquele dinheiro. — Esse vai direto ao ponto, pensou Renzi, e puxou um cigarro. — Não é permitido fumar aqui — disse o Velho. — E isto não é uma entrevista, simplesmente fiquei com vontade de conhecê-lo. De modo que não tome notas nem grave nada do que conversarmos.

— Está bem — disse Renzi. — Uma conversa privada.

— Sou um homem de família numa época em que isso não significa mais nada. Defendo meu direito à privacidade. Não sou uma pessoa pública. — Falava com extrema calma. — Vocês, jornalistas, estão destruindo o pouco que nos resta de solidão e isolamento. Mexericam e difamam. E fazem a maior grita sobre a liberdade de imprensa, que para vocês simplesmente significa liberdade para vender escândalos e destruir reputações.

— E daí?

— Nada. O senhor pede para falar comigo, eu o recebo — disse, e apertou uma pera e uma campainha pareceu tocar em algum lugar da casa. — Gostaria de tomar alguma coisa?

— Me disseram que posso falar francamente com o senhor.

— O senhor é amigo de Croce... Também é meu amigo — disse o Velho —, mesmo que nós dois estejamos distanciados há algum tempo. Me disseram que ele está doente.

— Está no manicômio.

— Bom — fez um gesto que englobou o aposento e a mansão inteira —, quase não saio daqui, de modo que eu também estou internado e esta, em certo sentido, é minha clínica... Minha mulher e minhas filhas vivem comigo, mas poderíamos pensar que elas também estão internadas e que imaginam que são minha mulher e minhas filhas, da mesma maneira como eu imagino que sou o dono deste lugar. Não é mesmo, Ada? — disse o Velho à moça que ia entrando na sala.

— Claro — disse ela. — Os que nos ajudam e nos servem na verdade são enfermeiros que concordam conosco quando dizemos que pertencemos a uma antiga família de fundadores do povoado.

— Perfeito — disse o Velho, enquanto a filha começava a servir uísque e aproximava de nós uma mesa baixa de vidro com rodas de borracha. Havia uma garrafa de Glenlivet e copos altos, talhados. — Nestes povoados rurais, fechados como galinheiros, isolados de tudo, como o senhor pode imaginar, as pessoas deliram um pouco para não morrer de tédio. E agora que houve um crime, todos deliram com a história de Tony e não fazem outra coisa senão dar voltas em torno do mesmo assunto. Eu gostaria de pôr um fim a essa cantilena. O melhor para minha família é zero notícias. O senhor pode escrever o que quiser, mas me interessa que saiba o que nós pensamos.

— Sem dúvida — disse Renzi —, mas sem citá-lo.

— Está servido? — disse o Velho. — Esta é minha filha.

A garota sorriu para ele e em seguida se acomodou numa cadeira à frente deles. Não havia gelo, o uísque era a seco, à italiana, pensou Renzi. A garota era a mesma que ele vira no Club, agora vestindo jeans mas sempre com a blusinha sem sutiã. Usava um anel com uma grande esmeralda e o fazia girar no dedo como se lhe desse corda; parecia mal-humorada, ou recém-saída da cama, ou a ponto de desmoronar mas sem perder o humor. De repente uma mecha de cabelo lhe caía sobre um olho como se fosse uma cortina e a deixava meio cega, ou sua blusa se desabotoava e se viam seus peitos (belos e bronzeados pelo sol), e quando levantou um braço deu para ver por um buraco na cava o pelo crescido nas axilas escuras (também à italiana...). Tudo parecia fazer parte de seu estilo ou de sua ideia de elegância. De repente, no meio de uma frase, seu anel de pedra verde caiu dentro do copo de uísque.

— Nossa — disse. — Está dançando no meu dedo.

E pescou o anel enfiando os dedos compridos no uísque, sem se alterar, com o movimento competente de um caçador submarino, e depois de limpá-lo com a língua — num movimento lento e circular que Renzi demorou a esquecer —, enfiou-o novamente no dedo. Como se o que ia dizer fosse um comentário a seu movimento de resgate da esmeralda, disse que queria agradecer a Renzi o fato de não ter mencionado as histórias idiotas que circulavam no povoado sobre as relações que ela e a irmã teriam mantido com o morto. Aquela discrição era o que os levara a pensar que Renzi não estava mal-intencionado, ou pelo menos não queria incorrer nas superstições habituais nos povoados rurais, que se excitam ("esquentam") com histórias perversas que nunca acontecem da maneira como os moradores locais imaginam. Ele já devia saber que os antropólogos, depois de prolongadas investigações destinadas a definir o gaúcho de nosso pampa, haviam decretado não ter conseguido identificar nenhum traço particular, exceto, naturalmente, o egoísmo e as doenças imaginárias. A garota se referia aos povoados rurais como se fossem um mundo paralelo, mas o que mais chamou a atenção de Renzi foi o fato de que ela falava acentuando com ênfase certas palavras, alongando as vogais, como quem mede as sílabas de um verso, com aquele jeito tão conscientemente pessoal que em muitas mulheres constitui uma linguagem própria, do mesmo modo como um timbre especial sempre define o verso solto — *blank verse*, pensou, em inglês, Renzi — no pentâmetro iâmbico do drama isabelino. Em cada frase a mulher sublinhava determinadas palavras um pouco arcaicas e muito argentinas, como se espetasse borboletas vivas com longos alfinetes de ponta redonda para demonstrar que era uma garota bem. Ou que se divertia com aquilo. Renzi ficou um pouco perdido em suas divagações sobre as maneiras de falar e quando voltou a si a conversa tinha tomado outro rumo.

— Todas as versões sobre Tony são equivocadas, inclusive se ele morreu como consequência do crime passional de que todos estão falando. Nós não temos nada a declarar. — A filha e o pai falavam alternadamente e se complementavam um ao outro como se fossem um dueto. — Às vezes — disse o Velho — ele aparecia por aqui à noite para me visitar. Permita que eu lhe diga que era um exilado, fora obrigado a abandonar seu país com a família porque era um independentista porto-riquenho. Sua família sempre apoiara Albizu Campos e seus membros não se consideravam cidadãos dos Estados Unidos. O senhor conhece Albizu, não conhece? É uma espécie de Perón de Porto Rico.

— Melhor que Perón.

— Não é nenhum mérito ser melhor que Perón — disse a garota, para alegria do pai.

— Claro, é como dizer que alguém canta melhor que Ataúlfo Gómez.

— Foi um líder nacionalista de Porto Rico que enfrentou os Estados Unidos.

— E que não era militar.

— Era um intelectual que estudou em Harvard.

— Só que mulato. Filho ilegítimo de uma engomadora negra e de um pecuarista nativo descendente de europeus.

Divertiam-se, o pai e a filha, como se Renzi não estivesse ali, ou como se estivessem encenando um espetáculo em seu benefício mostrando a sociabilidade de uma família tradicional, embora houvesse alguma coisa esquisita naquele jogo, uma compreensão parelha entre o pai e a filha que parecia um pouco exagerada.

— Eu gostava de conversar com ele — disse o Velho. — Um homem íntegro. Ele estranhava haver tanto campo em mãos de tão poucas pessoas neste país. Eu explicava que isso é uma decorrência da guerra contra o índio. Davam terra aos oficiais do exército até onde o cavalo aguentasse.* Cinco milhões de léguas ficaram em mãos de trinta famílias, eu disse a ele um dia, e ele fazia as contas vendo o tamanho da ilha de Porto Rico e achava graça. Eu gostava do jeito como ele falava e sei o que ele veio fazer aqui. Mas estava avançando para sua própria perdição — dis-

---

* Uma das lendas mais difundidas no campo diz que, depois da campanha no deserto, o Estado repartira as terras que havia tirado dos índios entre os oficiais e os soldados de uma maneira muito de acordo com as tradições argentinas. Era preciso galopar até onde o cavalo aguentasse e o ginete passava a ser proprietário da terra que percorrera em sua cavalgada ininterrupta. Era frequente os soldados montarem os extraordinários cavalos dos índios, acostumados a andar dias a fio sem cansar, num galope largo e tranquilo. É difícil imaginar a extensão dessa marcha solitária tendo em conta os dados de propriedade da terra. Em 1914 metade da superfície argentina — as cinco províncias do pampa úmido — era ocupada por propriedades rurais gigantescas, em mãos de pouquíssimos proprietários. E desde então, nada mudou. De acordo com as últimas estimativas do Censo Nacional Agropecuário, em 1969: 124 milhões de hectares. Da superfície total, 59,6% estavam em mãos de 1260 proprietários, ou seja, 2,5% do total.

se de repente —, sem que ninguém tivesse o poder de evitar o que ia acontecer, assim como meus filhos, por caminhos paralelos e divergentes.

— Ninguém entende do que você está falando, pai — disse Ada.

— O senhor acha que quem matou Tony foi Yoshio? — perguntou Renzi.

— Eu não acho nada. Isso é o que diz a polícia.

— Essa não é a teoria de Croce — disse Renzi.

— Mas que ideia é essa de achar que alguém contratou um jóquei para que ele se disfarçasse de japonês e matasse Tony? Inconcebível, mesmo neste país. E não é assim que se fazem as coisas por aqui.

— Como se fazem as coisas por aqui?

— De outra maneira — disse o Velho, e sorriu.

— Menos barroca — esclareceu a garota. — E à luz do dia. — Levantou-se. — Se precisarem de mim, é só chamar — disse depois, e se despediu de Renzi, que só então, ao vê-la afastar-se, percebeu que ela estava de salto alto com os jeans muito justos, como se quisesse escandalizar, ou distrair dessa maneira, seu pai.

— Eu gostaria de saber sua opinião sobre a situação da fábrica...

— Meu filho Luca é um gênio, como meu pai — parecia cansado —, mas não tem o menor senso prático... Eu o ajudei de todas as maneiras possíveis...

O Velho a essa altura já estava falando sozinho no tom de quem ralha com seu capataz porque a fazenda bichou e voltou ao ponto zero.

— Estou cansado dessa história toda, cansado dos jornalistas, dos policiais, não quero tomar conhecimento dessas coisas que estão circulando sobre minha família, sobre meus filhos. O rapaz, Tony, era muito estimado por mim, um rapaz de sorte que mesmo assim acabou morrendo neste deserto. — Parou de falar e serviu-se de mais uísque. — Eu tive o que se chama um acidente vascular cerebral, um *derrame cerebral*, e não deveria beber, mas se não bebo me sinto pior. O álcool é o combustível da minha vida. Olhe, jovem, estão querendo confiscar a fábrica, os militares, e quando Perón voltar vai ser a mesma coisa, porque ele é outro militar. Somos donos deste lugar desde que ele foi fundado, mas agora estão querendo ficar com tudo e especulam com os terrenos vizinhos, porque em certa ocasião meu filho me humilhou e me desafiou, ele é irredutível, mas tem todo o direito do mundo de manter aquela fábrica vazia se lhe der na telha, pode utilizá-la como cancha de bocha, como pombal, pagou todas as suas dívidas e vai resgatar a hipoteca, mas querem se aproveitar dessa dívida para confiscar a fábrica. Não é uma dívida para com o Estado, é uma dívida com um banco, mas mesmo assim querem desapropriar a fábrica. Olhe, está vendo? — disse, e procurou entre uns papéis e mostrou-lhe o recorte de jornal. — Os comerciantes estão atrás disto, querem construir um centro comercial naquele lugar. Odeio o progresso, odeio esse tipo de progresso. É preciso deixar o campo em paz! Um lugar com cobertura! Até parece que estamos na Sibéria. — De repente o Velho se calou, apoiou a palma da mão no rosto e pouco depois retomou o monólogo. — Já não há valores, só preços. O Estado é um predador insaciável, persegue-nos com seus impostos confiscatórios. Para as pessoas que, como nós, como eu, para não falar no plural, vivem no campo, longe dos tumultos, a vida está ficando cada vez mais difícil, estamos cercados pelas grandes inundações, pelos grandes impostos, pelas novas rotas comerciais. Assim como antes meus antepassados estavam cercados pela indiada, por bandos de índios agressivos, agora nós temos a indiada *estatal*. Periodicamente esta região é atingida pela seca, ou pelo granizo, ou pelos gafanhotos, e ninguém se ocupa dos interesses do campo. Então, para que o Estado não fique com tudo, é preciso confiar na palavra dada, como antigamente, nada de cheques, nada de recibos, é tudo na palavra, a honra antes de mais nada, há duas economias, um fundo duplo, um subterrâneo onde o dinheiro circula. Tudo para evitar as desapropriações estatais, os impostos confiscatórios sobre a produção rural, não temos como pagar essas taxas. Buenos Aires precisa ser uma nação independente como nos tempos de Mitre. De um lado Buenos Aires, de outro os treze ranchos. Ou será que agora são catorze? — De novo parou de falar e procurou alguma coisa no bolso do paletó.

— Há uma grande especulação imobiliária na região, querem usar a fábrica como base para uma nova urbanização. Para eles, o povoado já ficou obsoleto. Não vou permitir. Tome, olhe. Mandei buscar este dinheiro para meu filho, é parte da herança da mãe dele. — Era um recibo de uma retirada do Summit Bank de Nova Jersey no valor de cem mil dólares. Considerou o papel com olhos cinzentos, apertados, agora, e baixou a voz. — Eu quis fazer as pazes com meu filho. Quis ajudá-lo sem que ele ficasse sabendo. Mas o filho da puta herdou o orgulho da mãe irlandesa. — Fez um longo intervalo. — Nunca imaginei que alguém fosse morrer.

— Nunca imaginou...

— E não sei por que o mataram.

— E quem são essas pessoas que estão querendo fazer esses negócios, Engenheiro?

— A negrada de sempre — disse. — Por hoje chega. Nos vemos outro dia. — Tornou a apertar o botão da campainha, que tocou em algum lugar da casa. Quase imediatamente a porta se abriu e entrou uma garota igual à outra, só que vestida de outra forma.

— Eu sou Sofía — disse ela. — Venha, vamos, eu acompanho você. — Cobriu o pai, que cochilava, e lhe fez um carinho no cabelo. Em seguida ela e Renzi saíram juntos. — Eu conheço você — ela disse ao fechar a porta. Estavam numa sala lateral, numa espécie de gabinete que dava para o parque. — Nos vimos há *muito* tempo, numa festa, em City Bell, na casa de Patricio. Zás-trás. *Touché*. Eu também estudei em La Plata.

— Incrível. Como eu pude me esquecer de você...

— Eu era da agronomia — disse ela. — Mas de vez em quando assistia a alguma aula como ouvinte nas humanas e era muito amiga de Luciana Reynal, o marido é daqui, desta região. Não se lembra? Você até escreveu um continho com aquela história...

Renzi olhou para ela surpreso. Publicara um livro de contos alguns anos antes e não é que aquela garota lera o livro?

— Não foi com aquela história — conseguiu dizer. — Não acredito que não me lembro de você...

— De uma festa em City Bell... E você matou a Luciana, homem cruel, ela continua vivinha da silva. — Olhou para ele, séria. — E agora fica escrevendo maluqueiras no jornal.

— Eu nunca tinha ouvido essa palavra. Maluqueira. É um elogio?

Seus olhos tinham uma cor estranha, com uma pupila que de repente aumentava e cobria a íris.

— Me dê um cigarro.

— Como ela está? — perguntou Renzi. Tinham aquilo em comum e ele se agarrou ao assunto para continuar conversando.

— Não faço a menor ideia. E claro que não se chamava Luciana. Inventou que se chamava assim porque não gostava do nome.

— Lógico, o nome dela era Cecilia.

— Era não, é... Mas faz anos que não a vejo. Vinha passar o verão aqui com o marido. Um desses idiotas que passam o tempo jogando polo, ela queria se especializar na filosofia de Simone Weil, imagine só, e também teve um caso com você e aposto que lhe disse que ia se separar do marido.

— Eu gostava dela — disse Emilio. Ficaram em silêncio e ela sorriu para ele. — E você, o que faz? — perguntou ele.

— Tomo conta do meu pai.

— E fora isso?

Sofía ficou olhando para ele sem responder.

— Venha, vou lhe mostrar onde eu moro e a gente conversa um pouco.

Atravessaram um corredor e saíram em outro lugar da casa. Uma varanda aberta dava para o jardim. Em frente via-se um pavilhão com dois janelões iluminados.

— Vamos sentar aqui — disse Sofía. — Vou buscar um pouco de vinho branco.

Haviam ficado em silêncio. Uma mariposa voava em círculos sobre os focos de luz, com a mesma decisão com que um animal sedento vai atrás de água num charco. No fim colidiu com a lâmpada acesa e caiu ao chão meio chamuscada. Um pozinho alaranjado ardeu por um momento no ar e depois se dissolveu como água na água.

— No verão emagreço — disse Sofía, que olhava para os próprios braços —, vivo ao ar livre. Quando eu era pequena me obrigava a dormir no campo, sob as estrelas, com uma manta, para ver se conseguia dominar o medo que sentia por estar ali sozinha, porque Adú não queria, tem horror de bicho e prefere o inverno.

Sofía andava pela borda da varanda com um sorriso suave, distante e tranquilo. Como todas as mulheres muito inteligentes que além disso são bonitas, pensou Renzi, considerava sua beleza uma coisa irritante porque fazia os homens terem uma ideia equivocada de seus interesses. Como se quisesse recusar-lhe o que estava pensando, Sofía parou na frente dele, segurou sua mão e pousou-a entre seus seios.

— Amanhã levo você para conhecer meu irmão — disse.

184

SEGUNDA PARTE

15.

Vista de longe, a construção — retangular e escura — parece uma fortaleza. O Industrial — como todos o chamam aqui — reforçou nos últimos meses a estrutura original com chapas de aço e tabiques de madeira e com duas torretas de vigilância construídas nos ângulos sudoeste e sudeste, nos limites extremos da fábrica que dão para a planície que se estende por milhares de quilômetros até a Patagônia e o fim do continente. As bandeiras das portas e os telhados de vidro e todas as janelas estão quebrados e não são repostos porque os inimigos tornam a quebrá-los; o mesmo acontece com as luzes externas, os altos refletores e a iluminação da rua, tudo destruído a pedrada, exceto algumas lâmpadas altas que continuavam acesas naquela tarde, débeis luzes amarelas na claridade do entardecer; as paredes e os muros exteriores estavam cobertos de cartazes e dísticos políticos que pareciam repetir em todas as suas variantes a mesma mensagem — *Perón está voltando* —, escrita de diferentes maneiras por diferentes grupos que se atribuem — e festejam — essa volta iminente — ou essa ilusão —, repetida com desenhos e grandes letras entre os cartazes arrancados e novamente grudados com o rosto — sempre como se estivesse voltando de tudo, sorridente — do general Perón. Bandos de pombas que entram e saem pelas frestas dos muros e pelas vidraças quebradas voam em círculo entre as paredes enquanto embaixo vários cachorros vira-lata latem e brigam uns com os outros ou então ficam deitados à sombra das árvores nas calçadas rotas. Para não ver essa paisagem nem a decrepitude do mundo exterior, faz meses que Luca não sai para a rua, indiferente às áreas exteriores à fábrica, das quais, não obstante, chegam ecos e ameaças, vozes e risadas e o ruído dos carros que aceleram ao passar pela estrada que bordeja o alambrado que dá para a área de carga e a área cimentada do estacionamento.

Depois de tocar várias vezes a campainha da porta de ferro fechada com corrente e cadeado, de olhar para dentro pela janela e de bater palmas, foram recebidos pelo próprio Luca Belladona, alto e atento, estranhamente agasalhado para a estação, vestindo um pulôver preto de gola alta e uma calça de flanela cinza, com uma jaqueta grossa de couro e botinas Patria; na mesma hora ele os fez passar para os escritórios centrais, no fim de uma galeria coberta, com os vidros quebrados e sujos, sem entrar na área industrial, que, disse-lhes, visitariam mais tarde. Havia — tal como na fachada exterior — frases e palavras escritas ao longo das paredes internas onde Luca anotava, como explicou, o que não podia esquecer.

No pátio interno via-se uma superfície verde que cobria todo o chão até onde a vista alcançava, um pampa uniforme de erva-mate porque Luca esvaziava a cuia pela janela que dava para o pátio interno, encostado em sua escrivaninha, ou, às vezes, quando atravessava o corredor de uma ponta a outra, usava o poço de aeração, que comunicava o pátio com os depósitos e as galerias, para trocar a erva, batendo em seguida a cuia vazia contra a parede, enquanto esperava que a água esquentasse, e tinha então um parque natural com pombas e pardais que voejavam sobre o manto verde.

Seu quarto ficava ao fundo, dando para a ala oeste, perto de uma das antigas salas de reunião do conselho, num aposento pequeno que no passado fora a sala dos arquivos, com um catre, uma mesa e vários armários com papéis e caixas de remédios. Desse modo ele não precisava movimentar-se tanto enquanto realizava seus cálculos e suas experiências, simplesmente ficava naquela ala da fábrica e andava pelo corredor até a porta de entrada e voltava pela lateral para descer pela escada que dava para seus escritórios. Às vezes, disse-lhes de chofre, ao fazer seus passeios matutinos pelas galerias, tinha de escrever nas paredes os sonhos que acabava de rememorar ao sair da cama porque os sonhos se diluem e são esquecidos nem bem a gente suspira e é preciso anotá-los onde calhar. A morte de seu irmão Lucio e a fuga da mãe eram os temas centrais que apareciam — às vezes sucessiva e às vezes alternadamente — na maioria de seus sonhos. "São uma série", disse. "A série A", e lhes mostrou um quadro sinóptico e alguns diagramas. Quando os sonhos derivavam para outros eixos ele os anotava em outra seção, com outra chave. "Esta é a série B", disse, mas acrescentou que em geral, por aqueles dias, estava sonhando muito com a mãe em Dublin e com o irmão morto.

Havia frases escritas na parede com lápis-tinta, palavras sublinhadas ou circundadas por círculos e setas que relacionavam "uma família de palavras" com outra família de palavras.

Chamava a série A de *O processo de individuação* e a série B de *O inimigo inesperado*.

— Nossa mãe não tolerava que os filhos tivessem mais de três anos. Quando eles atingiam essa idade, abandonava-os. — Ao tomar conhecimento da morte de Lucio, a mãe quase viajara, mas fora dissuadida. — Estava desesperada, e isso nos surpreendeu porque ela abandonara nosso irmão com três anos e depois também nos abandonou quando completamos três anos. Não é incrível, não é extraordinário? — disse, e o cachorro olhava para ele de lado e agitava a cauda com entusiasmo fatigado.

Era extraordinário, e quando a mãe abandonara os filhos o pai saíra para a rua de sobretudo, com um martelo na mão, e começara a arrebentar o carro da mãe, ou seja, ele *a amava*, enquanto o pessoal do povoado, nas calçadas, olhava para ele, na rua principal, em pé no capô do carro, distribuindo marteladas feito um demente, queria jogar ácido nela, queimar seu rosto, mas não chegou a tanto. A mulher fora viver com um homem a quem o pai considerava superior a ele, e além disso não queria ter problemas com a justiça porque todos sabiam no que o pai andava metido, principalmente a mulher dele, que para não ser cúmplice e não ser obrigada a denunciá-lo o abandonara.

— *Grávida de mim* — disse, voltando para a primeira pessoa do singular. — Quando eu nasci, aquele homem de quem não me lembro de coisa nenhuma, nem do rosto, só das vozes que vinham do palco, porque ele era diretor de teatro, aquele homem me criou durante três anos como se fosse meu pai, mas depois ela também o abandonou e foi para Rosario e depois para a Irlanda e eu tive de voltar para a casa familiar porque era o caso e porque era a lei, já que tenho o sobrenome de quem diz ser meu pai.

Depois lhes disse que passara a semana procurando um secretário, não um advogado nem um técnico em mecanografia, um secretário, ou seja, alguém que escrevesse o que ele pensava e precisava ditar. Olhou para eles sorrindo e assim Renzi pôde comprovar mais uma vez que Luca — como os *staretz* e os camponeses russos — falava no plural quando se referia a seus projetos e realizações e no singular quando se tratava de sua própria vida. Por outro lado, disse que havia ("havíamos") aceitado apre-

190

sentar-se nos tribunais e solicitar que o dinheiro que seu pai lhe enviara como pagamento da herança de sua mãe lhe fosse entregue. Estava com todos os documentos e certificados necessários para dar entrada à demanda.

— Precisávamos contratar alguém habilitado a escrever o que lhe ditassem e datilografar as provas que apresentaremos aos tribunais para reclamar o dinheiro que nos pertence. Não queremos advogados, nós mesmos apresentaremos a demanda amparados na lei de defesa dos patrimônios familiares recebidos por herança.

Na mesma hora lembrou-se do fiscal Cueto, que fora, conforme disse, no passado, o advogado *de confiança* da empresa, para depois traí-los e levá-los à falência. Agora ele queria confiscar os terrenos da fábrica valendo-se de seu cargo político, ao qual ascendera levado por sua ambição e amparado pelos poderes da vez. Tinham o plano de se apropriar do local para instalar ali o que denominavam um centro experimental de exposições agrícolas, em conivência com a Sociedade Rural da região, mas antes iam ter de litigar nos tribunais do distrito, da província e da nação e até nos tribunais internacionais, porque ele estava ("nós estamos", disse) disposto a fazer o que fosse necessário para manter a fábrica em funcionamento, ela que era uma ilha no meio daquele mar de camponeses e estancieiros cujo único interesse era engordar vacas e enriquecer com os lucros que a terra proporcionava a qualquer imprestável que jogasse uma semente em qualquer direção.

Estava, além disso, muito entusiasmado com a possibilidade de *sair*, por uma vez, de seu território, para empreender uma viagem ao povoado e defender-se perante a lei. Andava pelo aposento, num estado de grande agitação, imaginando todos os passos de sua defesa, e tinha certeza de que a ajuda de um secretário agilizaria a preparação dos papéis e documentos.

Pusera dois anúncios na X-10 Rádio Rural por dois dias seguidos solicitando um secretário particular; vários locais haviam se apresentado de chapéu na mão, tranquilos, desajeitados, homens a cavalo, de rosto bronzeado e testa branca marcada pela linha onde a cobria a aba do chapéu. Eram arreeiros, tropeiros, domadores, todos sem trabalho devido ao processo de concentração das grandes estâncias que acabava com os chacareiros, com os arrendatários e com os trabalhadores temporários que acompanham o trajeto das colheitas, homens honrados, diziam eles, que haviam entendido a palavra secretário como a profissão de alguém que lida com coisas secretas, e todos se apresentaram para jurar "se preciso for" que eram túmulos, porque, evidentemente, disse Luca, "estavam a par de nossa história e de nossas desditas" e se arriscavam a vir até as casas porque estavam dispostos a não dizer nem uma palavra que não estivessem autorizados a dizer e, ao mesmo tempo, claro, também podiam cuidar de suas tarefas, e olhavam ao lado dos muros para ver onde estava o curral do gado ou o terreno que deveriam cultivar.

Dois deles se apresentaram como tigreiros, ou seja, caçadores de onças, primeiro um homem alto com cicatrizes no rosto e nas mãos, depois outro baixinho e gordo, de olhar claro, muito marcado pela varíola, a pele parecendo um couro seco, e ainda por cima maneta. Os dois disseram ser homens capazes de campear e matar uma onça sem armas de fogo, só com um poncho e a faca — inclusive o maneta, conhecido como Canhoto porque perdera o braço esquerdo —, se é que ainda existem onças que se possam matar com as mãos, como haviam feito desde sempre aqueles caçadores que saíam ao amanhecer para campear nos balceiros os tigres cevados que atacavam os bezerros. Andavam pelas estâncias e pelas chácaras oferecendo seus serviços, e acabaram procurando trabalho na fábrica, desconfiados e receosos como uma onça que tivesse se perdido durante a noite e que ao amanhecer aparecesse na rua central do povoado, arisca e amedrontada, pisando no calçamento.

Mas não era isso, não, não estava atrás de um caçador de onças, nem de um capataz, nem de um mateiro, de nada do que se tem necessidade numa estância, mas de um secretário técnico que conhecesse os segredos da palavra escrita e que lhe permitisse fazer frente aos avatares da luta em que se vira implicado na prolongada guerra que vinha travando contra as forças atrabiliárias da região.

— Porque no nosso caso — dizia Luca — trata-se de uma verdadeira campanha militar em que já obtivemos vitórias e derrotas; Napoleão sempre foi nossa referência central, basicamente devido a sua capacidade de reagir diante da adversidade, estudamos suas campanhas na Rússia e observamos ali mais gênio militar do que em suas vitórias. Há mais gênio militar em Waterloo que em Austerlitz porque em Waterloo o exército não quis retroceder, *não quis retroceder* — repetiu —, abriu a frente de batalha para a esquerda e suas tropas de apoio chegaram dez minutos atrasadas e aquela manobra, fracassada por causas naturais (chuvas torrenciais), foi seu maior ato de gênio, todas as academias militares estudaram aquela derrota, que vale mais do que todas as vitórias.

Parou para perguntar por que, na opinião deles, os loucos do mundo inteiro acreditavam ser Napoleão Bonaparte. Por que achavam que quando se trata de desenhar um louco é só desenhá-lo com a mão no peito e bicorne que todo mundo já sabe que se trata de um louco. Alguém já pensou nisso?, perguntou. Sou Napoleão, o *locus classicus* do louco clássico. Por quê?

— Se descobrirem, me digam! — disse com um olhar malicioso antes de fazê-los atravessar o corredor e entrar nos escritórios para retomar o tema do secretário, que deixara, segundo lhes disse, "pendente".

* * *

Os escritórios estavam mobiliados com todo o luxo mas muito deteriorados, com uma película de pó cinzento sobre a superfície das poltronas de couro e das longas mesas de mogno e manchas de umidade nos tapetes e nas paredes, além das janelas quebradas e das cagadas de pomba que semeavam todo o assoalho de manchas brancas, já que os pássaros — não só as pombas, também os pardais e os joões-de-barro e os tico-ticos e mesmo um gavião — voavam pelos telhados, pousavam nos ferros cruzados no alto da fábrica e entravam e saíam do edifício e às vezes faziam seus ninhos em diferentes lugares da construção sem serem vistos — aparentemente — pelo Industrial, ou pelo menos sem serem considerados de interesse ou de importância suficientes para interromper seus atos e seus ditos.

De modo que fora obrigado a pôr outro anúncio, desta vez na rádio da Igreja, na rádio da paróquia, na verdade, a X-8 Rádio Pio XII, e vários sacristães e membros da Ação Católica haviam se apresentado, bem como vários seminaristas que precisavam passar um tempo na vida civil e demonstravam certa indecisão pessoal que Luca captou de imediato, como se fossem crianças alegres, dispostas a colaborar, caridosos, mas pouco inclinados a se instalar na fábrica com a dedicação exclusiva exigida pelo Industrial. Até que por fim, quando ele já desesperava de obter êxito depois de entrevistar vários postulantes, viu aparecer um jovem pálido que imediatamente lhe confessou que interrompera seu sacerdócio antes de tomar as ordens porque duvidava de sua fé e queria passar algum tempo no cenário secular — foi o que disse —, como lhe aconselhara seu confessor, o padre Luis, e ali estava, vestido de preto, com o colarinho branco circular ("*clergyman*"), para demonstrar que ainda trazia, dissera-lhe, "o sinal de Deus". O senhor Schultz.

— Por isso o contratamos, porque entendemos que Schultz era, ou seria, o homem indicado para nosso trabalho jurídico. Por acaso a justiça não se funda na crença e no verbo, tal como a religião? Existe uma ficção judicial, assim como existe uma história sagrada, e nos dois casos acreditamos somente no que está bem contado.

Luca lhes disse que o jovem secretário estava agora em seu gabinete organizando a correspondência e o arquivo e copiando à máquina os ditados noturnos, mas que em breve poderíamos conhecê-lo.

Contratara-o em tempo integral — casa e comida, sem salário, mas com honorários elevados, que lhe seriam pagos quando recebessem o dinheiro pelo qual iam litigar com o canalha do Cueto nos tribunais — e lhe destinara o segundo quarto dos arquivos, ao lado da sala de reuniões. *Para tê-lo ao alcance da mão.* Precisava de um secretário de extrema confiança, um crente, uma espécie de convertido, ou seja, precisava de um fanático, de um ajudante destinado a servir a causa, e mantivera com o candidato — finalmente escolhido — uma longa conversa sobre a Igreja católica, como instituição teológico-política e como missão espiritual.

Nestes tempos de desencanto e ceticismo, com um Deus ausente — dissera-lhe o seminarista —, a verdade estava nos doze apóstolos que o haviam visto jovem e sadio e em pleno uso de suas faculdades. Era preciso acreditar no Novo Testamento porque ele era a única prova da visão de Deus encarnado. No início os apóstolos eram doze, dissera o seminarista, *mais um traidor,* adicionamos nós, disse-lhes Luca, e o seminarista enrubescera porque era tão jovem que para ele aquela palavra tinha pecaminosas conotações sexuais. A ideia de um pequeno círculo, de uma seita alucinada e fiel *porém* com um traidor infiltrado em seu seio, um delator que não é estranho à seita mas que faz parte *essencial* de sua estrutura, essa é a verdadeira forma de organização de toda sociedade íntima. É preciso agir sabendo que se tem um traidor infiltrado nas fileiras.

— Foi isso que nós *não* fizemos quando organizamos o conselho (doze membros) que passou a dirigir nossa fábrica. Havíamos deixado de ser uma empresa familiar para transformar-nos numa sociedade anônima com um conselho, e o primeiro erro foi esse. Ao deixar de funcionar na rede familiar, meu irmão e meu pai começaram a vacilar e perderam a confiança, e perante as sucessivas crises econômicas e as arremetidas dos credores, deixaram-se seduzir pelo canto de sereia do Abutre Cueto, com seu sorrisinho perpétuo e seu olho de vidro; porque os cantos das sereias sempre são anunciadores de riscos que devem ser evitados, os cantos de sereia sempre são advertências que convidam a não agir, por isso Ulisses tapou os ouvidos com cera para não ouvir os cantos *maternos* que nos chamam a atenção para os riscos e os perigos da vida e nos imobilizam e anulam. Ninguém faria nada se tivesse de evitar todos os riscos não previstos de suas ações. Por isso Napoleão é o ídolo de todos os loucos e de todos os fracassados, porque corria riscos, como um jogador que aposta tudo numa carta e perde, mas entra novamente na partida seguinte com a mesma coragem e o mesmo vigor. Não há contingência nem acaso, há riscos e há conspirações. A sorte é manipulada a partir das sombras: antes atribuíamos as desgraças à ira dos deuses, depois à fatalidade do destino, mas agora sabemos que na realidade ela decorre de conspirações e manipulações ocultas.

"Há um traidor entre nós" — disse-lhes, sorrindo, o Industrial — essa deve ser a palavra de ordem básica de todas as organizações. — E com um gesto apontou para a rua, para as paredes e as pichações dos muros externos da fábrica. — E foi isso que

aconteceu conosco — disse Luca —, porque no seio de nossa empresa familiar havia um traidor que aproveitou a propriedade de família para *encaçapar a lebre* — disse, utilizando, como era habitual nele, metáforas campestres que denunciavam sua origem, ou pelo menos seu local de nascimento.

Luca contou que, segundo o seminarista, havia duas tendências contraditórias no ensinamento de Cristo, duas tendências que colidiam e se contradiziam uma à outra: de um lado os analfabetos e os tristes do mundo, pescadores, artesãos, prostitutas, camponeses pobres, que recebiam longas metáforas claríssimas do Senhor, relatos, e não conceitos, histórias, e não ideias abstratas. Esse ensinamento argumenta com narrativas, com exemplos práticos da vida diária, e desse modo se opõe às generalizações intelectuais e abstrações dos letrados e dos filisteus, eternos leitores de textos sagrados, decifradores do Livro, os sacerdotes e rabinos e os homens ilustrados a quem o *Cristo* — era analfabeto?, que foi mesmo que certa vez ele escreveu na areia?, um traço indecifrável ou uma única palavra? E se ele detinha o saber absoluto de Deus e conhecia todas as bibliotecas e todos os escritos e sua memória era infinita? — desprezava e não anunciava um bom fim, enquanto para os pobres de espírito, os infelizes da terra, os humilhados e os ofendidos estava destinado o reino dos céus.

O outro ensinamento era o inverso: só um pequeno grupo de iniciados, uma minoria extrema, pode guiar-nos para as altas verdades ocultas. Mas esse círculo iniciático de conspiradores — que partilham o grande segredo — age com a convicção de que há um traidor entre eles e por isso diz o que diz e faz o que faz sabendo que será traído. O que ele diz pode ser decifrado de inúmeras maneiras, e mesmo o traidor desconfia do sentido expresso e não sabe bem o que dizer e o que delatar. Dessa forma é possível entender que de repente aquele jovem pregador palestino — um pouco tresnoitado, um pouco esquisito, que abandonou a família e fala sozinho e prega no deserto, curador, adivinho e mão-santa —, que em sua oposição ao exército romano de ocupação anunciava um reino futuro, proclame que é o Cristo e o Filho de Deus (*Tu o disseste*, dissera). Essa versão teológico-política da comunidade excêntrica, dizia o seminarista, segundo Luca, era clássica numa seita secreta que sabe que há um traidor em suas fileiras e recorre às instâncias ocultas para proteger-se. Por outro lado, possivelmente fossem uma seita de comedores de cogumelos. Por isso Cristo se retira para o deserto e recebe Satanás. Essas seitas palestinas — por exemplo os essênios — ingeriam fungos alucinógenos que são a base de todas as religiões antigas, andavam pelo deserto delirantes, falando com Deus e ouvindo os anjos, e a hóstia consagrada não era mais que uma imagem dessa comunhão mística que prendia entre si os iniciados do pequeno grupo, acrescentara o seminarista num aparte, contava Luca. *Comei, esta é a minha carne.*

O secretário Schultz se mostrava inclinado a depositar sua confiança no segundo ensinamento, na tradição das "minorias convencidas", um núcleo de ativistas decididos e formados, capazes de resistir à perseguição e unidos entre si por uma substância proibida — imaginária ou não — composta de alusões secretas, de palavras herméticas, oposta ao populismo camponês que fala em linguagem popular recorrendo às sentenças conservadoras da chamada sabedoria popular. Todos consomem droga nesses povoados rurais, aqui no pampa da província de Buenos Aires ou nos campos de pastoreio e cultivo da Palestina. É impossível sobreviver de outra maneira nesta intempérie, disse o seminarista, segundo Luca, e acrescentou que sabia disso porque eram verdades aprendidas na confissão, ao longo do tempo todos confessavam que no campo não era possível viver sem consumir alguma poção mágica: cogumelos, cânfora destilada, rapé, maconha, cocaína, mate curado com genebra, iagé, xarope com codeína, seconal, ópio, chá de urtigas, láudano, éter, heroína, injeção de tabaco negro com arruda, tudo o que for possível obter nas províncias. Não fosse assim, como se explicaria a poesia gauchesca, *La Refalosa*, os diálogos de Chano e Contreras, Anastasio el Pollo? Todos esses gaúchos pirados, falando em verso rimado pampa afora... *En su ley está el de arriba si hace lo que le aproveche./ Siempre es dañosa la sombra del árbol que tiene leche.* * Para isso existem os farmacêuticos de povoado com suas receitas e suas poções. Ou por acaso os boticários não eram as figuras-chave da vida no campo? Uma espécie de consultores gerais de todas as doenças, sempre dispostos, à noite nos alpendres, a traficar com o leite das árvores e os produtos proibidos.

Entendera-se imediatamente com o seminarista porque Luca pensava na reconversão da fábrica como se ela fosse uma Igreja em ruínas que precisasse ser fundada novamente. De fato, a fábrica nascera a partir de um pequeno grupo (*meu irmão Lucio, meu avô Bruno e nós*), e nesses pequenos grupos sempre há um que vira a casaca, que vende a alma ao diabo, e fora o que acontecera com seu irmão mais velho, o filho Mais velho, o Urso, Lucio, na verdade seu meio-irmão.

— Meu irmão vendeu a alma ao diabo, sugestionado por meu pai, ele pactuou, vendeu suas ações aos investidores e nós perdemos o controle da empresa. Fez isso de boa-fé, que é como se justificam todos os delitos.

Só depois daquela *traição*, e da noite em que Luca saiu muito perturbado e teve de refugiar-se isolado durante vários dias no rancho dos Estévez, no meio do campo, só então conseguira parar de pensar da maneira tradicional para dedicar-se a construir o que agora chamava de objetos de sua imaginação.

---

* "Em sua lei está o do alto se faz o que lhe aproveite./ Sempre é daninha a sombra da árvore que dá leite." (N. T.)

Acusavam-no de ser irreal,* de não ter os pés no chão. Mas estivera pensando, o imaginário não era o irreal. O imaginário era o possível, o que ainda não é, e nessa projeção para o futuro estava, ao mesmo tempo, o que existe e o que não existe. Esses dois polos se intercambiam continuamente. E o imaginário é esse intercâmbio. Estivera pensando.

Da janela, naquele quarto do segundo andar, via-se o jardim e o pavilhão onde vivia a mãe. Em algum dos aposentos do andar de baixo estaria o velho Belladona com a enfermeira que tomava conta dele. Renzi se virou na cama voltando-se para Sofía, que estava sentada, nua, fumando, apoiada na cabeceira.

— *E sua irmã?*

— *Deve estar com o Abutre.*

— *O Abutre?*

— *Ela está saindo com Cueto de novo.*

— *Mas esse cara está em toda parte.*

— *Ela fica ansiosa quando está com ele, ansiosa, irritada...* *Mas toda vez que ele chama, ela vai.*

Cueto era altivo, segundo Sofía, superadaptado, calculista, mas dava a impressão de estar vazio; um pedaço de gelo coberto por uma couraça de adaptação e de êxito social. Estava sempre se esforçando para adular Ada ao passo que ela nunca lhe ocultava

---

* "Mais irreal era a economia, e mais ilusória. Sofrera um choque ao ver o anúncio — do presidente dos Estados Unidos, Richard Nixon, no domingo 15 de agosto de 1971 à noite — do fim da convertibilidade do dólar em ouro, fim do Padrão Câmbio Ouro (ou *Gold Exchange Standard*) criado pela Conferência de Gênova em 1922. A decisão tinha por objeto, segundo Nixon, 'proteger o país contra os especuladores que declararam guerra ao dólar'. A partir daquele momento tudo tinha virado, segundo Luca, 'uma desgraceira' e — *estivera pensando* — em breve a especulação financeira começaria a predominar sobre a produção material. Os banqueiros imporiam suas normas e as operações abstratas dominariam a economia" (informe de Schultz).

200

seu desprezo; humilhava-o em público, ria-se dele, e ninguém entendia por que ela não parava de sair com ele e continuava apegada àquele homem como se não quisesse renunciar a ele.

— Cueto é o mais hipócrita dos hipócritas, charlatão nato, um oportunista. Argh, puah.

Sofía estava enciumada. Era curioso, era estranho.

— Ah... e você fica incomodada.

— Por acaso você tem irmã?... — perguntou ela, e parecia irritada —, alguma vez você teve uma irmã?

Renzi olhou para ela, divertido. Ela já havia feito aquela pergunta. Valorizava a recompensa de ter um irmão insuportável porque o desonerara de todo e qualquer lastro familiar e ficava assombrado ao ver que Sofía estava aninhada em sua árvore genealógica como uma sempre-viva grega.

— Eu tenho um irmão mas ele mora no Canadá — disse Renzi.

Sentou-se na cama ao lado dela e começou a acariciar seu pescoço e sua nuca, com um gesto que se tornara um hábito em sua vida com Julia, e foi como se agora também Sofía se acalmasse, com aquela carícia que não era para ela, porque apoiou a cabeça no peito de Emilio e começou a murmurar.

— Não estou ouvindo.

— Ela era uma menina quando começou a história com Cueto... Ficou marcada. Tem uma fixação nele. Uma fixação — repetiu como se a palavra fosse uma fórmula química. — Que pena que não fui eu, e não ela, quem primeiro deixou de ser virgem.

— Como? — disse Renzi.

— Ela foi seduzida... mas não permiti que se casasse, fui viajar com ela.

— E voltaram com Tony.

— É — disse ela.

Levantara-se, enrolada no lençol, e desmanchava a pedra de cocaína com uma gilete sobre o mármore da mesa de cabeceira.

16.

Durante sua crise nervosa, quase um ano antes, trancado naquela casa de campo, passara as noites — na varanda aberta, iluminado por um sol noturno, ouvindo os grilos e os cachorros distantes até o dia começar a clarear e ouvirem-se os cantos dos galos — lendo Carl Jung, e concluíra que os *processos de individuação*, em sua vida, encarnavam ou expressavam um universo que tentava desvendar. Era uma pessoa que perdera o rumo e andava aos solavancos procurando o caminho pelo campo arado, e seu carro ia tão depressa que ele não conseguia sair do sulco do arado e parecia que nunca conseguiria chegar ao destino pelos desvios, as valas, os pinheirais abertos e o rio Bermejo.

Quando seu irmão o traiu, Luca começara a deambular, perdido, *como mosca sem cabeça*, pelos caminhos. Chegara sem avisar, naquela tarde, ao escritório da empresa no povoado e surpreendera o irmão numa reunião não comunicada com os novos acionistas e com Cueto, o advogado da fábrica. Queriam dar a maioria e o direito de decisão no conselho aos intrusos, porque ele, seu irmão, temia que a alta do dólar e a política cambiária do governo os impedissem de saldar as dívidas contraídas em Cincinatti ao comprar a grande maquinaria — uma guilhotina gigante e uma dobradeira gigante — que podiam ver ali embaixo caso se debruçassem na sacada.

Ao ver Luca aparecer no escritório, Lucio sorriu com aquele sorriso que os unira durante décadas, um gesto de intimidade entre dois irmãos que são inseparáveis. Haviam trabalhado juntos a vida inteira, entendiam-se sem se olhar e de repente tudo havia mudado. Luca viajara para Córdoba para pedir um adiantamento na matriz da IKA-Renault mas esquecera alguns papéis e passara pelo escritório, onde eles estavam. *Ah, infames.* Compreendeu na hora o que estava acontecendo. Não falou com os intrusos, nem olhou para eles. Estavam sentados ao longo da mesa de reuniões; Luca entrou, sereno, os outros olharam para ele em silêncio; sentiu que estava com a garganta seca, uma ardência provocada pelo pó da estrada. "Me deixe explicar", disse-lhe Lucio. "É para o nosso bem", como se seu irmão tivesse perdido a cabeça, sido vítima de um feitiço. Ao lado, Cueto, a hiena, sorria, mas Luca só perdeu a calma ao ver que o irmão também sorria beatificamente. Não há nada pior que um inocente, um idiota que faz o mal pensando que é o bem e sorri, angelical, satisfeito consigo mesmo e com suas boas ações. "Vi tudo vermelho", disse Luca. Foi para cima do irmão, que era alto como uma torre, derrubou-o da cadeira com um trompaço e Lucio não se defendeu, fato que aumentou a fúria de Luca, que acabou se controlando para evitar uma desgraça e deixou o outro jogado no chão e, nauseado como estava, saiu, a consciência perturbada. E então compreendeu que fora o pai quem convencera Lucio, primeiro o assustara e depois o obrigara a ouvir — e aceitar — os conselhos de Cueto.

Quando percebeu, estava no carro, dirigindo estrada afora, porque dirigir o tranquilizava, o acalmava, e assim chegou à es-

203

tância dos Estévez. O que acontecera antes não recordava. Disseram-lhe que o comissário Croce o encontrara com um revólver na mão rondando a casa de seu pai, mas ele não se lembrava, como se não tivesse acontecido, só se lembrava dos faróis do carro iluminando a porteira da residência e do caseiro que abriu para ele e o fez entrar e se lembrava do caminho de acesso, entre as árvores do pomar. Passou vários dias sentado numa cadeira de braços, de madeira, na varanda, olhando o campo. Fumava, tomava mate, olhava o caminho bordejado de álamos, o cascalho, a cerca de arame, os pássaros que voavam em círculo, e mais adiante o pampa vazio, sempre imóvel. Chegavam-lhe vozes distantes, palavras estranhas, gritos, como se seus inimigos tivessem se conjurado para perturbá-lo. Alguns raios brancos, líquidos, desciam do céu e fazia seus olhos arderem. Viu uma tempestade armar-se ao fundo, as nuvens pesadas, os animais correndo para refugiar-se debaixo das árvores, a chuva interminável, um pano úmido sobre o gramado. Naquele momento seu corpo pareceu sofrer estranhas transformações. Começara a pensar como seria ser uma mulher. Não conseguia tirar aquela ideia da cabeça. Como seria ser uma mulher no momento do coito? Era um pensamento claríssimo, cristalino, como a chuva, como se estivesse jogado no campo no meio do aguaceiro e começasse a afundar no barro, uma sensação viscosa na pele, uma mornidão úmida, enquanto submergia. Às vezes dormia ali mesmo, ao relento, e despertava com o clarear do dia, na cadeira da varanda, sem pensamentos, como um zumbi no meio do nada.

E ali, naquelas jornadas sempre iguais, durante seu *surmenage*, na casa de campo, uma noite ao entrar na casa para buscar uma manta encontrara um livro que não conhecia, o único livro que encontrou e conseguiu ler naqueles dias e dias de isolamento que passara na estância dos Estévez, um livro encontrado num desses lúgubres roupeiros rurais, com espelhos e portas altas —

nos quais nos escondemos quando crianças para ouvir as conversas dos adultos —, ao remexer a roupa de inverno, de repente o vira, como se estivesse vivo, como se fosse um bicho, uma raposa, o tal livro, como se alguém o tivesse esquecido ali, para nós, para ele. *O homem e seus símbolos*, do doutor Carl Jung.

— Por que o livro estava ali, quem o deixara é coisa que não nos interessa, mas ao lê-lo descobrimos o que já sabíamos, e naquele livro encontramos uma mensagem que nos era dirigida pessoalmente. *O processo de individuação*. Qual era o propósito de toda a vida onírica do indivíduo?, perguntava-se o Mestre Suíço. Descobrira que todos os sonhos sonhados por uma pessoa ao longo de sua vida parecem obedecer a determinada organização, que o doutor Jung chamava de plano diretor. Os sonhos produzem cenas e imagens diferentes a cada noite, e as pessoas que não são observadoras provavelmente não se dão conta de que existe um modelo comum. Mas se observamos nossos sonhos com atenção durante um período determinado (por exemplo um ano), diz Jung, e anotamos e estudamos toda a série, vemos que certos conteúdos emergem, desaparecem e tornam a aparecer. *Essas alterações, segundo Jung, podem acelerar-se se a atitude consciente do sonhador estiver sob a influência da interpretação adequada de seus sonhos e de seus conteúdos simbólicos.*

Era isso o que ele encontrara, como se fosse uma revelação pessoal, uma noite ao procurar uma manta num roupeiro rural, na casa dos Estévez; descobrira, por acaso, o mestre Jung, e assim pudera entender e em seguida perdoar a seu irmão. Mas não ao pai. O irmão estava possuído, só um possuído pode trair a família e vender-se a um punhado de estranhos e deixar que eles se apropriem da empresa familiar. O pai, contudo, era lúcido, cínico e calculista. Urdira em segredo, ao longo de dias e dias — com Cueto, *nosso assessor legal* —, a armadilha para convencer Lucio a vender suas ações preferenciais e ceder a maioria aos intrusos. Em troca de quê? Seu irmão traíra por terror à incerteza econômica. O pai, porém, raciocinara como um homem do campo que quer se manter sempre no seguro.

Ali, naquele isolamento, Luca compreendera a infelicidade daqueles homens presos à terra, obtivera o que denominou *uma certeza*. O campo arruinara sua família, o campo a destruíra porque eles não haviam sido capazes de sair dali, como fizera sua mãe, ao fugir do lugar, da planície vazia. Seu irmão mais velho, por exemplo, pudera viver a felicidade de ter uma mãe.

— Mas antes de eu nascer — disse, usando a primeira pessoa do singular — minha mãe já se cansara da vida no campo, da vida familiar, e começara a se encontrar em segredo com o diretor de teatro pelo qual depois largaria meu pai enquanto eu estava em seu ventre. Minha mãe deixou meu irmão, que tinha três anos, abandonado no chão de terra do pátio e fugiu com um homem cujo nome não pronunciarei, por respeito, foi embora com ele e comigo em seu interior, e eu nasci enquanto eles viviam juntos, mas depois, quando também eu completei três anos, me abandonou (como abandonara meu irmão) e foi para Rosario, ensinar inglês no Toil and Chat, e depois voltou para a Irlanda, onde vive. Sempre sonho com ela — disse depois —, com minha mãe, a Irlandesa.

Às vezes tinha a sensação, em seus sonhos, de que certa força *suprapessoal* interferia ativamente de forma criativa e se dirigia a um desígnio secreto, e que por isso conseguira nos últimos meses construir os objetos de seu pensamento como realidades e não apenas como conceitos. Produzir diretamente o que pensava e não pensar simples ideias, mas objetos reais.

Por exemplo, alguns objetos que projetara e construíra nos últimos meses. Antes não existia nada igual, não havia um modelo prévio, nada que ele pudesse copiar: era a produção precisa de objetos pensados que não existiam previamente. Diferença absoluta do campo, onde tudo existe naturalmente, onde os produtos não são *produtos*, mas uma réplica natural de objetos anteriores que se reproduzem da mesma maneira uma e outra vez.* Um campo de trigo é um campo de trigo. Não há nada a fazer, exceto arar um pouco, rezar para que não chova ou para que chova, porque a terra se encarrega de fazer o que é preciso. O mesmo com as vacas: andam por aí, pastam, às vezes é preciso tirar os bichos que elas juntam, dar um talho nelas se estiverem com gases, levar para o curral. E pronto. As máquinas, em compensação, eram instrumentos muito delicados; servem para realizar novos objetos inesperados, cada vez mais complexos. Achava que nos sonhos conseguiria encontrar as indicações necessárias para dar prosseguimento à empresa. Avançava às cegas, em busca da configuração de um plano preciso na série contínua de seus materiais oníricos, que era como o Mestre Suíço chamava os sonhos. Agradava-lhe a ideia de que fossem materiais, ou seja, que fosse possível trabalhá-los, como quem trabalha a pedra ou o cromo.

— Anotamos nas paredes o que permanece na lembrança, nunca o sonho tal como o sonhamos, são restos, como os ferros e as engrenagens que sobrevivem a uma demolição. Estamos utilizando metáforas — disse.

Muitas vezes tratava-se apenas de uma imagem. *Uma mulher na água com uma touca de banho de borracha.* Às vezes era só uma frase: *Foi bastante natural que Reyes se unisse a nosso time em Oxford.* Anotava esses restos e depois os relacionava com

---

* "Demócrito, na Antiguidade, já assinalara: *A mãe terra, quando frutificada pela natureza, dá à luz as colheitas para alimento dos homens e dos animais. Porque o que provém da terra deve voltar à terra e o que provém do ar, ao ar. A morte não destrói a matéria: na verdade interrompe a união de seus elementos para que eles renasçam sob outras formas. Muito diferente é a indústria, etc."* (informe de Schultz).

os sonhos anteriores, como se fossem um único relato que ia se construindo em fragmentos descontínuos. Sonhava sempre com a mãe, via-a de cabelo vermelho, rindo, no pátio de terra que dava para a rua. Não tinha paz enquanto não conseguisse integrar as imagens naturalmente. Era um trabalho intenso, que lhe tomava parte da manhã.

As anotações nas paredes eram uma trama de frases unidas entre si por setas e diagramas; havia palavras sublinhadas ou circundadas por círculos, conexões rápidas, linhas e desenhos, fragmentos de diálogo, como se na parede trabalhasse um pintor que estivesse tentando compor um mural — ou uma série de murais — copiando um hieróglifo na penumbra. Parecia uma história em quadrinhos, na verdade, um *comics* em branco e preto: o balãozinho dos diálogos e os personagens iam montando uma trama. *As aventuras de Vito Nervio*, disse Luca, e olhou para nós com um sorriso cálido; alto e pesado, o rosto avermelhado e os olhos azuis, apoiado de costas nas paredes rabiscadas da fábrica, sorria.

Na época seu projeto era registrar todos os seus sonhos durante um ano para poder finalmente intuir a direção de sua vida e agir de maneira condizente. Um plano, a antecipação inesperada do que está por vir. Finalmente entendera que a expressão *estava escrito* se referia ao resultado dessas operações de registro e interpretação dos materiais fornecidos pelo inconsciente coletivo e os arquétipos pessoais. Seus sonhos — confessaria mais tarde — eram antecipações herméticas do futuro, as partes descontínuas de um oráculo.

— Como se o mundo fosse uma nave espacial e só nós pudéssemos escutar o som emitido pela ponte de comando e ver as luzes intermitentes e escutar as conversas e a troca de instruções entre os pilotos. Como se somente com nossos sonhos pudéssemos conhecer o plano de viagem e desviar a nave quando ela perdesse o rumo e estivesse a ponto de se espatifar. Trata-se —

208

disse —, claro, de uma metáfora, de um símile, mas também de uma *verdade literal.* Porque trabalhamos com metáforas e analogias, com o conceito de *igual a,* com os mundos possíveis, buscamos a igualdade na absoluta diferença do real. Uma ordem descontínua, uma forma perfeita. O conhecimento não é o desvendamento de uma essência oculta, mas uma conjugação, uma relação, uma semelhança entre objetos visíveis. Por isso — e usou novamente a primeira pessoa do singular — só posso expressar--me por meio de metáforas.

Por exemplo, o mirante, que era a abertura que permitia avistar as luzes da ponte de comando e escutar as vozes distantes da tripulação. Queria transcrevê-las. Por isso precisava de um secretário que o ajudasse a copiar. E por isso sua tabela de interpretar fora construída para que se pudessem ler todos os sonhos ao mesmo tempo.

— Venham vê-la — ordenou.

— *Foi por isso que eu me separei* — *disse Renzi.*
— *Que estranho...*
— *Qualquer explicação serve...*
— *E o que você andava fazendo?*
— *Nada.*
— *Como, nada?*
— *Escrevendo um romance.*
— *É mesmo?*
— *Um sujeito conhece uma mulher que imagina que é uma máquina...*
— *E?*
— *Só isso...*
— *O problema é sempre o que a gente* acha *que sente ou* acha *que pensa* — *disse Sofía dali a pouco.* — *Por isso, para po-*

der aguentar, é preciso uma ajuda, uma poção, um preparado milagroso.

— A potência da vida... Nem todo mundo consegue suportar...

— Claro, é um cimo, um desfiladeiro... você cai, plaf.

— Completamente de acordo... Renzi adormecera; a lâmpada de cabeceira coberta por um lenço de gaze produzia uma luz avermelhada.

— Dentro de dois, não, dentro de três anos — disse Sofía, olhando para os dedos da mão — vou engravidar... ficar prenhe... em estado interessante... — Ria. — Quero ter um filho que faça vinte e cinco anos no ano 2000.

Luca os levou até um pequeno aposento ao lado de seu gabinete — a sala de trabalho,* como ele a chamava — com o aspecto de um laboratório, com lupas e réguas e compassos e pranchas de arquiteto e fotos dos diferentes momentos da construção de diversos aparelhos. A um lado sobre a mesa via-se um cilindro com tabuinhas de madeira marrom, parecendo uma persiana com cortininhas, ou a montagem mecânica de uma série de tablas egípcias escritas com letra minúscula como pegadas de mosca, cobrindo toda a superfície. Usava-as como minúsculas lousas onde, com

---

* "'Trabalhava de forma regular, muitas horas, durante a noite e à tarde, sem se permitir nenhuma irregularidade, com grande esforço e grande fadiga. Manifestava uma confiança inquebrantável no 'incomensurável valor' de sua obra. Nunca se deixou abater pelas dificuldades e jamais admite que o fracasso de sua empresa seja possível, não aceita a menor crítica, tem uma confiança absoluta no destino que lhe está reservado. Por isso, para ele não faz diferença ser ou não reconhecido. 'Nos preocupamos com os elogios e as honrarias na exata *medida* em que não estamos seguros quanto ao que realizamos. Mas aquele que, como nós, está seguro, absolutamente seguro, de ter produzido uma obra de grande valor, não tem por que dar importância a honrarias e se sente indiferente diante da glória mundana'" (informe de Schultz).

lápis de cores diferentes, escrevia palavras e desenhava as imagens que se relacionavam com os sonhos. "Esses que estão nas tabuletas são os sonhos já contados", disse. Uma série de engrenagens niqueladas punha as lâminas em movimento, *como um pássaro adejando*, e as palavras mudavam de lugar, permitindo diferentes leituras das frases, ao mesmo tempo simultâneas e sucessivas. *Minha mãe no rio, com o cabelo vermelho coberto por uma touca de borracha.* "*Foi bastante natural, dissera, que os Reyes se unissem a nosso time em Oxford.*" Esse era um exemplo simples de uma interpretação preliminar. Sua mãe, na Irlanda, viajara a Oxford? Los Reyes, ou a família Reyes? A pergunta, claro, era: o que — e como — pôr em ação, articular e construir um sentido possível?

Aquele era o segundo aposento dos arquivos, e decidira eliminar aqueles arquivos da sala de cima para instalar — em vez dos arquivos — seu catre de campanha. Aquele novo local de descanso era exatamente idêntico ao que ficava no andar de cima e Luca acrescentou que não apenas era exatamente igual como ocupava exatamente o mesmo espaço, um em cima do outro obedecendo a um eixo vertical perfeito.

— Aqui dormimos em determinada direção, sempre na mesma direção, como os gaúchos, que quando se internavam no deserto punham a montaria na direção da marcha e assim dormiam, para não se perderem no campo. Não perder o sentido, o fiel da direção. — Depois de muitos meses de testes compreendera que não apenas era necessário como também imprescindível que ao dormir tudo ficasse exatamente igual noite após noite, mesmo que dormisse em diferentes lugares da fábrica, conforme sua atividade o surpreendesse, para que os sonhos continuassem repetindo-se sem mudanças espaciais.

Naquele momento apareceu um homem enxuto, vestindo macacão, de aspecto muito cuidado, que ele apresentou como seu principal ajudante, Rocha, um técnico mecânico que fora primeiro oficial na fábrica e a quem Luca mantivera como seu principal consultor. Rocha fumava, cabisbaixo, enquanto Luca elogiava suas qualidades de artífice e sua precisão milimétrica. Rocha entrou seguido pelo cachorro de Croce, o cusquinho que andava de banda, que aparecia para visitá-lo, como dizia, e com quem falava como se fosse uma pessoa. O cachorro era a única criatura viva em cuja existência Rocha parecia reparar com interesse, como se estivesse realmente intrigado por sua existência. O cachorro estava todo torto como se sofresse de um estranho mal que não o deixasse andar erguido e o fizesse perder a orientação, e se movia de viés, como se um vento invisível o impedisse de avançar em linha reta.

— Este cachorro que vocês estão vendo — disse Rocha — sobe do povoado até aqui, sempre meio de lado, dando voltas e mais voltas quando perde o rumo, e percorre todos esses quilômetros em dois ou três dias até que no fim aparece aqui e fica algum tempo conosco e depois de repente uma bela noite parte outra vez para a casa de Croce.

A morte inesperada de seu irmão mais velho *num acidente* — disse Luca de chofre — salvara a fábrica. Dois meses depois da briga, Lucio telefonara para ele, fora até lá de carro para buscá-lo, e morrera. O que é um acidente? Uma produção perversa do acaso, um desvio na continuidade linear do tempo, uma interseção inesperada. Uma tarde, estando ele naquele mesmo lugar onde estávamos agora, toca o telefone, que quase nunca tocava, e na ocasião ele decidira que não ia atender e saiu para a rua, mas voltara porque estava chovendo (de novo!), e Rocha, sem que ninguém lhe pedisse, como quem recebe um telefonema pessoal, tirara o fone do gancho e era tão lento, tão deliberado e cuidadoso para fazer qualquer coisa, que ele tivera tempo de sair da fábrica e entrar novamente antes que lhe dissesse que seu irmão estava

212

ao telefone querendo falar com ele. Queria conversar, ia passar com a caminhonete para buscá-lo para que os dois fossem tomar uma cerveja no Madariaga.

Não pudera prever a morte do irmão porque ainda não era capaz de interpretar seus sonhos, mas a morte de Lucio fazia parte de uma lógica que ele estava tentando decifrar com sua máquina Jung. Aquele acontecimento fora um eixo axial e ele queria entender o elo que o produzira. Podia remontar aos tempos mais remotos para chegar ao instante preciso em que ele se produziu; uma sucessão imprecisa de causas alteradas.

Não pudera deixar de pensar no instante imediatamente anterior ao telefonema do irmão.

— Havíamos saído — disse. — Estávamos aqui onde estamos agora e havíamos saído, mas ao verificar que chovia entramos novamente em busca de um chapéu que nos protegesse da chuva e naquele momento meu assistente, Rocha, torneiro especializado e primeiro oficial da fábrica, me disse que nosso irmão queria falar conosco ao telefone e estacamos e voltamos atrás para atender o telefone. Poderíamos não ter recebido a ligação, se tivéssemos saído e *não* tivéssemos tornado a entrar em busca de nosso chapéu de chuva.

Naquela noite o irmão ligara para ele, obedecera a um impulso, disse que tivera a ideia de passar pela fábrica para buscá-lo para que os dois fossem tomar uma cerveja. Luca já estava fora do aposento quando o telefone tocou, mas entrou novamente por causa da chuva e Rocha, que estava quase desligando e já dissera a Lucio que Luca havia saído, ao vê-lo entrar informou-o que o irmão estava ao telefone.

— Onde você andava? — perguntara o Urso.

— Tinha saído para pegar o carro, mas vi que estava chovendo e entrei para buscar o chapéu.

— Vou passar por aí para a gente ir tomar uma cerveja.

Haviam falado como se tudo continuasse igual a antes e a reconciliação fosse líquida e certa, não precisavam explicar nada, afinal eram irmãos. Era a primeira vez que se viam desde o incidente no escritório, durante a reunião com os investidores. Lucio passara para buscá-lo com a rural Mercedes-Benz que comprara uns dias antes, equipada com um sistema de antirradar que neutralizava os controles de velocidade, utilizava-o para visitar uma namorada em Bernasconi, ia em três horas, dava uma trepada e voltava em três horas. "As costas, nem te conto", dizia o Urso. Depois disse que com aquele aguaceiro era melhor que fossem pela estrada e pegassem a saída para Olavarría e na rotatória Lucio se distraíra.

"Escute uma coisa, irmãozinho", Lucio começara a dizer, e virara o rosto para olhar para ele, e naquele instante uma luz viera para cima deles, uma espécie de aparição, no meio da chuva, na curva da rodovia que bordeja o campo dos Larguía, e eram os faróis altos de um caminhão de fazenda, e Lucio acelerou e com isso salvou a vida de Luca, porque o caminhão não pegou a caminhonete pelo meio, só resvalara pela traseira, e o irmão fora com tudo de encontro ao volante, mas Luca foi jogado para fora e caiu no barro, são e salvo.

— Me lembro de tudo como se fosse uma fotografia e não consigo me ver livre da imagem dos faróis iluminando o rosto de meu irmão, que havia se virado para olhar para mim com uma expressão de compreensão e alegria. Eram 9h20, quer dizer, 21h20, meu irmão acelerou e o caminhão mal raspou a ré da rural e desgovernou o carro e me jogou no barro. Quando meu irmão morreu, meu pai e eu nos encontramos no enterro e ele resolveu me dar o dinheiro que estava com ele, do nosso patrimônio familiar, depositado sem ser declarado num banco dos Estados Unidos, e foi minha irmã Sofía que disse a ele para nos dar a parte que nos cabe da herança de minha mãe, e é isso que vamos explicar no tribunal mesmo tendo de questionar a honradez de nosso pai, mas, claro, aqui todo mundo sabe que é assim que se faz, todo mundo especula com moeda estrangeira.* Ele concordou em enviar-nos pessoalmente o necessário para pagar a hipoteca e recuperar a escritura da fábrica.

A morte de Tony fora um episódio confuso, mas Luca tinha certeza de que o culpado não era Yoshio e acreditava na hipótese de Croce. Tinha certeza de que receberia o dinheiro sem maiores dificuldades assim que mostrasse os papéis e certificados do Summit Bank.

— Mas é melhor descermos para ver as instalações — disse.

— *Minha mãe diz que ler é pensar* — *disse Sofía.* — *Não é que a gente leia e depois pense; ela acha que a gente pensa alguma coisa depois lê aquela coisa num livro que parece que foi escrito por nós, mas que alguém, em outro país, em outro lugar, no passado, escreveu como um pensamento ainda não pensado, até que, por acaso, sempre por acaso, descobrimos o livro onde está claramente expresso o que estivera, confusamente, ainda não pensado por nós. Nem todos os livros, é claro, mas certos livros que parecem objetos de nosso pensamento e que nos estão destinados. Um livro para cada um de nós. Para encontrá-lo, requer-se uma série de acontecimentos encadeados acidentalmente para que afinal possamos ver a luz que, sem saber, estamos procurando. No meu caso foi o* Me-ti *ou livro das transformações. Um livro de máximas. Amo a verdade porque sou mulher. Fiz minha formação com Grete Berlau, a grande fotógrafa alemã que estudou na Bauhaus, ela usava o* Me-ti *como manual de fotografia. Foi convidada*

---

* "Sou curioso demais e esperto demais e altivo demais para me comportar como uma vítima" (ditado a Schultz).

215

*a dar aulas na faculdade porque o decano achava que um enge-
nheiro agrônomo precisava aprender, para reconhecer as diferentes pastagens das estâncias, as diferentes maneiras milimétricas
de ver. "Na campo ninguém verr nada, não há borrdas...* é preciso recorrtar para verr. Fotogrrafar é como rrastrear e rrastelar."
Assim falava Grete, com um sotaque fortíssimo. Lembro-me de que
uma vez ela pôs minha irmã e eu uma do lado da outra e nos tirou uma série de fotos, e pela primeira vez deu para ver que nós
somos bem diferentes. "Só se vê o que se fotografou", dizia. Foi
amiga de Brecht e havia vivido com ele na Dinamarca. Diziam
que ela era a Lai-Tu do Me-Ti.***

---

* "O pampa é um meio privilegiado para a fotografia por sua distância, seu
efeito de desdobramento e sua plenitude intensa que se perde no não espaço
da privação visual" (nota de Grete Berlau).

** Dois anos depois dos acontecimentos registrados nesta crônica, no dia 15 de
janeiro de 1974, Grete Berlau bebeu um ou dois copos de vinho antes de se
deitar e depois, já na cama, acendeu um cigarro. Possivelmente tenha adormecido enquanto fumava e morreu asfixiada no quarto incendiado. "É preciso
abandonar o hábito de falar sobre assuntos que não se conseguem resolver falando" era um dos ditos de Lai-Tu recolhidos por Brecht no *Me-ti ou livro das
transformações*.

17.

Desceram pela escada interna que levava às instalações da fábrica e começaram a percorrê-las, surpresos com a elegância e a amplitude da construção.* A oficina ocupava quase duas quadras e parecia um lugar abandonado precipitadamente devido à iminência de um cataclismo. Uma paralisia geral afetara aquela mole de aço assim como uma apoplexia cerebral deixa seco — mas com vida — um homem que bebeu e fornicou e gozou a vida até o instante fatal em que — de um segundo para outro — um ataque o faz deter-se para sempre.

Linhas de montagem imóveis, uma seção de estofamento com os couros já tingidos e os assentos no chão; rodas, pneus, câmaras de ar, tudo amontoado; o galão de funilaria e pintura com lonas cobrindo as janelas e a porta; ferramentas e peças mecânicas, arruelas, polias, pequenos instrumentos de precisão jogados

---

* Metros de superfície coberta. Nave principal: 3630 m². Subterrâneos: 1050 m². Escritórios: 514 m². Sala de reuniões: 307 m². Total de superfície coberta: 5501 m². Terrenos para futuras ampliações: 6212,28 m². Total geral: 11 713,28 m².

pelo chão; rodas Stepney com raios de madeira, pneus Hutchinson, uma buzina marca Stentor, uma engenhosa turbina para encher pneus acionada pelos gases do cano de escapamento; um virabrequim com seu estranho nome, uma grande bancada de trabalho com tornos de ajustamento, aparelhos ópticos e calibradores de precisão. A sensação de abandono repentino e desânimo era um ar gelado que descia das paredes. A guilhotina Steel e a dobradeira de balanço automático Campbell compradas em Cincinatti estavam em perfeito estado. Dois carros em processo de montagem haviam permanecido suspensos sobre os poços de lubrificação no centro da fábrica. Tudo parecia à espera, como se um sismo — ou a lava cinzenta e imperceptível de um vulcão em erupção — tivesse imobilizado um dia qualquer da fábrica, no momento de seu congelamento. *Ano 1971: 12 de abril.* Os almanaques com garotas nuas de algumas borracharias da Avellaneda, o velho rádio com caixa de madeira ligado na parede, os jornais cobrindo os vidros, tudo remetia ao momento em que o tempo se detivera. Numa lousa pendurada num arame lia-se a convocação para a assembleia da comissão interna da fábrica. Não estava datada, mas era dos tempos do conflito. *Companheiros, assembleia geral amanhã para discutir a situação da empresa, as novas condições e o plano de luta.** O relógio elétrico da parede do fundo parara às 1oh4o (da noite ou da manhã?).

E então começaram a distinguir os traços da atividade de Luca. Objetos esféricos e curvos como animais de um estranho bestiário mecânico, acomodados no piso. Um aparelho com rodas e engrenagens e polias, aparentemente recém-terminado, brilhava

---

* Realizaram-se manifestações, passeatas, protestos, mas não houve apoio; os moradores da área passavam a cavalo pelos atos, cumprimentavam tocando o chapéu com o cabo do rebenque e iam em frente. "Gaúcho não faz greve", dizia Rocha, que fora o delegado da comissão interna. "Se por acaso tem algum problema, mata o patrão ou se manda; é individualista demais."

com sua pintura vermelha e branca. Numa chapinha de bronze lia-se: *As rodas de Sansão e Dalila.* Numa prancheta de desenho viam-se diagramas e plantas de uma construção monumental, fragmentada em pequenas maquetes circulares. Uma oficina onde no passado haviam trabalhado cem operários hoje era ocupada por um único homem.

— Resistimos — disse, e em seguida utilizou a terceira pessoa do singular. — Ninguém ajuda você — disse. — Dificultam tudo para você. Cobram os impostos antes de você fazer o trabalho. Mas passem, venham por aqui.

Queria mostrar-lhes a obra a que dedicara todos os seus esforços. Apontou para uma trilha entre as bielas, baterias e rodas empilhadas a um lado e, depois de cruzar uma passagem entre grandes *containers*, viram a enorme estrutura de aço que se erguia num pátio do fundo. Era uma construção cônica, de seis metros de altura, de aço canelado, apoiada sobre quatro pernas hidráulicas e pintada com pintura antioxidante de uma tonalidade tijolo-escura. Parecia um aparelho estratosférico, uma pirâmide pré-histórica ou quem sabe um protótipo da máquina do tempo. Luca chamava aquele objeto cônico e inquietante de *o mirante*.

Só dava para entrar por baixo, deslizando por entre as pernas tubulares até que dentro — ao endireitar o corpo — a pessoa se via numa barraca metálica triangular, alta e serena. Nas áreas internas havia escadas, monta-cargas de vidro, plataformas tubulares e pequenas janelas gradeadas. A construção terminava num olho de vidro de dois metros de diâmetro cercado por corredores de metal, ao qual se chegava subindo por uma escada em caracol que desembocava numa sala de controle munida de janelões e cadeiras giratórias. Lá do alto a vista era magnífica e circular. De um lado dava para ver, segundo Luca, *a orbe celeste*, mas adaptando uma série de espelhos colocados sobre placas quadradas e movidos por braços mecânicos também era possível observar o deserto. Ao longe viam-se o reflexo das grandes lagunas do sul da província e os campos inundados, uma superfície clara na vastidão amarela da planície; mais perto viam-se as lavouras, o gado disperso pela planície, as estradas passando entre os morros, ao lado das estâncias, e, por fim, jogados para a esquerda como um navio encalhado, dava para ver os telhados das casas altas do povoado, a rua principal, a praça e os trilhos da ferrovia.

Na frente das cadeiras havia um painel com comandos elétricos que permitiam girar os espelhos e também provocar uma leve oscilação na pirâmide. Sobre três suportes fixados às paredes de aço ele colocara três televisores Zenith conectados entre si por uma rede complexa de cabos e antenas móveis. As telas, ao serem ligadas, conectavam-se a canais simultâneos e permitiam acompanhar imagens diferentes ao mesmo tempo.

— Pensamos que esta máquina poderia chamar-se *Nautilus*: ela é a réplica de uma nave espacial, não um submarino, é uma máquina aérea que só produz movimentos na perspectiva e na visão daquilo que vemos aproximar-se. Este é o anúncio da nova era: veículos imóveis que trarão o mundo até nós, em vez de sermos nós a deslocar-nos para o mundo.

Levara quase um ano para construir a pirâmide, os instrumentos e as guias. Aproveitara a tecnologia da oficina para a dobradura das grandes placas de metal e a montagem sem solda fora um trabalho de relojoaria.

— Ainda não está pronta. Não está pronta e não creio que consigamos terminá-la antes do inverno.

Estava obcecado pela possibilidade de que a fábrica fosse confiscada no mês seguinte, quando vencesse a hipoteca que deveria levantar. Recebera um convite do tribunal para uma audiência de conciliação, mas postergara o encontro porque achava que ainda não estava preparado.

— Recebemos o telegrama há uma semana. Um convite para parlamentar, não usavam essa expressão mas o sentido era esse. Querem sentar-se conosco para negociar e discutir o destino dos fundos apreendidos. Estamos dispostos. Veremos o que nos propõem. Por enquanto postergamos nossa aceitação. Não escrevemos diretamente ao juiz, mas a seu secretário, e mandamos dizer a ele que nossa empresa precisava de tempo e pedimos um adiamento. Respondem-nos com telegramas ou cabogramas porém nós só lhes enviamos cartas. — Fez uma pausa. — Nosso pai intercedeu. Meu pai intercedeu, mas eu não pedi nada a ele.

— *Você sabe o que é isto?* — *perguntou Renzi, mostrando a ela o papel com o código Alas 1212.*
— *Parece um endereço.*
— *É uma financeira...*
— *No enterro de meu irmão Lucio, meu pai, mesmo os dois não se falando, tomou a decisão de fazer o dinheiro chegar às mãos de Luca.*
— *O dinheiro trazido por Tony.*
— *Eram recursos familiares, dólares que o velho tinha fora do país, que não podia ou não queria trazer legalmente.*
— *Vendeu a alma ao diabo...*
Sofía começou a rir, deitada de lado na cama, apoiada no cotovelo, com uma mão no rosto.
— Oigalê! *Mas você vive no passado...* — *Acariciou-o com o pé descalço.* — *Se pelo menos esse pacto pudesse ser feito por mim, meu bem... Você sabe como eu topo tudo, mas nunca me oferecem uma coisa que me convença...*

— Meu pai me ajudou com aquele dinheiro sem que eu pedisse, porque me viu no cemitério quando enterraram Lucio, mas eu não pedi nada. Nem morto. Me adiantou a herança, mas não quero conversa com ele. — Começou a andar pelo ateliê como se estivesse sozinho. — Não, não posso pedir nada a meu pai, nunca. — Não podia pedir ajuda à pessoa responsável por toda a sua desgraça... Por isso vacilara, mas havia interesses superiores. Parou de andar. — Enquanto eu conseguir manter a fábrica em andamento, meu pai terá seu raciocínio e eu o meu, meu pai terá sua realidade e eu a minha, cada um por seu lado. Vamos vencer. Esse dinheiro é legal, foi trazido *sub-repticiamente* mas isso é secundário, posso pagar as penalidades à DGI* quando o capital for limpo mas tenho os testemunhos de meu pai, de minhas irmãs e de minha mãe em Dublin, se preciso for, de que ele pertence à família, são bens comuns e com eles vou levantar a hipoteca. Estou a um passo de descobrir o procedimento lumínico, meu observatório só precisa de um pequeno retoque e não posso me interromper. — Acendeu um cigarro e fumou ensimesmado. — Não confio em meu pai, ele está escondendo alguma coisa debaixo do poncho, tenho certeza de que o fiscal trabalha para ele e por isso, se não estou enganado, preciso ser claro. Não entendo as razões dele, as de meu pai, e ele não entende a humilhação *insondável* a que me submete ao ter de aceitar esse dinheiro para salvar a fábrica, que é toda a minha vida.** Este lugar foi construído com a matéria dos sonhos. *Com a matéria dos sonhos.* E preciso ser fiel a esse mandato. Tenho certeza de que meu pai não foi responsável pela morte daquele rapaz, o Tony Durán.

---

* Dirección General de Impositiva, órgão do Ministério da Economia responsável pela administração dos impostos internos do país. (N. T.)

** "Às vezes ouve as risadas escarninhas de crianças. Estarão rindo dele? Odeia crianças, suas vozes, suas risadas *metálicas*, pequenos monstros infantis; os *vizinhos* o espiam, mandam os filhos para *olhar*. Seu destino é ser o celibatário, um verdadeiro não pai, o antipai, nada natural, tudo *construído*, e portanto perseguido e rechaçado" (informe de Schultz).

Por isso aceitei dele o dinheiro que me caberia como herança de minha mãe. Esta seria a frase com que se apresentaria no tribunal. Se a fábrica era sua grande obra e se já estava construída e mostrara sua eficiência, por que acabar com ela, por que fazê-la depender dos créditos? Acreditava que esses argumentos convenceriam o tribunal.

No julgamento, sua vida estaria em jogo. Luca tinha uma causa, um sentido e uma razão para viver, e para ele só aquela ilusão importava. Essa ideia fixa o mantinha vivo, não precisava de mais nada, só de um pouco de erva para o chimarrão com bolacha e poder acariciar de vez em quando o cachorro de Croce. Ficara pensativo, depois disse:

— Precisamos deixá-los. Neste momento estamos ocupados, nosso secretário os acompanhará. — E, quase sem se despedir, avançou para a escada e subiu para os andares superiores.

O secretário, um jovem de olhar esquisito, acompanhou-os até a porta de saída e enquanto os conduzia disse-lhes que estava preocupado com o julgamento, na verdade era uma audiência de conciliação. Haviam recebido a proposta do fiscal Cueto, melhor dizendo, Cueto lhes anunciara que tinha uma proposta sobre o dinheiro que o pai lhes enviara por intermédio de Durán.

— Luca não quis abrir o envelope com a tal proposta do tribunal. Diz que prefere levar seus próprios argumentos sem conhecer previamente os argumentos do rival.

Parecia assustado ou quem sabe fosse sua maneira de ser, um pouco estranha, com aquele ar desvairado dos tímidos. Seguiu-os pelo corredor e despediu-se deles na porta, e quando atravessou a rua Renzi viu a massa escura da fábrica e uma única luz iluminando o janelão dos aposentos superiores. Luca os observava por trás do vidro e sorria, pálido como um espectro que, do andar de cima, os acompanhasse em meio à noite.

* * *

Ouviram-se ruídos embaixo, na entrada, e Sofía ficou quieta, ansiosa, atenta.

— Está chegando — disse. — É ela, Ada.

Ouviu-se a porta e depois passos e um assobio baixinho, alguém entrara assobiando uma melodia e depois já não se ouviu mais nada, exceto uma persiana que se fechava num quarto ao fundo do corredor.

Sofía olhou para Emilio e se aproximou dele.

— Você quer?... Chamo ela...

— Não seja idiota... — disse Renzi, e abraçou-a. A temperatura de seu corpo era incrível, sua pele era suave e cálida, com sardas lindíssimas que desapareciam entre os pelos ruivos do púbis como um arquipélago dourado.*

— Era brincadeira, seu bobo — disse ela, e beijou-o. Acabou de se vestir. — Já volto, vou ver como está Ada.

— Me chame um táxi.

— É? — disse Sofía.

---

* Quando ela se deitava para tomar sol no gramado sobre uma lona branca, as galinhas sempre vinham bicar suas sardas...

18.

Quando Renzi voltou ao hospício para visitar Croce, encontrou-o sozinho no pavilhão, os outros dois pacientes haviam sido transferidos e quando ele cruzou o parque se aproximaram dele — o gordo e o magro — e lhe pediram cigarros e dinheiro. Ao fundo, entre as árvores, sentado numa espécie de banco de praça, viu outro paciente, um sujeito muito magro, com cara de cadáver, vestindo um sobretudo preto comprido, que se masturbava olhando para a ala feminina do outro lado de um paredão gradeado. Teve a impressão de ver uma das mulheres aparecer à janela no alto do edifício com os peitos de fora, fazendo gestos obscenos, e que o homem, com expressão aérea, olhava para ela enquanto se manipulava por entre as pregas do sobretudo aberto. Pagariam por aquilo?, pensou.

— Pagam, sim — disse Croce. — Mandam cigarros ou dinheiro para as meninas e elas aparecem na janela de cima.

Na espaçosa enfermaria vazia, com as camas desmontadas, Croce montara uma espécie de escrivaninha com dois caixotes de fruta e tomava notas, sentado de frente para a janela.

— Me deixaram sozinho, melhor, assim posso pensar e dormir sossegado. Parecia sereno, vestira o terno escuro e fumava seu charutinho. Estava com a mala feita. E quando Renzi confirmou que Luca aceitara a intimação do tribunal, Croce sorriu com seu ar misterioso de sempre.

— Era essa a notícia que eu estava esperando — disse. — Agora a questão se define.

Fez algumas anotações na pasta; agia como se estivesse em seu escritório. Os ruídos que entravam pela janela — vozes, murmúrios, rádios distantes — se confundiam, para ele, com os sons do passado. Teve a impressão de que os passos no corredor e o rangido do assoalho do outro lado da porta eram os passos da jovem com o carrinho de rodas de borracha que distribuía café nos escritórios do povoado, mas quando se levantou viu que era a enfermeira trazendo a medicação, um líquido branco num copinho de plástico que ele engoliu de uma vez só.

Renzi fez-lhe então um resumo de suas investigações no arquivo. Seguira uma série de pistas nos jornais da época e as transações levavam a uma financeira fantasma de Olavarría que comprara a hipoteca da fábrica para apropriar-se dos ativos. O código bancário ou nome legal era, aparentemente, *Alas 1212*.

— Alas? Então é controlada por Cueto...[*]

— Aparece o nome de um tal Alzaga.

— Claro, é o sócio dele...

— É isto que está em jogo — disse Renzi, e mostrou o recorte que encontrara nos arquivos. — Além disso, estão especulando com os terrenos... O Velho se opõe.

— Muito bem... — disse Croce.

Cueto fora o advogado da família e fora quem comandara a operação de apropriação das ações da sociedade anônima. Tudo

---

[*] Alusão aos significados, respectivamente, de *Alas*, asas, e *Cueto*, cimo. (N. T.)

por baixo do pano, por isso Luca culpara o pai, com razão, porque o velho confiava em Cueto e demorara a descobrir que era ele o monge negro da história. Mas agora parecia ter se afastado dele. — E o julgamento? Luca não sabe o que o espera... — Mas sabe o que quer... — disse Croce, e começou a elaborar suas hipóteses a partir da nova situação. Era óbvio que haviam querido impedir que o dinheiro chegasse a Luca, mas o crime continuava sendo um enigma. — *O intrigante* — escreveu num papel. — A *fábrica, um Centro, os terrenos lindeiros, a especulação imobiliária.* — Ficou um instante imóvel. — É preciso saber como pensa o inimigo — disse de repente. — Age como um matemático e um poeta. Segue uma linha lógica mas ao mesmo tempo associa livremente. Constrói silogismos *e* metáforas. Um mesmo elemento entra em dois sistemas de raciocínio. Estamos diante de uma inteligência que não admite nenhum limite. O que num caso é um símile, no outro é uma equivalência. A compreensão de um fato consiste na possibilidade de ver relações. Nada vale por si mesmo, tudo vale em relação com outra equação que não conhecemos. Durán — fez uma cruz no papel —, um porto-riquenho de Nova York, portanto um cidadão norte-americano, conheceu as irmãs Belladona — pôs duas cruzes — em Atlantic City e veio para cá por causa delas. As jovens tinham ou não tinham conhecimento do que se passava? Primeira incógnita. Elas responderam com evasivas, como se estivessem protegendo alguém. O jóquei foi o executante: substituiu seu equivalente. Pode ser que tenham matado Tony sem razão, para impedir que a razão real fosse investigada. Uma manobra de distração.* Mataram Tony para deslocar nosso interesse — disse.

---

* Croce compreendera o funcionamento básico do conhecimento por intuição. As evidências eram certezas a priori, nenhuma descoberta empírica poderia invalidá-las. Croce chamava esse método dedutivo de *tocar de ouvido*. E se perguntava: Onde está a música quando a pessoa toca de ouvido?

— Tinham o cadáver, tinham os suspeitos, mas o motivo era de outra ordem. Esse parecia ser o caso. *Motivação deslocada* — escreveu, e entregou o papel a Renzi.

Emilio olhou para o papel com as frases sublinhadas e as cruzes e compreendeu que Croce queria que ele chegasse às conclusões sozinho porque nesse caso poderia ter certeza — secretamente — de haver acertado o alvo.

Croce percebia um mecanismo que se repetia; o criminoso tende a se assemelhar a sua vítima para apagar as pegadas.

— Mostram um morto porque estão mandando um recado. É a estrutura da máfia: utilizam os corpos como se fossem palavras. E foi assim com Tony. Mandaram dizer alguma coisa. Temos a causa da morte de Tony, mas qual foi o motivo? — Ficou calado, olhando as árvores ralas do outro lado da janela. — Não era preciso matá-lo, coitado — disse depois.

Parecia nervoso e esgotado. A tarde caía e o pavilhão estava na penumbra. Saíram para dar uma caminhada pelo parque. Croce queria saber se Luca estava tranquilo. Estava jogando tudo naquele julgamento, pena não poder ajudá-lo, mas não havia como.

— É por isso que estou aqui — disse. — Impossível viver sem fazer inimigos, seria preciso viver trancado num quarto e nunca sair dali. Não se mexer, não fazer nada. Tudo é sempre mais idiota e mais incompreensível do que somos capazes de deduzir.

Perdera-se em seus pensamentos e quando voltou a si disse que ia continuar trabalhando. O passeio chegara ao fim; queria voltar para seu covil. Então se afastou sozinho pela senda que levava ao pavilhão e Renzi ficou olhando. Caminhava num zigue-zague nervoso enquanto se afastava, uma espécie de meneio leve, como se estivesse a ponto de perder o equilíbrio, até que se deteve antes de entrar, virou-se e acenou para ele, um leve voejar da mão, à distância.

* * *

Era uma despedida? A ideia não agradava a Renzi mas seu crédito estava acabando, era grande a pressão para que voltasse para Buenos Aires, suas matérias praticamente não eram mais publicadas, achavam que o caso estava encerrado. Junior lhe dissera para parar de embromar e cuidar do suplemento literário, e meio de gozação lhe propusera que, já que estava no campo, escrevesse uma matéria especial sobre a literatura gauchesca. Quando chegou ao hotel, Renzi descobriu as irmãs Belladona sentadas a uma mesa do bar. Aproximou-se do balcão e pediu uma cerveja. Olhou-as pelo espelho, em meio ao reflexo das garrafas, Ada falava com entusiasmo, Sofía concordava, muita intensidade entre as duas, intensidade demais... *If it was a man.* Como sempre que pensava em problemas, Renzi se lembrou de um livro que havia lido. A frase vinha de um conto de Hemingway, *"The Sea Change"*, que traduzira para o suplemento cultural do jornal. *If it was a man.* A literatura não muda, sempre é possível encontrar o que se espera. A vida, em compensação... Mas o que era a vida? Duas irmãs no bar de um hotel de província. Como se tivesse lido seus pensamentos, Sofía cumprimentou-o sorrindo. Emilio ergueu o copo de chope com o gesto de brindar com ela. Então Sofía endireitou o corpo e o chamou, uma labareda. Renzi largou o copo no balcão e se aproximou.

— E então, meninas?

— Venha tomar alguma coisa com a gente — disse Sofía.

— Não, estou de saída.

— Volta para Buenos Aires? — perguntou Ada.

— Fico para o julgamento.

— Vamos sentir sua falta — disse Sofía.

— E o que acontece agora? — perguntou Emilio.

— Vão dar um jeito... é sempre assim, por aqui... — disse Ada.

Houve um silêncio.

— Quem me dera ser adivinho... — disse Emilio. — Para ler os pensamentos de vocês...

— A gente pensa uma de cada vez — disse Ada.

— É — disse Sofía —, quando uma pensa, a outra descansa.

Continuaram brincando durante algum tempo; elas lhe contaram uma ou duas piadas nativistas meio safadas,* e no fim Renzi se despediu e subiu para o quarto.

Precisava trabalhar, organizar suas anotações. Mas estava inquieto, disperso, teve a sensação de que Sofía nunca havia estado com ele. *Estive dentro dela*, pensou, um pensamento idiota. O pensamento de um idiota. "Você pega uma mulher e ela nunca te perdoa", dizia Junior com seu tonzinho cínico e seguro de si. "Claro, *inconscientemente*", esclarecia, abrindo bem os olhos, com ar de entendido. "Pense, Eva teve o primeiro orgasmo da história feminina e a partir daí foi tudo para o caralho. E Adão dando o maior duro..." Dava-se bem com a mulherada, o Junior, e explicava a todas elas sua teoria sobre a guerra inconsciente dos sexos.

Pouco depois, Emilio pediu uma ligação para seu serviço de recados em Buenos Aires. Nada importante. Amalia, a mulher que fazia faxina em seu apartamento, perguntava se deveria continuar indo às terças e quintas mesmo ele não estando. Uma garota que não se identificara ligara para ele e deixara um número de telefone que Renzi nem sequer se deu ao trabalho de anotar.

---

* Um homem do campo, ao amanhecer, no horizonte, montando seu cavalo xucro, uma mancha na linha clara da planície. Ao longe se vê um rancho com um gaúcho tomando mate sob o beiral. Ao passar pela frente da casa, o homem a cavalo saúda. "Bela *mañanita*",** diz. "Eu que fiz", responde o outro, ajeitando o xale sobre os ombros.
** *Mañanita* significa tanto "manhãzinha" como uma espécie de xale curto, de tricô. (N. T.)

Quem seria? Talvez Nuty, a caixa do supermercado Minimax, na esquina da casa dele, com quem saíra um par de vezes. Havia duas mensagens de seu irmão Marcos, ligando do Canadá. Queria saber, disse-lhe a mulher do serviço de recados, se ele desocupara a casa de Mar del Plata e se já a pusera à venda. Também queria saber se era verdade que Perón estava voltando para a Argentina.

— E o que a senhora respondeu? — perguntou Renzi.

— Nada. — A mulher pareceu sorrir, em silêncio. — Eu só recebo as mensagens, senhor Emilio.

— Perfeito — disse Renzi. — Se meu irmão telefonar de novo, diga a ele que ainda não entrei em contato com vocês e que estou fora de Buenos Aires.

Depois da morte de seu pai, a casa da família, na rua España, ficara vazia durante vários meses. Renzi viajara para Mar del Plata, desfizera-se dos móveis e da roupa e dos quadros dos pais. Deixara os livros num guarda-móveis, em caixas; mais tarde, quando a casa finalmente fosse vendida, veria o que fazer. Havia ainda muitos papéis e fotos, inclusive algumas cartas que ele escrevera ao pai enquanto estudava em La Plata. A única coisa que levara consigo da biblioteca era uma velha edição de *Bleak House* que seu pai comprara em algum sebo. Descobrira, ou pensava ter descoberto, uma relação entre um dos personagens do livro de Dickens e o Bartleby de Melville. Pensou distraidamente que talvez pudesse escrever uma matéria sobre o tema e mandá-la a Junior com a tradução do capítulo do romance de Dickens para que o outro o deixasse em paz.[*]

[*] "O capítulo 10 do romance — *The Law-Writer* — gira em torno do copista Nemo (Ninguém). Publicado em Nova York na revista *Harper* em abril de 1853, certamente foi lido por Melville, que escreveu *Bartleby* em novembro daquele ano. O romance de Dickens, que narra um julgamento interminável com seu mundo de tribunais e juízes, foi um livro muito admirado por Kafka" (anotação de Renzi).

Pelo visto seu irmão ia cancelar a viagem. Se no fim ele vendesse a casa e os dois dividissem o dinheiro, iam ficar com uns trinta mil dólares cada um. Com essa grana poderia sair do jornal e viver algum tempo sem trabalhar. Dedicar-se a concluir seu romance. Isolado, sem distrações. No campo. O bode expiatório foge para o deserto... *Derecho ande el sol se esconde/ tierra adentro hay que tirar.** Mas viver no campo era como viver na lua. A paisagem monótona, os ximangos voando em círculo, as garotas distraídas umas com as outras.

---

* "Em frente, onde o sol se esconde/ terra adentro é preciso ir." Versos do *Martín Fierro*, de José Hernández. (N. T.)

19.

O julgamento foi um sucesso. Na realidade não era um julgamento, mas uma audiência, só que todos no povoado o viam como um acontecimento decisivo e não hesitavam em chamá-lo *a causa, o processo, o caso*, conforme a pessoa que estivesse falando, no sentido de que era um fato de importância fundamental, e como todos os fatos de importância fundamental dizia respeito (acreditavam todos) à justiça e à verdade, mesmo que na realidade por trás dessas abstrações estivessem em jogo a vida de um homem, o futuro da região e uma série de questões práticas. Não havia dois lados porque as forças não eram equivalentes, mas a impressão que se tinha era de estar assistindo a um torneio, e naquele dia, nas ruas do povoado, os grupinhos e comentários voltavam uma e outra vez aos fatos, como se toda a história passada estivesse em jogo no julgamento contra Luca Belladona ou no julgamento que Luca Belladona empreendera contra o município, conforme a pessoa que estivesse definindo a situação. Aparentemente o que estava em litígio eram os cem mil dólares que Luca se apresentara para reclamar, mas muitas outras coisas estavam em questão ao mesmo tempo, fato que ficou evidente quando o fiscal Cueto começou a falar e o juiz concordou com o que ele dizia.

O juiz — o doutor Gainza — era na realidade um juiz de paz, ou seja, um funcionário do município destinado a resolver os litígios locais. Estava instalado numa cadeira alta sobre um estrado na sala do Tribunal de Infrações de Trânsito do município, com um secretário encarregado de redigir a ata sentado a seu lado. O fiscal Cueto ocupava uma mesa mais abaixo e à esquerda, acompanhado de Saldías, o novo chefe de polícia. Em outra mesa, à direita, estava Luca Belladona vestindo roupa de domingo, com camisa cinza e gravata cinza, muito sério, com vários papéis e pastas na mão e confabulando de vez em quando com o ex-seminarista Schultz.

Muita gente foi autorizada a assistir à audiência; estavam presentes Madariaga e também Rosa Estévez, bem como vários estancieiros e leiloeiros da região, inclusive o inglês Cooke, dono do cavalo que ocupara o centro do litígio. As irmãs Belladona estavam presentes, mas não o pai. Todos fumavam e falavam ao mesmo tempo e as janelas da sala estavam abertas e dava para ouvir o murmúrio e as vozes dos que não haviam podido entrar e ocupavam os corredores e as salas adjacentes. Tampouco estava presente o comissário Croce, que por decisão própria já saíra do hospício e agora morava nos altos do armazém de Madariaga, que lhe alugara um quarto e o tinha como pensionista. Croce acreditava que o assunto estava resolvido de antemão e não queria que sua presença convalidasse Cueto, seu rival, que sem dúvida ganharia aquela parada com suas turvas manipulações. Viam-se poucas mulheres, embora as cinco ou seis que ali estavam se fizessem notar por seu ar de confiança e firmeza. Uma delas, uma mulher muito bonita, de cabelo louro e lábios pintados de vermelho, era Bimba, mulher de Lucio, altiva, atrás de seus óculos escuros.

Renzi entrou tarde e teve de abrir caminho, e quando se acomodou num banco de madeira perto de Bravo, seus olhos encontraram os de Luca, que sorriu tranquilo para ele, como se quisesse transmitir sua confiança aos raros presentes que estavam ali para apoiá-lo. Renzi não tirou os olhos dele ao longo de toda a tarde porque tinha a sensação de que ele precisava apoiar-se na presença de um forasteiro que verdadeiramente acreditasse no que ele dizia, e ao longo das duas ou três horas — já não se recordava com precisão embora houvesse um relógio na parede que batia as horas a cada meia hora e que já tocara várias vezes — Luca olhou para ele sempre que se sentiu em apuros ou achou que conseguira expressar o que queria, como se Renzi fosse o único capaz de compreendê-lo por não ser dali.

O juiz de paz, óbvio, tinha uma posição assumida desde antes do início da assim chamada audiência de conciliação, o mesmo acontecendo com a maioria dos presentes. Os que falam em conciliação e diálogo são sempre os que já estão com a frigideira em punho com o assunto bem frito, a verdade é essa. Renzi percebeu imediatamente que o clima era de vitória antecipada e que Luca, com seu olhar claro e os gestos calculados e calmos daquele que sente a violência no ar, estava perdido antes de começar. O juiz fez um gesto na direção dele com a mão e cedeu-lhe a palavra. Ele levou algum tempo para se decidir e começar a falar, como se vacilasse ou não encontrasse as palavras, mas no fim se levantou, com seus quase dois metros de altura, e ficou de perfil para poder olhar para Cueto, porque na verdade foi a Cueto que ele se dirigiu.

Parecia uma pessoa que tem um problema de pele e se expõe ao sol; depois de viver tantos meses trancado na fábrica, aquele lugar aberto e cheio de gente lhe produzia uma espécie de vertigem. Voltar ao povoado e apresentar-se ali, perante todas as pessoas que odiava, as pessoas que considerava responsáveis por sua ruína, foi a primeira violência a que se viu submetido naquela tarde. Sentia-se e parecia um peixe fora d'água. Quando ele ergueu a mão para pedir silêncio — embora nem uma mosca voasse —, Cueto se inclinou sorrindo e relaxado para Saldías e fez algum comentário em voz baixa, e o outro também sorriu. "Bom, muito bem, amigos", disse Luca, como se estivesse dando início a um sermão. "Viemos pedir o que é nosso..." Não se referiu diretamente ao dinheiro que estava em jogo, mas à certeza de que aquela reunião era um trâmite — um trâmite desagradável, a julgar por sua atitude receosa — necessário para que a fábrica continuasse nas mãos daqueles que a haviam construído, e que aquele dinheiro — de que não falou — pertencia a sua família, e que seu pai tomara a decisão de cedê-lo a ele como antecipação da herança de sua mãe — destinava-se exclusivamente a levantar a hipoteca que pesava sobre sua vida como a espada de Dâmocles. Haviam sofrido ataques e perseguições, haviam sido surpreendidos em sua boa-fé pelos intrusos que se haviam infiltrado e chegado a dominar a empresa, mas haviam resistido e por isso estavam ali. Não falou de seus direitos, não falou do que estava em jogo, falou da única coisa que o interessava, seu projeto insensato de dar prosseguimento sozinho àquela fábrica, construindo o que denominava suas obras, suas invenções, e esperava que o deixassem — "que nos deixem" — em paz. Houve um murmúrio, impossível saber se de aprovação ou de repúdio, e Luca prosseguiu, olhando alternadamente para as irmãs, para Cueto e para Renzi, os únicos que pareciam entender o que estava em jogo naquela sala. Falou sem levantar a voz, mas com um ar de confiança e de convicção, sem reparar em nenhum momento na armadilha em que haveria de cair. Foi um erro catastrófico — avançou impensadamente para a perdição, sem ver coisa nenhuma, cegado pelo orgulho e pela credulidade. Era visível que não fazia mais que perseguir um sonho, que seguia um sonho atrás do outro sem saber onde terminaria aquela aventura, mas certo de que não podia fazer outra coisa senão defender aquela quimera que todos consideravam impossível. Foi mais ou menos o que disse Luca ao concluir, e Gainza, um velho sem-vergonha que passava as noites jogando dados no cassino clandestino do litoral, sorriu para ele com condescendência e passou a palavra ao fiscal.

Luca sentou-se e permaneceu imóvel até o final da audiência como se não estivesse ali, e é possível mesmo que tenha fechado os olhos, só se viam suas costas, os ombros e a nuca, porque estava na primeira fila, diante do juiz, e tão imóvel que parecia adormecido.

Houve um silêncio e em seguida um murmúrio e Cueto se levantou, sempre sorrindo, com uma expressão de superioridade e desdém. Era alto e dava a impressão de ter a pele manchada e um aspecto estranho, talvez por sua atitude ao mesmo tempo arrogante e obsequiosa. Imediatamente centrou sua fala no assassinato de Durán. Para que o dinheiro fosse restituído seria necessário encerrar a causa. Estava provado que o assassino fora Yoshio Dazai, um clássico crime sexual. Ele não confessara porque esses crimes tão evidentes nunca são confessados, a arma do crime não fora encontrada porque a faca usada para matar Durán existe por toda parte e são as clássicas facas de cozinha do hotel, todas as testemunhas estavam de acordo em dizer que haviam visto Yoshio entrar e sair do quarto na hora do crime. Claro que Yoshio sabia da existência do dinheiro, ele levara a sacola para o depósito na esperança de poder recolhê-la quando as coisas se acalmassem. Cueto se calou e olhou em torno. Conseguira deslocar o eixo da sessão e conseguira cativar os presentes com a evocação obscura do crime. A versão dos fatos fornecida pelo comissário Croce era delirante e indicativa de demência: um jóquei se disfarçar para fingir que era japonês e matar um desconhecido

237

para comprar um cavalo era ridículo e impossível de antemão.

Mais ridículo ainda era um homem que ia matar um homem que não conhecia levar apenas o dinheiro de que supostamente necessitava para comprar um cavalo e dar-se ao trabalho de deixar o resto no depósito do hotel e não no próprio quarto onde cometera seu crime.

— A carta e o suicídio podem ser reais — concluiu —, mas são cartas como aquela que Croce costuma escrever em seus delírios noturnos.

Cueto deslocou o foco da questão e expôs o dilema com extrema clareza jurídica. Se Luca, em sua condição de principal demandante, aceitasse que Yoshio Dazai matara Durán, a acusação seguiria seu curso, o caso ficava resolvido e o dinheiro ia para seu legítimo dono, o senhor Belladona. Se, porém, Belladona não assinasse esse acordo e mantivesse sua demanda, o caso continuaria em aberto e o dinheiro permaneceria apreendido durante anos, porque ninguém conseguiria encerrar o caso e as provas não podem ser retiradas dos tribunais enquanto a causa está em aberto. Perfeito. A decisão de Luca encerrava o caso, já que se supunha que Durán viera trazer-lhe aquele dinheiro.

Luca demorou um pouco a entender, mas quando entendeu, pareceu nauseado, e baixou a cabeça. Ficou um minuto imóvel e o silêncio se espalhou pela sala como uma sombra. Ele imaginara que tudo não passaria de um mero trâmite e entendeu imediatamente que caíra numa armadilha. Parecia sufocado. Fosse qual fosse a decisão que viesse a tomar, estava perdido. Teria de aceitar que um inocente fosse para a prisão se quisesse receber o dinheiro, ou teria de dizer a verdade e perder a fábrica. Virou-se e fitou as irmãs, como se elas fossem as únicas pessoas capazes de ajudá-lo naquela situação. Depois, desorientado, olhou para Renzi, que desviou os olhos porque achou que não teria gostado de estar no lugar dele e que se por acaso estivesse no lugar dele não teria aceitado a proposta, não teria aceitado mentir e mandar um inocente para a cadeia pelo resto da vida. Mas Renzi não era ele. Nunca vira alguém tão pálido, nunca vira alguém demorar tanto para falar, para em seguida pronunciar as palavras: *De acordo*. Uma vez mais, um murmúrio percorreu a sala, só que dessa vez foi diferente, foi como uma constatação ou uma vingança. Luca estava com um leve tremor no olho esquerdo e tocava a gravata como se ela fosse a corda com que seria enforcado. Mas Yoshio é que seria condenado por um crime que não cometera.

Houve um tumulto enquanto a sessão era encerrada, uma explosão de alegria, os amigos de Cueto trocavam cumprimentos e todos viram que Ada também se aproximava daquele grupo e que Cueto a tomava pelo braço e lhe falava ao ouvido. A única que se aproximou de Luca foi Sofía, que ficou em pé diante dele e procurou animá-lo. A fábrica estava salva. O Gringo a abraçou e ela o segurou nos braços e falou com ele em voz baixa, como se tentasse acalmá-lo, e depois foi com ele para uma peça contígua onde o juiz o aguardava para assinar os papéis.

Renzi continuou sentado enquanto a sala se esvaziava e viu Luca sair e avançar pelo corredor como um lutador de boxe que aceita ganhar o título numa luta arranjada, não o lutador de boxe que por necessidade aceita se jogar na lona porque precisa do dinheiro; ali ele não era — como sempre fora — o humilhado e ofendido que sabe que não perdeu mesmo que o tenham vencido; era o que manteve seu título de campeão às custas de uma fraude que só ele — e seu rival — sabe que é uma fraude e que não mantém mais que a ilusão de que por fim conseguiu transformar seus sonhos em realidade, mas a um custo impossível de suportar. Saía como se estivesse extremamente cansado e tivesse dificuldade para se mexer. Somente Sofía caminhava com ele, sem tocá-lo, a seu lado, e depois que os dois atravessaram o corredor central ela se despediu e saiu por uma porta lateral. De modo que Luca avançou sozinho até a entrada.

Fora submetido a uma prova como um personagem trágico que não tem opção, qualquer coisa que decidisse seria sua ruína, não para ele mas para sua ideia de justiça, e foi a justiça que afinal o pôs à prova, foi uma entidade abstrata, com seu equipamento teórico e suas construções imaginárias, que ele fora obrigado a enfrentar repetidas vezes, naquela tarde de abril, até capitular. Ou seja, até aceitar uma das duas opções que lhe haviam sido apresentadas, ele, que sempre se gabara de ter clareza quanto a todas as suas decisões, tomadas sem dúvidas, sempre amparado por sua certeza e sua ideia fixa. Preferira sua obra, digamos assim, a sua vida, e pagara um preço altíssimo, mas seu sonho continuara intacto até o final. Fora fiel a esse preceito e submergira, mas não desertara. Era tão orgulhoso e obstinado que demorou a compreender que caíra numa armadilha sem saída, e quando do entendeu era tarde demais.

Os moradores do povoado viram-no cruzar, em silêncio, o corredor, eram seus velhos conhecidos e estavam serenos e pareciam magnânimos porque ao fazer o que Luca fizera — depois de anos e anos de luta impossível, nutrido por um orgulho demoníaco — o povoado conseguira obrigá-lo a capitular, e agora dava para dizer que ele era igual a todo mundo ou que todo mundo era igual a ele: que agora todos podiam mostrar as fraquezas que Luca nunca na vida fora capaz de mostrar. Renzi saiu às pressas para cumprimentá-lo mas não o alcançou, só conseguiu andar atrás dele enquanto ele descia a escadaria que levava à rua. E então o mais incrível foi que quando ele chegou à calçada apareceu o cusco, o cachorro de Croce, meio de lado como sempre, que, vendo-o aparecer à luz do sol, avançou para ele e latiu para ele e mostrou-lhe os dentes como se fosse mordê-lo, quase sem força mas com ódio, o pelo amarelo tenso como seu corpo, e aqueles latidos foram a única coisa que Luca recebeu naquele dia.

240

20.

No dia seguinte, quando Renzi voltou ao armazém dos Madariaga, o clima era lúgubre. Croce estava na mesa de sempre, diante da janela, de terno escuro e gravata. Naquela manhã fora à prisão de Dolores visitar Yoshio para dar-lhe a notícia de que seu caso fora encerrado com a anuência de Luca Belladona antes que a informação oficial chegasse até ele. "A cadeia é um mau lugar para viver", disse, "mas é o pior lugar para um homem como Yoshio." Parecia abatido. Luca ia levantar a hipoteca e salvar a fábrica, mas o custo era alto demais; tinha certeza de que aquilo ia terminar mal. Croce possuía um talento extraordinário para captar o sentido dos acontecimentos e também para antecipar suas consequências, mas não podia fazer nada para evitá-los, e quando tentava fazer isso era espreitado pela loucura. A realidade era seu campo de provas e muitas vezes era capaz de imaginar uma série de fatos antes que eles acontecessem e de antecipar seu desenlace, mas não podia fazer outra coisa senão deixar que os acontecimentos ocorressem para então comprovar sua experiência e demonstrar que tinha razão.

— É por isso que eu não sirvo para comissário — disse dali a pouco —, trabalho a partir dos fatos consumados e depois imagino suas consequências, mas sou incapaz de evitá-las. O que acontece depois dos crimes são novos crimes. Agora Luca está convencido de que além de ter condenado Yoshio, também condenou a mim. Se ele não houvesse aceitado a proposta de Cueto e se recusasse a encerrar o caso, eu teria tido alguma chance de vencer Cueto. — Fez um intervalo e olhou para a planície pela janela gradeada diante da qual sempre se sentava. A mesma paisagem imóvel que, para ele, era a imagem de sua própria vida.

— Mas me dei mal — disse depois —, minha versão do crime não convinha a ninguém no povoado.

— Mas, afinal, qual era a verdade?

Croce olhou-o resignado e sorriu com a mesma chispa de ironia cansada que sempre ardia em seus olhos.

— Você lê muito romance policial, garoto, se soubesse como as coisas são de fato... Não é verdade que se possa restabelecer a ordem, não é verdade que o crime sempre é solucionado... Não há nenhuma lógica. Lutamos para descobrir as causas e deduzir os efeitos, mas nunca conseguimos conhecer a rede complexa das intrigas... Isolamos informações, examinamos detidamente algumas cenas, interrogamos várias testemunhas e avançamos às cegas. Quanto mais perto do centro você está, mais se emaranha numa teia sem fim. Os romances policiais resolvem os crimes com elegância ou com brutalidade para tranquilizar os leitores. Cueto tem uma mente tortuosa, faz coisas estranhas, assassina por procuração. Deixa linhas soltas de propósito. Por que mandou deixar a sacola com o dinheiro no depósito do hotel? O velho Belladona teve alguma ligação com o caso? Há mais incógnitas a resolver que pistas claras...

Calou-se, olhos fixos na janela, imerso em seus pensamentos.

— Então você vai embora — disse dali a pouco.

242

— É, vou.

— Você está certo...

— Sem despedidas, é melhor — disse Renzi.

— Sabe-se lá — disse Croce, e a frase poderia referir-se a suas conclusões sobre a morte de Tony ou ao eventual regresso de Renzi ao povoado do qual parecia partir definitivamente. Croce se levantou com ar cerimonioso e lhe deu um abraço; depois se sentou outra vez, pesadamente, e se inclinou sobre suas anotações e diagramas, absorto, com ar ausente.

Enquanto Croce não se abater, Cueto nunca vai ficar tranquilo, pensou Renzi enquanto descia para a rua. A história continua, pode continuar, há várias conjecturas possíveis, fica aberta, só se interrompe. A investigação não tem fim, não pode terminar. Seria preciso inventar um novo gênero policial, *a ficção paranoica*. Todos são suspeitos, todos se sentem perseguidos. O criminoso não é mais um indivíduo isolado, mas uma quadrilha com poder absoluto. Ninguém entende o que está acontecendo; as pistas e os testemunhos são contraditórios e mantêm as suspeitas em aberto, como se mudassem a cada interpretação. A vítima é o protagonista e o centro da intriga; não é mais o detetive a soldo ou o assassino por contrato. Ficou pensando nessas variáveis enquanto caminhava — talvez pela última vez — pelas ruas poeirentas do povoado.

Voltou para o hotel e arrumou a mala. Aqueles dias no campo haviam-no ensinado a ser menos ingênuo. Não era verdade que a cidade fosse o lugar da experiência. A planície tinha camadas geológicas de acontecimentos extraordinários que voltavam à superfície sempre que soprava o vento sul. A luz maligna dos ossos dos mortos insepultos vibra no ar como uma névoa envenenada. Acendeu um cigarro e fumou diante da janela que dava para a praça, depois examinou o quarto para ver se não estava esquecendo nada e desceu para pagar a conta.

A estação ferroviária estava calma e o trem logo chegaria. Renzi sentou-se num banco à sombra das casuarinas e de repente viu chegar um carro e dele descer Sofía.

— Eu gostaria de ir com você para Buenos Aires...

— Então vá!

— Não posso deixar minha irmã — disse ela.

— Não pode ou não quer?

— Não posso nem quero — disse ela, e acariciou o rosto dele. — Ah, moço, não me dê conselhos.

Jamais iria. Sofía era como todas as pessoas que Renzi conhecera no povoado. Estavam sempre a ponto de abandonar o campo e fugir para a cidade porque o campo as sufocava, mas no fundo todos sabiam que jamais sairiam dali.

Estava preocupada com Luca, estivera com ele e parecia tranquilo, concentrado em suas invenções e seus projetos, mas a todo momento voltava a sua decisão de fazer um pacto com Cueto. "Eu não podia fazer outra coisa", dissera, mas parecia ausente. Passara a noite toda perambulando pela fábrica, com a estranha certeza de que, agora que conseguira o que sempre desejara, sua determinação se extinguira. "Não consigo dormir", dissera à irmã, "e estou cansado."

O trem chegou e, no tumulto nervoso dos passageiros que embarcavam entre despedidas e risadas, os dois se beijaram e Emilio pôs na mão dela um pingente de ouro com a imagem de uma rosa esculpida. Um presente. Ela o segurou diante de si, só aquelas rosas não murchavam...

Quando o trem deu a partida, Sofía andou ao lado da janela até que no fim parou, belíssima no meio da plataforma, com o cabelo vermelho sobre os ombros e um sorriso sereno no rosto iluminado pelo sol da tarde. Linda, jovem, inesquecível e, em essência, mulher de outra mulher.

Renzi viajava olhando o campo, a quietude da planície, as últimas casas, os homens a cavalo, no tranco ao lado do trem; crianças descalças correndo pelo aterro e acenando com gestos obscenos. Estava cansado e o barulho contínuo e monótono do trem o adormecia. Lembrou-se do início de um romance (não era o início, mas poderia ser o início): "*Who loved not his sister's body but some concept of Compson honor*". E começou a traduzir: *Que não amava o corpo de sua irmã mas certo conceito de honra...*, mas parou e repensou a frase. *Que não amava o corpo de sua irmã mas certa imagem de si mesma.* Adormecera e ouvia palavras confusas. Viu a imagem de um grande pássaro de madeira no campo com uma larva no bico. Existe incesto entre irmãs?... Viu a vitrine de uma loja de armas... A mãe vestindo um anoraque numa rua gélida de Ontario. E se tivesse sido uma delas... Croce lhe perguntara: "Quanto o senhor mede?", sentado em sua caminha no hospício. "Há uma solução aparente, uma solução falsa e finalmente uma terceira solução", dissera Croce. Renzi acordou sobressaltado. A planície continuava idêntica, interminável e cinzenta. Sonhara com Croce e também com sua mãe? Havia neve no sonho. Enquanto a tarde caía, o rosto de Emilio se refletia, cada vez mais nítido, no vidro da janela.

O povoado continuou igual a sempre, mas em maio, com os primeiros frios do outono, as ruas pareciam mais inóspitas, o pó se acumulava nas esquinas e o céu brilhava, lívido, como se fosse de vidro. Nada se movia. Não se ouviam as crianças brincando, as mulheres não saíam de suas casas, os homens fumavam nos umbrais, só se ouvia o zumbido monótono do tanque de água da estação. Os campos estavam secos e começava a queima dos pastos, as equipes avançavam em linha queimando o restolho e altas ondas de fogo e fumaça se erguiam na planície vazia. Todos pareciam à espera de um anúncio, da confirmação de um daqueles prognósticos sombrios que a velha curandeira que vivia isolada, na tapera do morro, às vezes apregoava; o jardineiro passava ao nascer do sol, com a carreta carregada de bosta de cavalo que trazia da remonta do exército; as garotas faziam o corso, dando a volta na praça, doentes de tédio; os rapazes jogavam bilhar no salão do Náutico ou percorriam picadas no caminho da laguna. As notícias da fábrica eram contraditórias, muitos diziam que durante aquelas semanas aparentemente as atividades haviam sido retomadas e que as luzes da galeria ficavam a noite inteira acesas.

Luca começara a ditar a Schultz uma série de medidas e regras que depois seriam utilizadas num informe que pretendia enviar ao Banco Mundial e à União Industrial Argentina. Passava a noite sem dormir andando pelas passarelas elevadas da fábrica, seguido pelo secretário Schultz.

"Vivi, pretendi e obtive, *tanto*, que se fez necessário recorrer a uma certa violência para afastar-me e separar-me de meus triunfos. Não foi a dúvida, mas a certeza que nos encurralou com seus ardis e artimanhas" (ditado a Schultz).

"Imputar aos meios de produção industrial uma ação perniciosa sobre os *afetos* é reconhecer neles uma *potência moral*. Por acaso as ações econômicas não formam uma estrutura de sentimentos constituída pelas reações e as emoções? Existe uma sexualidade na economia que excede a normalidade conjugal destinada à reprodução natural" (ditado a Schultz).

"Os homens sempre foram usados como instrumentos mecânicos. Nos velhos tempos, durante as colheitas, os peões coziam os sacos de estopa com agulhas de enfardar a um ritmo uniforme. Era incrível a velocidade com que costuravam: conseguiam mais de trinta ou trinta e cinco sacos por hectare. A cada dois por três um deles saía da bateia porque, na correria, costurava a ponta da blusa e ficava no chão abraçado ao saco como um irmão na desgraça" (ditado a Schultz).

"Estive pensando nos tecidos nativos. Fio, nó, fio, cruz e nó, vermelho, verde, fio e nó, fio e nó. Minha avó Clara tinha aprendido a fazer as mantas pampas, com os dedos deformados pela artrite, pareciam ganchos ou troncos de videira, mas de unhas pintadas!, muito vaidosa. Vem-nos à mente a frase de Fierro: *es un telar de desdichas; cada gaucho que usté ve.** A fiadura e a tecedura mecânica do destino! Esse tecido provoca calafrios até a medula. É urdido em algum lugar e nós vivemos tecidos, floreados na trama. Ah, se eu pudesse tornar a penetrar, nem que fosse por um instante, na oficina onde funcionam todos os teares. A visão não dura nem um segundo, porque depois já caio no sonho bruto da realidade. Tenho tantas coisas pavorosas a contar" (ditado a Schultz).

"Várias vezes comprovei que minha inteligência é como um diamante que atravessa os cristais mais puros. As determinações econômicas, geográficas, climáticas, históricas, sociais e familiares podem, em ocasiões muito extraordinárias, concentrar-se e atuar num único indivíduo. Esse é o meu caso" (ditado a Schultz).

Às vezes Schultz se perdia, não conseguia acompanhar seu ritmo, mas de todo jeito anotava** o que achava que tinha ouvido, porque Luca andava pelas instalações a grandes passadas sem parar de falar, tratava de não ficar sozinho com seus pensamentos solitários e pedia a Schultz que escrevesse todas as suas ideias enquanto ia, nervoso, de um lado para outro atravessando as instalações e as grandes máquinas, seguido às vezes também por Rocha, que substituía Schultz enquanto este dormia numa caminha e os dois se revezavam para tomar o ditado.

---

* "É um tear de desditas; cada gaúcho que se vê." (N. T.)
** "O relâmpago que iluminou, com um zigue-zague nítido, minha vida, se eclipsou" (ditado a Schultz).

"Não terei mais nada a dizer sobre o passado, poderei falar do que ainda vamos fazer. Chegarei ao topo e deixarei de viver nestas planícies, também nós chegaremos aos altos píncaros. Viverei no tempo futuro. O que virá, o que ainda não é, bastará para existirmos?", disse Luca percorrendo a galeria que dava para o pátio interno. Passara várias noites sem dormir, mas mesmo assim anotava seus sonhos.

Dois ciclistas extraviados da Doble Bragado saíram da estrada e prosseguiram, somente os dois, longe de tudo, em meio ao deserto, pedalando em uníssono rumo ao sul, inclinados sobre os guidons, com suas Legnano e suas Bianchi tão leves, avançando contra o vento.

Algum tempo depois Renzi recebeu uma carta de Rosa Echeverry com notícias tristes. Cumpria "o doloroso dever" de informá-lo de que Luca "sofrera um acidente". Fora encontrado morto caído no chão da fábrica e parecia um suicídio tão bem planejado que todos — se quisessem — poderiam acreditar que morrera ao cair do alto do mirante enquanto realizava uma de suas medições habituais, como esclarecera Rosa, para quem aquele último gesto de Luca era outra prova de sua bondade e de sua extrema cortesia.

Tinha um conceito extraordinário de si mesmo e de sua própria integridade e a vida o pusera à prova e no final — quando conseguiu o que queria — *falhara*. Talvez a falha — a fissura — já estivesse ali e se atualizasse porque ele era incapaz de viver com a lembrança de sua fraqueza. A sombra de Yoshio, o frágil *nikkei* que estava preso, volta, como um espectro, toda vez que ele tentava dormir. Basta um brilho fugaz na noite e um homem se quebra como se fosse feito de vidro.

Fora enterrado no cemitério do povoado assim que o padre aceitou a versão do acidente — porque os suicidas eram sepultados, com os vagabundos e as prostitutas, fora do campo santo —, e o povoado inteiro assistira à cerimônia. Naquela tarde estava chuviscando, uma dessas suaves garoas geladas que não cessam ao longo de vários dias. O cortejo percorreu a rua central e subiu pela assim chamada Costa do Norte, os cavalos enlutados do carro fúnebre trotando compassadamente, e uma longa fila de automóveis seguindo-os a passo de homem até chegar ao grande portão do cemitério velho.

O jazigo da família Belladona era uma construção sóbria que imitava um mausoléu italiano onde descansavam, em Turim, os despojos dos oficiais que haviam combatido com o coronel Belladona na Grande Guerra. A porta de bronze lavrado, uma delicada teia sobre os vidros e os gonzos haviam sido construídos por Luca no ateliê da família por ocasião da morte do avô. A porta se abria com um barulho suave e era feita de um material transparente e eterno. As lápides de Bruno Belladona, de Lucio e agora de Luca pareciam reproduzir a história da família e os três iam descansar juntos. Só os homens morriam, e o velho Belladona — que enterrara o pai e os dois filhos — avançou, altivo, rosto molhado pela chuva, e parou diante do caixão. Suas duas filhas, enlutadas como viúvas e de braço dado, posicionaram-se ao lado dele. Sua mulher, que só abandonara "sua guarida" em três ocasiões, em cada uma das mortes da família, estava de óculos escuros e véu e fumava a um lado, com os sapatos sujos de barro e as mãos enluvadas. Ao fundo, debaixo de uma árvore, vestindo uma capa branca, comprida, Cueto observava a cena.

O ex-seminarista se aproximou das irmãs e com um gesto pediu autorização para dizer algumas palavras. Vestido de preto, pálido e frágil, parecia a pessoa mais indicada para despachar os despojos daquele que fora seu mentor e confidente.

— A morte é uma experiência aterradora — disse o ex-seminarista — e ameaça com seu poder corrosivo a possibilidade de que se viva com humanidade. Diante desse perigo existem duas modalidades de experiência que protegem do terror aqueles que puderem entregar-se a elas. Uma é a certeza da verdade, o contínuo despertar para a compreensão da "necessidade inelutável da verdade", sem a qual não é possível levar uma vida boa. A outra é a ilusão decidida e profunda de que a vida tem sentido e de que o sentido se resume a bem obrar.

Abriu a Bíblia e anunciou que ia ler o Evangelho de João, 18, 37.

— "Respondeu Jesus: *Nasci, e vim ao mundo para dar testemunho da verdade; todo o que está pela verdade, ouve a minha voz.* Disse-lhe Pilatos: *O que é a verdade?* Dito isto, tornou a sair, para ir ter com os judeus e disse-lhes: *Não encontro nele crime algum.*" — Schultz ergueu o rosto do livro. — Luca viveu na verdade e na busca da verdade, não era um homem religioso mas foi um homem que soube viver religiosamente. A pergunta de nosso tempo tem sua origem na réplica de Pilatos. Essa pergunta sustenta, implícita, o triste relativismo de uma cultura que desconhece a presença do que é verdadeiro. A vida de Luca foi uma boa vida e devemos despedir-nos dele com a certeza de que ele foi iluminado pela esperança de chegar ao sentido em suas obras. Estava à altura dessa esperança e a ela entregou a vida. Todos devemos estar gratos a sua persistência na realização de seu sonho e a seu desdém perante os falsos brilhos do mundo. Sua obra era feita da matéria de seus sonhos.

Croce assistiu à cerimônia do carro, sem descer nem mostrar-se, embora ninguém ignorasse que estava ali. Fumava, nervoso, o cabelo grisalho, os rastros da "suspeita de demência" ardiam em seus olhos claros. Todos foram saindo do cemitério e no fim Croce ficou sozinho, com o tamborilar da chuva leve no teto do automóvel, e a água caindo monótona sobre a estrada e sobre as sepulturas. E quando a noite já cobrira a planície e a escuridão era idêntica à chuva, um feixe de luz passou na frente dele e a claridade circular do farol, como um fantasma branco, tornou a cruzar uma e outra vez em meio às sombras. E de repente se apagou e não houve mais nada além da escuridão.

Epílogo

Muitas vezes, em diferentes lugares, ao longo dos anos, Emilio Renzi se deixara levar pela lembrança de Luca Belladona, e sempre se lembrava dele como alguém que tivera a coragem de estar à altura de suas ilusões. Às vezes se passavam meses sem que pensasse nele, até que de repente algum fato fortuito fazia-o tornar a tê-lo presente e então retomava o relato do ponto onde o interrompera com novas especificações e detalhes diante de seus amigos em algum bar da cidade ou, às vezes, com alguma mulher, tomando alguma coisa em casa à noite, e sempre voltavam, vívidas, as imagens de Luca, seu rosto franco e avermelhado, seus olhos claros. Lembrava-se da fábrica fechada, da construção perdida e de Luca andando entre seus instrumentos e suas máquinas, sempre otimista, sempre disposto a ter esperanças, sem imaginar que a realidade iria golpeá-lo definitivamente, a ele, como a tantos outros, devido a um pequeno desvio em sua conduta, como se o castigasse por um erro, não por uma falta de caráter mas por uma ausência de previsão, por uma falha de que não conseguiria esquecer-se e que voltaria como um remorso.

Naquela noite Renzi estava conversando com alguns amigos, depois do jantar, numa varanda aberta que dava para o rio, numa casa de fim de semana, em El Tigre, como se naquela noite — sempre à sua revelia, ironizando sobre aquele estado natural — sentisse que voltara atrás e que o delta era uma parte ainda não compreendida da realidade, como fora aquele povoado rural onde passara algumas semanas, uma espécie de momento arcaico em sua vida de homem da cidade, incapaz de compreender aquela volta à natureza embora nunca deixasse de imaginar um retiro drástico que o levasse a um lugar afastado e tranquilo onde pudesse dedicar-se ao que Emilio — como Luca — também imaginava que fosse seu destino ou sua vocação.

— Luca não tinha como conceber um defeito em seu caráter porque chegara à convicção de que seu modo de ser era uma coisa externa a suas decisões, uma espécie de instinto que o guiava em meio aos conflitos e dificuldades. Mas fora derrotado, de todo modo fora forçado a tomar uma decisão imperdoável, deve ter pensado que havia desertado e não conseguiu se perdoar, embora qualquer outra decisão também tivesse sido impossível.

Iluminava-os a luz de um lampião a querosene, e o cheiro das espirais que protegiam dos mosquitos faziam Renzi recordar as noites de sua infância. Seus amigos ouviam-no em silêncio, bebiam vinho branco e fumavam, sentados de frente para o rio. O brilho fixo dos cigarros no escuro, a luz vacilante dos botes que de vez em quando passavam diante deles, o coaxar das rãs, o barulho do vento nas folhas das árvores, a noite clara de verão, tudo parecia a paisagem de um sonho.

— Ele era tão orgulhoso e obstinado que demorou a entender que caíra numa armadilha sem saída, e quando entendeu já era tarde. Penso nisso quando me lembro da última vez que o vi, alguns dias antes de ir-me do povoado.

Contratara um táxi e pedira ao motorista que o esperasse na beira da estrada, depois subira andando até a fábrica. Havia luz nas janelas e Renzi bateu várias vezes na grade de ferro. Estava anoitecendo e caía uma chuvinha gelada.

— Pouco depois Luca entreabriu o portão de entrada e, ao ver-me, começou a recuar agitando a mão. *Não, não,* parecia dizer, enquanto retrocedia. *Não. Impossível.*

Luca fechou a porta e ouviu-se um ruído de correntes. Renzi ficou algum tempo imobilizado diante do muro alto da fábrica e em seguida, ao voltar para a rua, tivera a impressão de avistar Luca pelas janelas iluminadas dos andares superiores, andando, gesticulando e falando sozinho.

— E foi isso... — disse Renzi.

ESTA OBRA FOI COMPOSTA EM ELECTRA PELO ACQUA ESTÚDIO E IMPRESSA
PELA RR DONNELLEY EM OFSETE SOBRE PAPEL PÓLEN SOFT DA SUZANO PAPEL
E CELULOSE PARA A EDITORA SCHWARCZ EM AGOSTO DE 2011